新潮文庫

死にゆく者の祈り

中山七里著

新潮社版

11586

目次

死にゆく者の祈り

一　教誨師の祈り

1

教誨室の中はひどく寒々しかった。

四方の白を基調とした壁には何の飾りもなく、天井の照明が無機質な光を放っている。調度と呼べるものは中央に置かれたテーブルと一対の椅子のみという殺風景さだが、壁の一面に設えられた棚にある縦横一メートルほどの仏壇と部屋に立ち込めている香が辛うじて仏間らしさを漂わせている。

「我建超世願　必至無上道　斯願不満足　誓不成正覚　我於無量劫　不為大施主　普済諸貧苦　誓不成正覚」

仏壇と同様ちんまりとした仏像に向かい、高輪顕真は読経を続ける。読んでいるのは浄土真宗の教えを簡潔に示した重誓偈だが、元より汎用性のある経文なのでこれより死に臨む者のために読んでも差し支えはない。

一心不乱にと言いたいところだが、やはり内心には乱れがある。僧侶であっても四六時中穏やかでいられるはずもなく、特に執行直前の読経ともなればその声も震えそうになる。平静な表情を取り繕っているのが精一杯だ。

「離欲深正念　浄慧修梵行　志求無上道　為諸天人師　神力演大光　普照無際土　消除三垢冥　広済衆厄難」

やがて教誨室のドアを開けて刑務官たちが姿を現した。刑務官は十人、うち二人は囚人服を着た男の両腕を抱えている。

男の名は堀田明憲。五年前に強盗目的で二人の女性を殺害し死刑判決を受けたのだが、一年ほど前から顕真の個人教誨を受け、宗教心に目覚めたのかここ最近はすっかり落ち着いていた。

だが刑場に引き摺り出されようとしている堀田は今までの冷静さはどこへやら、蒼い顔をして全身を瘧にかかったように震わせている。

「顕真先生」

ようやく目の前に立っているのが顕真だと気づいたらしく、堀田は焦点の定まらないような目をこちらに向ける。無理にでも笑おうとしているらしいが、歪んだ笑みにしかならない。

「お、俺の、番になったみたいです」

囚人本人に死刑執行を通達するのは、執行当日の午前九時前後だ。この時、本人が何かの作業中であっても中断させられ、無理にでも独房から刑場まで連行される。執行は一時間後だから心を落ち着かせる暇もない。堀田が狼狽しきっているのも当然だった。二人の刑務官が両腕を押さえているのは逃亡防止の目的もあるが、それ以上に両側から支えていないと堀田がまともに立っていられないからだ。

死刑は判決が確定した順番で執行される訳ではない。二〇〇〇年までは概ね確定順だったのだが、その後は再審請求中の事案であったり共犯者が逃亡中であったりと死刑執行起案書のチェック項目に抵触する例が頻繁になったために、最近では執行しやすい囚人から執行していく傾向になっている。つまりは堀田のように再審請求の可能性もなく、心身が健康で、面会者も少ないような囚人から死刑台の露と消えていくという寸法だ。

「もう、大丈夫です。大丈夫ですから手を離してください」

堀田は刑務官の手を振りほどき、顕真を正面から見据える。その目を見て心が痛んだ。正面から見据えてもなお、視線が不安に泳いでいる。

「堀田さん」

「いや、先生。ホントに大丈夫です。いつ呼ばれてもいいように覚悟はしていましたから」

何か気の紛れるような言葉でも掛けてやれないものかと考えたが、すぐには思い浮かばない。下手な気休めは却(かえ)って残酷だ。

顕真たちが廊下を渡って執行室前室に移動すると、そこでは高階(たかしな)所長が待っていた。

「堀田明憲だね」

高階所長は堀田の前に立ち、一枚の書面を目の高さに翳(かざ)す。

「昨日、死刑執行指揮書が当拘置所に送達された。執行は午前十時。それまでの間、君の希望をある程度は聞いてやれる。遺書を書く時間もあるし、所内ではなかなか口に入らなかった果物や菓子も食べることができる」

口調は優しげだったが、何度も教誨室に招かれた顕真はそれがただの決まり文句であることを知っている。堀田はしばらく考えごとをしているようだったが、判断がつかないという風に弱々しく首を振る。

「すいません、少し考える時間をもらえませんか」

「構わないよ。着替える時間もあるからね。ただし執行の時間に変更はないから悔いのないように」

顕真は悟られないようにちらりと壁時計に視線を走らせる。現時刻は午前九時十五分。執行までのわずか四十五分間で、いったいどんな満足を味わえというのか。

いや、それは咎(とが)のない者には許されても、死刑囚には認められない種類の抗議なのだろう。堀田は刑務官に連れられてまた前室を出ていった。これから別室で着替えた上、残された時間を表向きは人道的に消費させられるのだろう。

顕真が短く溜息(ためいき)を吐(つ)くと、何を勘違いしたのか高階所長が気遣わしげに歩み寄ってきた。

「お勤めご苦労様ですな、先生」

「いえ」

「ここに連れてくるまでにもずいぶん暴れたそうですが心配なさらずに。執行までにはおとなしくなると思います」

高階がそう言うのは経験則に基づくものだ。実際、教誨室に連行されるまでは抵抗を続けていた死刑囚も、その多くが執行室に着く頃には暴れなくなる。もっとも覚悟ができたというよりも恐怖に身が竦(すく)んでいると形容する方が正しいのだが、拘置所側にすれば手間が掛からないという点では同じことだ。

教誨室に戻った顕真は仏壇に向かって深く一礼すると椅子に腰を据える。もし堀田からの要望があれば、読経するなり祈りの言葉を捧げるなりしてやるつもりだった。だが、いくら待ってもお呼びはかからなかった。

執行の十分前になって顕真が執行室前室に赴くと、既に医師が待機していたので目礼を交わす。彼の仕事は死刑囚が執行によって死亡したのを確認することで、人命を救うのを生業としている医師としてはさぞかし不本意だろうと想像するものの、直接尋ねたことはなかったしこれからも尋ねる気はない。

執行室前室には教誨室よりも大き目の仏壇が設えられている。これから死に臨む囚人への配慮なのかも知れないが、右側の壁に広がる両開きの青いカーテンがそれを台無しにしている。このカーテンの向こうに執行室があるのは誰でも容易に想像がつくからだ。

執行室の奥は壁一面のガラス窓になっており、その向こう側には立会室がある。高階所長の他、検察官と検察事務官の三人が執行の一部始終を見守る場所で、今頃は医師と同様待機しているに違いない。

医師と言葉を交わすでもなく待っていると、やがて白装束に着替えた堀田が刑務官たちに連れてこられた。これで死刑執行に必要なメンバーが全員揃ったことになる。

堀田の様子を見て顕真は己の願いの空しさを知る。堀田はますます顔色を失くし、未だに足元も覚束ない。

「時間だ、堀田。先生に何かお願いすることがあれば今のうちに言いなさい」

刑務官が言い終わらぬうちに、堀田は顕真にむしゃぶりつこうとした。

「嫌です。俺、まだ死にたくありませんっ」

両腕を押さえられながら、堀田は涙声で訴える。

「怖い、怖い、怖い、怖い……」

「堀田あっ、おとなしくしろおっ」

堀田は見苦しいほど身を捩って抵抗するが、あっという間に両手を拘束される。後ろに立っていた刑務官が堀田の顔に白い布を被せる。視界を完全に遮られた格好だが、それで恐怖心が増大したのか堀田は更に激しく抵抗する。

他の刑務官の手によって青いカーテンが左右に開かれる。

絨毯が敷き詰められた執行室は中央に四角の赤枠が二重に施された踏み板があり、真上の窪んだ天井からはロープが垂れ下がっている。

「嫌だあっ」

「おとなしくしろというのが分からんのか」

「嫌だ。ごめんなさい、助けて、助けてください。お願いしますう」

顕真は無意識のうちに合掌し、心の裡で念仏を唱える。

自分が教誨を担当した囚人の醜態を見せられるのはこれが初めてではない。だが慣れた訳でもない。彼らが普段の冷静さをかなぐり捨て、恥も外聞もなく喚き散らして乱れる様を目撃する度に、宗教に対して絶望を覚える。どれだけ御仏の厚情を説き、どれほど真宗の深遠さを伝えても、死を目前にした囚人には何の意味も価値もない。

目隠しをされた堀田は有無を言わさず、執行室の中央に引っ張り出された。赤い四角の真ん中に立たされ、手錠をかけられ、足もゴムバンドで縛られる。そうして四肢の自由を奪われるのと同時に、首にロープが巻きつけられる。

「先生っ、助けて、助けて」

喉も裂けよと絶叫する堀田に、手を差し伸べてやることはできない。顕真にできることといえば経を唱えてやることだけだ。

「開彼智慧眼　滅此昏盲闇　閉塞諸悪道　通達善趣門　功祚成満足　威耀朗十方　日月戢重暉　天光隠不現」

「執行」

その瞬間、堀田の足元で床が口を開いた。堀田の身体はすうっと穴に吸い込まれ、ロープが伸びきったところで嫌な音が聞こえた。ロープが張った音と首の骨が折れる音が重なったのだ。

執行室の隣にはボタン室があり、壁に三つのボタンが並んでいる。三人の刑務官が各々のボタンを同時に押すのだが、実際に床を開くボタンは一つだけで後の二つはダミーだ。誰が執行の引き金を引いたのかを不明にして、刑務官の心理的負担に配慮した仕組みだが、いくら法に定められた行政手続きとはいえ、さすがに死刑も殺人の一種だという意識は払拭できないのだろう。

顕真たちの目の前で、きいきいと滑車を軋ませながら左右に揺れていたロープの振り幅が次第に小さくなっていく。それまで腕組みをして経過を見守っていた医師が、腕時計を一瞥してから部屋を出ていった。これから執行室の真下に下り、堀田の死亡を確認するためだ。三十分ほど首を吊った状態にしておき、時間が経過するとやっと堀田の身体は床に下ろされる。全裸に剝かれ、医師と検察官によって死亡が確認されると執行が完了する。

絶命に至るまでに括約筋が弛緩するため、死体は当然のように失禁脱糞する。糞尿で汚れた死体はその場で清められ、搬送用のエレベーターで遺体安置室に運ばれる。

最初は顕真も遺体安置室まで同行していた。だが死体を見送るのは予想以上に後遺症の残る作業だったため、それからは執行室でひたすら経を読むことに没頭した。元より僧侶が死者にしてやれるのは、それくらいでしかないと考えたからだ。

刑務官も医師も出払い、たった一人となった部屋で、顕真は今見た光景を振り払うかのように念仏を唱え続ける。

「為衆開法蔵　広施功徳宝　常於大衆中　説法師子吼　供養一切仏　具足衆徳本
願慧悉成満　得為三界雄　如仏無碍智　通達靡不照　願我功慧力　等此最勝尊　斯願若剋果　大千応感動　虚空諸天人　当雨珍妙華　南無阿弥陀仏　南無阿弥陀仏　南無阿弥陀仏……」

宗教教誨というのは読んで字のごとく、宗教を丁寧に教え諭すことを意味する。信教の自由は何人にも保障されているものだが、刑務所や拘置所といった矯正施設は国の施設であるために、憲法上の制約によって被収容者の宗教的要望に応えることができない。そこで民間の宗教家の協力を要請することになる。

その始祖は一八七二年七月、名古屋監獄での教誨を許された真宗大谷派の乗西寺啓潭僧侶だ。次いで同年八月に蓑輪対岳僧侶が石川島徒場（現・府中刑務所）で、翌年四月には浄土真宗本願寺派の舟橋了要僧侶が岐阜監獄での教誨を許されて、我が国の監獄教誨が始まった。その後も各教各宗派が俸給や旅費を支給して常駐教誨師を派遣するようになったが次第に財政上等の理由で消極的になり、結果として財政基盤が堅固であった本願寺派と大谷派が監獄教誨を独占する様相を呈していく。この傾向は現在も続き、全国の教誨師一八六四名のうち、浄土系の総数が六七八名と三分の一以上を占めている。そして当然、この割合は信仰する囚人の数にほぼ比例する。

浄土真宗導願寺に僧籍を置く顕真は、出家したその日から教誨師を志していた。真宗で規定された研修を受けて推薦を得ると、仏教会会長の承認の上、各刑事施設から辞令が下りる。建前は奉仕活動であって無給なのだが、顕真は人一倍熱心に研鑽を続けたため、仏教会会長の覚えもめでたく推薦はすぐに取れた。教誨師が不足していたのか、東京拘置所からの辞令もすんなりと下りた。

だが実際に拘置所に派遣された顕真は、頭に思い描いていたことと現実との乖離にひどく当惑した。囚人の死刑執行立ち会いもその一つだった。

顕真が同じ教誨師の常法から相談を持ちかけられたのは、堀田の死刑執行から二日後のことだ。

「顕真さん。急な話で申し訳ないが、明日六日の集合教誨をお願いできませんか」

常法は顕真よりも早く東京拘置所に派遣されており、言わば先輩に当たる。腰も低く、面倒見もいいので常法を悪く言う者は少ない。

「以前から懇意にしていた方が急に亡くなられましてな。わたしとしても、どうしても自分で供養してやりたいものですから」

教誨の仕事は個人教誨だけではなく、忌日教誨や春秋彼岸会といった宗教行事、その他入所時指導や出所準備指導と多岐に亘る。囚人たちを一堂に集めての集合教誨もそうした仕事の一つだが、顕真はまだ一度も経験がなかった。

「六日でしたらちょうど予定は空いておりますが、わたしのような者に果たして勤まるものでしょうか」

「法事の際の講話がありますでしょう。あれの、聞いておる者が増えただけと考えたらいい。顕真さんなら大丈夫ですよ」

代役を引き受けたのはそれが他ならぬ常法の依頼であったこと、そして死刑執行の見守りよりは気が楽だろうという思いからだった。

八月六日、顕真は約束通り講師として登壇した。食堂よりも若干広い場所で、全員を集めた訓示や慰問の演しものが披露される。普段は独居房に籠もっている死刑囚たちもこの時ばかりは他の囚人たちと一緒にいられるので、存外に希望者は多いらしい。

壇上から望むと集まったのは四十人程度か。刑務官から聞いた話ではこのうち約四分の一が死刑囚ということだったが、もちろん顔を見ただけでは死刑囚と懲役囚の区別もつかない。前列に座る十人ほどが互いに間隔を空けて刑務官に監視されているので、おそらくその連中ではないだろうか。はっきりしているのは、全員が塀の外で悪事を働いていたという事実だ。

そう考えた途端、彼らの顔が不穏に見えてきた。たとえば最前列に座る白髪の男など好々爺然としているものの、ひょっとしたら何人もの人間を殺めたかも知れないではないか。後列右端で隣の男と談笑している若い囚人は強姦魔かも知れないではないか。

登壇するまでは日常のありふれた出来事を六道輪廻の教えに絡めるつもりだったが、彼らの顔を見ているうちに考えが変わった。彼らは紛うかたなき悪人であり、それは彼ら自身も自覚しているだろう。月並みかも知れないが、真宗には悪人向けの説法がちゃんと用意されてある。

「この中には初めてお会いする顔もあるようですね。浄土真宗僧侶の高輪顕真と申します。本日、本来であれば常法先生のご講話だったのですが、故(ゆえ)あって愚僧が代行することになりました。しばらくお付き合いいただければと存じます」

ひとしきり自己紹介が終わっても、囚人たちの視線には熱意がこもってこないように見える。それもやむを得ない。懲役囚は通常の作業から、死刑囚は孤独から解放されるのだから講話の内容などどうでもいいのだ。

だが中には真宗に帰依(きえ)した者もいるだろう。顕真の講話をきっかけにして、宗教心に目覚める者がいないとも限らない。それなら自分は誠意を込めて語らなければならない。

「皆さんはご自身を善人だと思っていますか、それとも悪人だと思っていますか。善人ならこんなところに入っていないと言われそうですね。ただ、どんな善人にも魔が差すということがあります。従って皆さんの中に善人がいらっしゃったとしても何の不思議もありません。そしてもちろん、自分はどこに出しても恥ずかしくない悪人と自認する人もいるでしょう」

くすぐりを入れると、わずかに囚人たちが反応を見せたようだった。

「親鸞(しんらん)の弟子が著した〈歎異抄(たんにしょう)〉という書があります。その中で一番有名な言葉はご存じの方もいらっしゃいましょう。『善人なおもて往生を遂ぐ、いわんや悪人をや。

然るを世の人常に曰く、悪人なお往生す、如何にいわんや善人をや』。分かりやすく言うと、善人でさえ救われるのなら悪人は尚更救われる。ところが世間の人はいつも、悪人でさえ救われるのなら善人は尚更救われると解釈しています。これは一見それらしく聞こえるのですが、阿弥陀仏が本願をたてられた趣旨に背くものなのです」

理解不能の仏教用語を不用意に使えば、それだけで囚人たちは聞く気を失くしてしまう。自分の言葉がちゃんと届いているかどうか、顕真は聴衆一人一人の顔を窺いながら話を進めていく。

その時、前列中央の男に目が留まり、顕真は危うく声を上げそうになった。

まさか。

どうしてあいつがこんなところに座っているのだ。

「……自分が善人であるというのは一種の自惚れであって、それで後生を解決しようとしている間は他力を頼むことができないので、阿弥陀仏のお約束の対象にはならないのです」

悪人だからこそ救われるという教えは、少なくとも自分の罪悪を自覚している者には有益なはずだった。ところが顕真の言葉に説得力がないのか、あるいは聞く側にその自覚がないのか、囚人たちは薄ら笑いを浮かべるか不機嫌そうな顔をしているだけだ。

いや、正直彼らの反応を気にする余裕はなかった。見るまい見るまいとしても、自然に視線があの男の方に向いてしまう。

他人の空似だろうか。いや、それにしては顕真に向ける視線がどこか懐かしそうで、あれは初対面の人間を見る目ではない。

それより何より、あの特徴のある鼻だ。どこか愛嬌のある団子鼻だが、全体がうっすらと紫色の痣で覆われている。かつて彼に聞いた話によると、中学の理科の実験で誤って劇薬を被ってしまい、以来あんな風になったということだった。世の中にはそっくりな人間が何人かいるらしいが、あんな特徴のある鼻の持主にはそうそうお目にかかれないだろう。

「ここで言いますところの他力本願というのは他人任せという意味ではなく、他力というのは阿弥陀仏の力。そして本願というのは、あらゆる人々を仏に成らしめようとする願いのことです。つまり自分が善人であるという驕りを捨て、阿弥陀仏の力におすがりすれば、自ずと浄土への道が開かれるのです」

ざっくばらんな講話のはずが、いつの間にか説法になりつつある。こんなことではいけないと思いながら、話に集中するのが困難になっている。話している方が集中できないのに、聞いている方が集中できる訳もなく、囚人たちの間からは囁き声や嘲笑が洩れ始めた。

「おいっ。講話に集中せんかっ」

見かねた刑務官が声を荒らげるとざわめきもいったん鎮まるが、またしばらくすると元に戻る。

古い馴染みと同じ顔を見ただけで心を乱される己が情けない。だが一方で、それだけ彼が顕真を狼狽させる相手であったことを思い知る。

「驕りを捨てる、自惚れを捨てる。そうして自分が着ているものを全て脱ぎ捨てたところに阿弥陀仏の救済があります」

一応話の筋道は立っているものの、如何せん心が入っていない。心の入っていない講話など、ただ説教を棒読みするようなものだ。それでも今更気持ちを高めることができず、顕真は口だけを半ば機械的に動かしていた。

講話が終わると、囚人の多くは苦笑するか不機嫌そうな顔をして拍手をした。

どうにも居たたまれない。

「持ち場に戻れっ」

刑務官の号令で全員が席を立ち、整列してそれぞれの場所へ散っていく。あの男が気になって仕方がないが、顕真の方から近づくことは叶(かな)わない。見送るうちに、その後ろ姿は独房の方角へ消えていった。

「先生。ご講話ありがとうございました」

顔見知りの田所(たどころ)刑務官がそう言って労(ねぎら)ってくれた。講話の不出来に触れようとしない気配りが、逆に心苦しい。

「あの男は誰だったんですか」

顕真は田所に問い質(ただ)した。

「鼻に痣のある男がいたでしょう。前列の中央に」

ああ、と田所は合点したように頷(うなず)く。やはり鼻の痣で特定したらしい。

「あれは関根(せきね)要一(よういち)という男ですよ」

やはりか。

顕真の知り合いも同じ名前だ。それならば同一人物で間違いないだろう。それにしても、あの男がどんな罪を犯したというのか。

だが顕真が訊(たず)ねるより早く、田所が言葉を続けた。

「ヤツは死刑囚ですよ。五年ほど前、ひと組のカップルを殺害して死刑判決を受けました」

顕真は自分の耳を疑った。

2

「先生は関根と知り合いなんですか」

田所はそう言うと、猜疑心に眉を顰める。教誨師は民間のボランティアでありながら拘置所への出入りが多いので刑務官に準ずる立場と捉える向きもあり、囚人と個人的な関係を持つことを警戒する傾向にある。

顕真は一瞬身構えたが、変に隠し立てしても後々碌なことにならない。ここは正直に申告しておく方がいいだろう。

「大学時代の同期です」

「それだけですか」

「ええ、サークルで一緒という他には何も」

「五年前、川崎で起きた殺人事件でした。当時は報道もされて、そこそこ注目を浴びたはずですがね」

五年前といえば、顕真も出家したばかりで修行に打ち込んでいた時期だ。新聞やテレビといった外界から隔絶されたような生活だったので、当該の事件については関知できなかったのだろう。

「坊主(ぼうず)というのは世事に疎(うと)いものでしてね。そこそこ注目されたというのは、重大事件だったからですか」

「本当にご存じないようですなあ」

田所はいったん警戒心を解いたように口調を和らげる。

「被害者のカップルと関根には何の面識もなく、擦れ違った関根が衝動的に二人を惨殺(ざんさつ)した。確か鼻のことを嗤(わら)われたのがきっかけだった……そういう事件でした」

つまり通り魔のような事件だったという訳だが、話を聞けば聞くほど顚真は混乱してくる。

学生時代、関根は特徴ある鼻を恥ずかしがるどころか、「この鼻のお蔭(かげ)で初対面の人間にもすぐ憶(おぼ)えてもらえる」と逆に重宝がる有様だった。もちろん虚勢を張った部分もあるだろうが、己の些細(ささい)な欠陥など笑い飛ばす剛毅(ごうき)さを持っていた。そんな関根が鼻を嗤われたくらいで刃傷沙汰(にんじょうざた)に及ぶなど想像もできない。まして人を殺すなど。

「すぐに事件は解決したんですか」

「本人が警察に出頭してきましたからね。その場で緊急逮捕、重大事件ながら幕切れは呆気(あっけ)ないものでした。本人が悪びれず二人の殺害を自供したので事件は早期解決、世間の関心もそれほど続かなかった印象があります」

決して逃げず、自分のしたことには責任を取る。そこだけは関根らしいと思った。

「関根と会うことはできますか」

「いくら先生でも気軽に会う訳にいかないのはご存じでしょう」

死刑囚と面会できるのは基本的に親族のみであり、再審請求をした場合には弁護士との面会も認められるが、実務上はそれすらも困難な場合が多い。国内外のNGO団体や国会議員が面会を希望した際も、願いは聞き届けられなかったという。死刑確定囚はその名の通り死ぬことが確定している者なので、法務省としてはその死を受け入れやすくするため〈心情の安定を図る〉との名目でなかなか外部の人間と接触させようとしないのだ。

「まあ教誨師の先生でしたら月イチで会えますがね。それだって本人の希望がなければ」

「本人に話してもらえませんか。わたしが、大学の同期だった高輪顕良(あきよし)が会いたがっていると」

きっと必死の面持ちをしていたのだろう。顕真が頼み込むと、田所は渋々ながら承諾してくれた。

「それからもう一つ。関根が起こした事件を詳しく知りたいのですが」

「それなら検察に記録が残っているはずです。さすがに供述調書やらの捜査資料までは無理でしょうが、裁判記録や判決文を読めば概要も分かるでしょう」

「そういうものは、どうやったら読むことができるのでしょうか」

「事件の第一審を担当した検察官の許(もと)に保管されているので、その検察官に対して閲覧の申請をするんですよ」

「関根の事件を担当した検察官の名前はご存じですか」

聞いてから後悔した。いち刑務官に過ぎない田所が死刑囚一人一人の情報にそれほど詳しいとは思えない。だが、渋い顔をするとばかり思っていた田所は意外にも苦笑してみせた。

「どうやらただサークルの仲間というだけではなさそうですな」

目が意地悪そうに笑っている。

「一審を担当した検察官でしたね。わたしごときが調べられるのはその程度ですが、まあいいでしょう。どのみち死刑が確定した囚人にしてやれることも限られていますから」

「感謝します」

「いや、この程度で感謝されても却って申し訳ないですな。おそらく検察官に閲覧申請をする方が、数段困難が伴うと思いますよ」

東京拘置所を出ると、顕真はハンドルを握りながら昔日の関根に思いを馳せた。

田所に告げた関根との関係は嘘ではない。

ただしまったくの真実でもない。自分と関根の間には単にサークル仲間という事実だけではなく、忘れがたい絆がある。

不意に、あの日の情景が甦った。

雪の剱岳。事前調査では中級の登山難度だったが、天候の急変で難度も急変した。穏やかだった緑の山脈は、瞬く間に白い地獄と化した。

生命が脅かされる局面になると、人は仮面をかなぐり捨てて本性を現す。しかし、そんな局面においても関根はいつもの関根だった。生命の危機であるにも拘わらず柔和に笑い、洒脱さと、そして控えめな勇気を決して忘れなかった。あの男と組んでいなかったら、間違いなく顕真は雪の中で骸となっていただろう。

関根のことを思い出せば思い出すほど、先刻の囚人服姿が何かの冗談のように思えてきてならない。およそ関根という男ほど牢獄の似合わない人間はいないのではないかとさえ思う。

大学卒業で互いの住まいが離れ、それぞれの新生活に馴染むに従って縁も遠くなった。ある年、出した賀状が転居先不明で返送されてからは音信も途絶えた。

それでもあの日のことは記憶に刻み込まれていた。日々の慌しさに忘れることがあっても、関根の顔を思い出す度に甦ってきた。

だからこそ確かめなければ納得できない。

どうして、あの男が死刑判決を受けるような罪を犯したのか。

導願寺に到着した顕真は、まず職員の詰所に向かう。迎えてくれたのは売店で売り子もこなしている涼波夕実だった。

「あら顕真さん、お帰りなさい」

「夕実さん、そこのパソコンちょっと借りてもいいかな」

詰所に置いてあるパソコンは売店の販売実績のデータ管理以外にも、住職以下八人の僧侶のスケジュール管理や導願寺のホームページ更新を担っている。さすがに寺の収支や檀家の個人情報に関しては住職と経理部だけが掌握しているが、それ以外の情報処理はこの端末で事足りるようになっている。坊主とパソコンの組み合わせは奇妙に見られるかも知れないが、今日びの寺はどこも似たようなものだ。

顕真は端末の前に陣取り、早速関根の起こした事件について検索してみる。ネットの情報に全幅の信頼を置く訳ではないが、新聞やテレビで報道された範囲なら網羅されているはずだった。

果たして検索ワードに〈関根要一〉と入力すると、ずらりと関連記事が現れた。

自分の知人、しかもあの関根がネット上で公になっている事実に違和感を覚える。世俗と離れている期間に起きていた事象を今になって見聞きするのは、ちょっとした浦島太郎の気分でもあった。

いくつかの記事を閲覧し、無責任な書き込みや誹謗中傷を除外していくと、事件のあらましは次のようになる。

事件が起きたのは平成二十四年八月二十三日のことだった。深夜に川崎市内の公園を巡回していた巡査が男女二人の死体を発見した。ところが連絡を受けた所轄が捜査本部を設置したのも束の間、翌二十四日の朝になって関根が警察に出頭してきたのだ。殺害の動機は、すれ違いざま自分の鼻を嗤われたからだと言う。その場で関根が二人の殺害を自供したために警察は緊急逮捕に踏み切り、事件は死体発見からわずか一日でスピード解決した。

しかも裁判の行方はといえば一審で下された死刑判決に対し、被告人側が控訴しなかったために確定してしまっている。カップル殺しという重大事件の割にそれほどマスコミの報道が長続きしなかったのは、おそらくその呆気なさに起因するものだろう。

だが顕真には呆気ないで済まされない。動機もそうだが、かっとなって二人とも刺し殺してしまったという事態がどうにも納得できない。関根要一という同姓同名の別人が犯した行為としか思えない。

自供の信憑性と警察の捜査過程、そして公判の審理についての記事はそれほど多く見当たらなかった。ネットでの情報量はマスコミの騒ぎ方に比例するらしいので、新聞やテレビの報道も公判が開かれた頃には、はや下火になっていたのだろう。

隔靴搔痒というのは、こういうことを言うのだろう。見たいものが見えず、知りたいことが隠れているのに手を伸ばすこともできない。

いずれにしても情報が足りな過ぎる。やはり検察庁に保管されている裁判記録を閲覧し、尚且つ関根本人から事情を訊かなければ到底納得できるものではない。

そんな風に考えていると、いつの間にか背後にいた夕実から声を掛けられた。

「ずいぶんご熱心なんですねえ、顕真さん」

「そう見えますか」

「まるでゲームに熱中している子供みたいです」

はっとした。自分では思っていなくても、傍目にそう映るのであれば無自覚のうちに愉しんでいる可能性がある。

顕真は自問してみる。

お前は教誨師の職業的倫理に突き動かされているのか、それとも個人的な思いで動いているのか。

そして、その思いの中にかつての友人の零落を悦ぶ気持ちが含まれてはいないか。

しばらく考えていたがようやくそうではないと結論を出した。情けない話だと思った。仏門に入って五年、信徒からの質問には答えられても、自分の問いに即答できないとは。

「ゲームではないのですよ」

顕真は独り言のように呟く。

「ゲームと呼ぶにはあまりにも残酷で、あまりにも徒労なんです」

「どうしてですか」

「既に決着のついていることですからね」

翌日、田所に電話で問い合わせたところ、事件を担当した検察官の名前を教えてくれた。牟田という男で当時も今も横浜地検で働いているらしい。

だがそれよりも耳寄りな話があった。

『関根は顕真先生に会ってもいいと言ってます』

返事をするのに一拍遅れた。面会したいと言い出したのは自分なのに、いざ会えるとなると逡巡めいた気持ちが芽生える。

『面会できるとしたら直近で今月の九日になりますが、どうしますか』

九日といえば明後日だ。幸い顕真の方に法事などの予定はない。

「行きますとも」

通話を終えると、自分の心音がうるさく聞こえた。期待によるものなのか、それとも怯えによるものなのか。どちらにしても情けないことに変わりはない。

面会の日までに裁判記録を閲覧できればそれに越したことはないが、さりとていきなり電話で問い合わせたり横浜地検に押し掛けたりしても逆効果だろう。特定の申請書があるかどうかも分からないため、牟田検察官宛てに関根の裁判記録を閲覧したい旨の手紙を認めて速達で送った。あわよくば関根との面会日までに返事があればと思っていたのだが、残念ながら回答はなかった。

八月九日、顕真は朝から落ち着かなかった。遠足前日に浮足立つ子供というよりは、試験当日の受験生の気分といったところか。

拘置所の駐車場に車を停める。暦の上では残暑でも、この日都内では最高気温三十九度が予想されている。まだ昼前だというのに早くもアスファルトの上からは陽炎が立ち上る。夏用の袈裟は正絹で通気性もいいのだが、さすがにこの暑さではどうしようもない。建物の中に入る前に、盛大な汗を掻いた。

拘置所内にも冷房設備はあるが、効いているのは職員用の部屋と廊下だけだ。関根との面会は独居房で行われるので、当然熱気の籠もる中での対面となる。

関根の待つ独居房へ刑務官と同行する。いかに教誨が目的でも、死刑囚との面会には刑務官が付き添う決まりだ。

「ここです」

刑務官が房の一つを指す。分厚い鉄扉にアクリルガラスの窓が上下に二つ並ぶ。この窓には偏光フィルムが貼ってあり、室内から廊下は見えるが廊下側から室内を覗くことはできない。こうして扉の前に立った顕真を、関根はどんな目で観察しているのか。

「二四一二号、面会だ」

ドアが開けられると、小ぶりの座卓を前に囚人服の男が正座していた。

「やあ」

関根はひどく穏やかな顔で顕真を出迎えた。顕真の記憶にあるよりもいくぶん頬がこけているが、柔和な笑みは相変わらずだ。

「よくきてくださいました」

他人行儀な言い方が、二十数年間の疎遠を物語っていた。突っ込んだ話をする前に、まずはこの障壁を取り除くのが先決だ。

「座ってもいいですか」

「どうぞ」

関根は背後から座布団を取って対面に置く。座布団はこの三畳間に一枚と決められている。自分だけが座る訳にもいかず、顕真は礼を言ってから座布団を横にずらす。

房の中は案の定、熱気が籠もっている。天井に照明器具とユニットになった換気装置があるために、廊下の冷気がわずかに忍び込んでくるものの、今日のような酷暑では文字通り焼石に水だ。窓の向こう側がルーバーで仕切られており風景は何も見えないのに、セミの声だけが賑やかなので余計に暑苦しく感じられる。

「久しぶりですね」

真横に刑務官が立っているが、どうせ遅かれ早かれ知られることだ。それなら最初に告げておいて、二人の間柄を隠さない意思表示をした方がいい。

こちらの意思を汲み取ったらしく、関根は軽く頷いてみせる。

「先生とお呼びすればいいのでしょうか」

「得度した際に顕真という名前をいただきました。顕微鏡の顕に真実の真と書きます。先生、というのはちょっと恥ずかしいので、そのまま顕真と呼んでください」

「顕真……本名から一字取って、真実を顕かにするという意味ですか。あなたらしい名前だ。それにしてもあなたが仏門に入るとは意外でした。昔は宗教なんかにてんで興味を見せなかったというのに」

「それはそうでしょう。自分でも出家するだなんて想像もしていなかったですから」

「一度、御坊からお聞きしたかったのですが、僧名というのは正式な名前になるんですか」

「色々な場合がありますね。わたしの場合は裁判所の手続きを踏んで名前を変更しました。多くの同僚もそうしていると聞きました」

「つまり本名を捨ててしまう訳ですね」

「わたしなどは本名が一字残っているので、それほど思い切ったものではありませ本名を捨てることは俗世での自分を捨てることと同義だ。その意味で顕真は俗世での自分を捨てきっていないことを意味する。

「大学を卒業してからご無沙汰だったので、もう二十五年になるんですね。またずいぶんと間が空いたものだ」

「それはそっちのせいでしょう。賀状が転居先不明で戻ってきたら、もうこちらには連絡の手段がない」

ああ、と関根は思い出したような声を洩らす。どうやら積極的に行方を晦ますつもりはなかったようだ。

「それは申し訳なかったですね。ちょうどあの頃は色々あって、知り合いに転居先を伝える余裕がありませんでした」

「申し訳ないと思っているのなら、そろそろ取ってつけたような敬語はやめにしませんか。さっきから気持ち悪くてしょうがない」

さすがに関根は、顔色を窺うように刑務官を一瞥する。この程度なら黙認してくれるのか、刑務官は眉一つ動かさない。

「以前はともかく、今は囚人とお坊さんですからね。片や極悪人、片や聖職者。タメ口を利くのは何となく気後れがして」

「言葉を返すようですが、真宗の教えでは僧侶と罪人の間に身分や貴賤の別はありません。いささか乱暴に言ってしまえば、わたしもあなたも等しく救われる者です」

するど関根は少し悪戯っぽい笑みを浮かべてこう切り返してきた。

「じゃあ、お言葉に甘えて不躾な質問をさせてもらいましょう。どうしてまたお坊さんになろうなんて思ったんですか。あなたに俗世を捨てさせたものはいったい何だったんですか」

「ちょっと待ってください」

顕真は片手を突き出して関根の言葉を封じる。一方的に質問攻めをされているが、これではまるで逆ではないか。そもそも今日の訪問は関根の本心を探るためだった。それに、刑務官に聞かれたくない個人的な事情もある。

「今度はわたしからの質問にも答えてください。わたしとの音信が途絶えた二十五年間、どこで何をしていたんですか」

「普通の暮らしですよ」

関根は淡々と話し出す。この男が死刑囚である事実が、〈普通の暮らし〉の意味合いを懐疑的にしている。

「大学を出てから家電メーカーに入社し営業をやらされました。部長まで任されたから、それなりに社員として使えたんでしょうね。あの事件を起こすまでは、まあ順風満帆だったんじゃないのかな」

「ご家族は。子供は何人いるんですか」

「いやあ、上司や同僚には恵まれましたが、女には恵まれんでした。この齢になっても独り身ですよ。顕真さんの方はどうですか」

一瞬答えようとしたが、言葉が喉の辺りで閊えた。これも刑務官には聞かれたくないことの一つだった。

「わたしのことは、もういいでしょう」

「まあ、お坊さんになった時点で肉食妻帯はご法度でしょうしね」

関根が知らないのが幸いだった。浄土真宗と他宗派との一番大きな違いは、真宗が僧侶の肉食妻帯を認めていることだ。だが、ここは説明などせずにやり過ごした方がいい。

それではここからが本題だ。

「五年前、あなたがどんな罪を犯したのかはネットに残っていた記事を漁って調べました」

「今更ですか」

「当時わたしは修行中の身で世事に疎く、リアルタイムで報道を見聞きできなかったんです」

「世事に疎い、ですか。皮肉なものですね。今じゃ顕真さんよりもわたしの方が世事に疎い。何しろ外界からは完全隔離ですからね」

関根の台詞（せりふ）は言い得て妙だ。こんな風に自身を戯画化してしまえるのも関根の身上だったことを思い出す。

「茶化さずに答えてほしい。どうして二人を殺したんですか」

「事件の概要は知っているんでしょう」

「見ず知らずの二人だった」

「その通りです」

「通りすがりに、その鼻を嗤われたと思った」

「それも、その通りです」

「嘘だ」

顕真は関根を正面から見据えて言う。

「あなたはそんなつまらない理由で衝動的に人を殺すような人間じゃない。それはわたしが一番よく知っている」

「人を殺す理由につまらないも素晴らしいもないでしょう。お坊さんの言葉とも思えませんね」

　関根は少しおどけたように言う。これも昔ながらの物言いだ。

「どんな聖人君子だって虫の居所が悪い時がある。そんな時に自分のコンプレックスを嗤われてみなさい。ふと魔が差しても不思議じゃない」

「それにしたって二人とも殺すなんて」

「普段理性的に振る舞っているヤツほど、いったんキレたら抑えが利かなくなる。人間の自制心なんて結構脆いもんですよ。まあ、徳を積んだお坊さんには縁のない話ですけれどね」

　皮肉めいた言い方だったが、不思議と気にはならなかった。最初こそぎこちない会話だったものの、喋っているうちに双方くだけてきた。二人の間に横たわる障壁を乗り越えるのは今しかない。

「誰が徳なんて積むものか。出家してまだ五年しか経っていない。檀家さんの前ではそれらしく振る舞っていても、未だに煩悩の塊だよ」

「何だか檀家さんが気の毒に思えてきた」

「それでも阿弥陀仏は救ってくださる」

しばらく関根は顕真の顔を眺めていたが、やがて改まった口調で言い出した。

「お前さん、変わったな。やっぱり宗教というのは人を変えてしまう力があるのかな」

「どんな宗教でもという訳じゃないし、どんな人間でもという訳じゃない。中には宗教を必要としない者もいるだろう。ただ、阿弥陀仏は来る者を決して拒まない」

「この俺でもか」

関根は顕真の反応を確かめるかのように顔を近づけてくる。

「二人もの罪のない人間を殺した俺でも拒まず救ってくれるのか。この間、お前さんの口から悪人は尚更救われると聞いた時から気になっていた」

「真宗の根幹だ。わたしが否定するはずがないだろう」

「そうか。それなら頼みがある。俺の個人教誨を引き受けてくれないか」

からかいや冗談を言っている目ではなかった。

「あれだけ信仰を見下していた人間が僧侶にまでなっちまうんだ。浄土真宗にそれだけの力があるのなら俺も興味がある。一つ、真宗の教えとやらを俺に説いちゃくれないか」

「さっき、来る者を拒まずと言ったな。それじゃあ去る者も追わずにいてくれるのか」

「望むところだ」

「それは保証しない」

するとは関根は、やれやれという風に首を振ってみせた。

短い面会を終えて刑務官と戻る途中、結局肝心なことは訊き出せなかったことに気づいた。そう言えば、相手からの追及を上手(うま)く躱(かわ)すのも関根の得意技だった。

まあ、いい。話してみた印象では多少冷笑的であったものの、以前から激変したところは見られなかった。晴れて個人教誨を受けたからには定期的に会って話すことができる。事件についての詳細もおいおい聞けるだろう。

「二四一二号とはお知り合いだったんですね」

刑務官が問い掛けてきた。無視する訳にもいかないので、適当に相槌(あいづち)を打っておく。

「東拘(東京拘置所)では、知り合いの個人教誨は禁じられているんですか」

「いえ、そんなことはないのですが、顕真先生も二重の意味でお辛(つら)いのではないかと思いまして」

「何故(なぜ)でしょうか」

「どうしたって二四一二号は死刑囚ですからね。教誨した者の死刑を目(ま)の当たりにするのはしんどくありませんか。それが旧知の仲なら尚更」

思わず顕真は足を止めた。

何ということだ。月に一度会えるという事実に目が眩(くら)んで、肝心なことをすっかり失念していた。

関根は遠くない将来、死刑台の露と消える運命なのだ。本人が五年前の犯罪について真意を語ろうが語るまいが、そんなこととは無関係に執行室へ引き立てられ、顔に布を被され、両手両足を拘束され、あの一メートル四方の穴に吸い込まれていくのだ。

不意に関根の姿に、堀田のそれが重なった。

穏やかな表情に洒脱な言葉。だがそんな関根でさえ、刑場に向かう時には堀田のように身も世もなく悶(もだ)え、半狂乱になってしまうのだろうか。

顕真は胃の辺りが次第に重くなるのを感じた。

3

個人教誨を引き受けたものの、関根の顔を思い浮かべる度に心が乱れた。どれだけ心を安寧にしても、遠からずその身体は死刑台の露と消える――教誨師として納得していたはずの当然が揺らぎ、顕真は困惑する。

教誨で拘置所を訪れるまでにはまだひと月近くある。本来であればその一カ月の間に諭す内容を考えればいいはずなのだが、降って湧いた疑念が邪魔をしている。

あの関根が人を殺めた。しかも肉体の一部分を嗤われたというだけの動機でカップルを殺害したという事実がどうしても納得できない。関根本人と話せば疑問も氷解するだろうと期待したが、二十五年ぶりに言葉を交わした結果は更に悩ましいものとなった。

洒脱で悪戯っぽく、己の都合よりも他人の事情を優先する男。そんな男が鼻の痣を嗤われたくらいで見ず知らずの人間を二人も殺すだろうか。

一瞬、〈冤罪〉の二字が頭に浮かぶ。だが証拠物件も揃っており、当初の段階で本人が犯行を自供していることから冤罪の可能性は否定される。

四半世紀もあれば、人は変わってしまうのだろうか。自分の知らない二十五年の間に、関根の人となりをすっかり変えてしまうような出来事でもあったのだろうか。

そんなことを考えながら、顕真は檀家の法事へと向かう。盆を迎えて法要が重なり、どこの寺も書き入れ時だ。導願寺も例外ではなく、朝の八時から夜七時頃までは檀家を渡り歩く毎日が続く。しかもただ経を読めばいいというものではなく、集まった参列者の前で法話の一つも垂れなくてはいけない。

古から僧侶という職業は地域の教育者という役割を担ってきた。学校制度が確立してからはそういう機会も少なくなったが、役割自体が消滅した訳ではない。教える側の僧侶にしても現代に対応した教義の解釈が必要になるので、檀家回りの後は仏教書を片手に研鑽を積まなければならない。そして法話の内容も日々更新することになる。

この日の檀家回りは午後八時に終わり、顕真が導願寺に戻ってきたのは九時近くだった。多くの寺がそうだが、僧侶は夕食を摂らない。その日最後の読経が終われば、さっさと着替えをして床に就くだけだ。

顕真は三年先輩の常信とともに読経する。一人で読経する時もあるが、導願寺では二人一組で行うことが多い。互いを監視するというよりも励行を促す意味合いからだが、読経が終わるなり常信が遠慮がちに話し掛けてきた。

「顕真さん。何か心配事でもあるのですか」

平素は物静かで口数の少ない男だが、決して周囲に無頓着な人間ではない。むしろ観察眼に優れ、ふと発したひと言が箴言になるような思慮深い僧侶だった。

「先ほどの山室さんの法事でも、お話ししている最中、どこかに意識がいっているようでした。今もそうです。読経しながら心ここにあらずという風に見えましたが、わたしの思い違いでしょうか」

常信から指摘されたら、誤魔化しても無駄なことは学習済みだ。詳細はともかく、理由を説明しなければ常信も納得しないだろう。

「実は懸念していることがあります。法話や読経に身が入らなかったのはそのせいでしょう。己の未熟さに恥じ入るばかりです」

「いっそ懸念されていることを打ち明けてみてはいかがですか。他人に告げた途端に懊悩が減じることは多いですよ」

理知的な面立ちの常信を見ていると、つい何もかも相談したくなる。これが徳というものだろう。だが、己に教誨を依頼した者への疑念を無責任に語る訳にはいかない。しかも自分の旧友でもある。

「お心遣いを大変有難く思いますが、もう少し自分で考えてみたいと思います」

「左様ですか。出過ぎた真似と思われたのなら、ご勘弁ください」

常信は一礼すると未練もなさそうに立ち去っていった。本人が望まぬ限り深追いもしないし、逆に突き放しもしない。日常がそういう立ち居振る舞いだから、檀家に常信を慕う声が多いのも肯ける。

後に残された顕真はしばらく考えに耽る。こんな割り切れない気持ちのままで一カ月を無為に過ごすのは苦痛でしかない。次に関根と面会する前に、事件の詳細を知っておいた方がいい。

関根の裁判記録を閲覧したい旨の手紙は横浜地検に届いているはずだが、当の牟田検察官からの返事はまだ来ていない。検察官への閲覧申請には困難が伴うと聞いていたが、それがどういう種類の困難かを聞きそびれた。既に結審した事件を掘り返されることに抵抗があるのか、それとも単に面倒臭がっているだけなのか。

明日あたり、電話で直接進捗状況を確認することも検討してみた。だが前者の場合には鬱陶しいと思われるだろうし、後者の場合はますます面倒がられるだけだろう。

不意に僧侶として過ごした数年間が疑問に思えてきた。世俗を離れて修行したと言えば聞こえはいいが、別の見方をすれば世の雑事を厭い、内省に集中していただけとも言える。説法を知り、教義についての理解は深まった一方で世事に疎くなった。裁判記録の閲覧申請にしても、市井の者ならばもっと要領よくこなすように思える。

寝間着に替え、布団の中に潜り込んでも目が固い。今日のように法事を掛け持ちした日の夜は喋り疲れと移動疲れで一気に寝入ってしまうはずなのだが、睡魔は一向に襲ってこない。

悩んで眠れなくなるなど、いったい何年ぶりだろうか。仏門への帰依を決意した時には相応の眠れぬ理由もあったが、修行を始めてしまえばこれほど悩むこともなかった。

少しだけ関根を恨んだ。雪の剱岳での遭難は顕真の人生を大きく左右させてしまう出来事だったが、それでも就職し、関根と音信が絶え、結婚して家庭を持ってからは思い出すことも少なくなった。喩えれば傷口の上に瘡蓋が固まっていた状態だった。だから今まで忘れていられた。

その瘡蓋が、東京拘置所の集団教誨を機に剝がされた。剝がされた後に現れたのは今にも血が噴き出しそうな深い傷口だ。

正直、集団教誨の席で関根を見掛けなければ悩まされることもなかった。だが知ってしまったからにはどうしようもない。いや、死刑が執行された後で関根のことを知らされたらもっと後悔しただろう。

とにかく次の面会日まで、自分にできることは全て試してみようと思った。

翌日も一日中法事の予定で埋まっていた。いくら関根のことが気になっていても、寺の仕事を後回しにする訳にはいかず、顕真は他の僧侶ともども檀家回りに駆り出された。

遠方の場合には電車やタクシーの使用が許可されるが、檀家のほとんどは寺の半径五キロメートル圏内にあるため、移動手段はもっぱらスクーターになる。風を切って走るのだから傍目には涼しげに見えても、実際には絶えず直射日光を浴びているので、スクーターを停めた瞬間にどっと汗が噴き出る。

この日は今季最高の猛暑を記録し、全ての予定を終えた頃には袈裟も下着も汗でずぶ濡れになっていた。暑さと連日の移動で疲労は頂点に達し、寺に戻った時にはさすがに夜の読経は勘弁してほしいとさえ思った。

ところが自分の部屋に戻ると、文机の上に夕実の字で認められたメモと封書が置かれていた。

『日中、顕真さん宛てに届いていました。もちろん開封はしていませんが、差出人が検察庁というのはちょっと物騒ですね』

封書は確かに横浜地検からのものだった。やっと牟田検察官から返事が来たらしい。

顕真は疲れも忘れて、早速封書を開いた。

中身を検(あらた)めて少なからず落胆した。刑務官の田所から釘(くぎ)を刺されていたので覚悟はしていたが、入っていたのは判決文のコピーだけで捜査資料や他の裁判記録は一切添付されていなかった。いや、送り主からの添え書きもあるにはあったが、一筆箋(せん)に認められた短文は業務連絡並みに素っ気なかった。

『導願寺　顕真和尚様
ご依頼の資料をお送りします。
横浜地検検察官　牟田圭吾(けいご)』

今日びはネットに張りついていれば判決文も検索できるらしいから、送られてきたものにそれほどの有難味は感じられない。しかしここ数日の多忙さを思えば、こうして文書で入手できただけでも収穫と捉えるべきか。

とにかく初めて公式な記録を読むことができる――顕真は着替えも忘れて判決文に目を通し始めた。

『横浜地方裁判所川崎支部　平成二十四年（わ）第一九五四号

主文　被告人を死刑に処する。

理由

（犯罪事実）

第一　被告人は平成二十四年八月二十三日午後十時頃、神奈川県川崎市大字手越の菅谷公園において、歓談中の兎丸雅司（当時二十八歳）と塚原美園（当時二十四歳）に襲い掛かり、まず兎丸雅司を、次いで塚原美園を所持していたナイフで刺殺し、そのまま逃走した。

第二　翌日になり、被告人は自分の犯行に恐怖を覚え、川崎署に出頭した。

被告人および弁護人は殺意の有無を争い無罪の主張をしているので、事実認定の理由については以下説明する。

一　事案の概要

証拠によると、以下の事実が認められる。

1　被害者兎丸雅司と塚原美園は以前より交際しており、当日二十三日は焼き鳥屋

〈とり将軍　手越店〉で夕食を終え、帰宅途中に菅谷公園に立ち寄ったものである。二人が午後八時四十五分に会計を済ませて店を退出したのは、店のレジに保存されたデータから明らかである。また同店から現場となった菅谷公園までは五百メートルの距離である。

２　同日午後十一時四十五分、同公園付近を巡回中であった派出所勤務斉藤義久巡査によって兎丸雅司・塚原美園両名の死体が発見された。斉藤巡査はその場で両名の生死を確認したが、両名とも刺創からの出血が夥しく呼吸・心臓はともに停止していた。

３　斉藤巡査の通報により川崎署捜査員と前之内亘検視官が現場に到着、検視官によって両名の死亡が確認された。死体はともに着衣のまま、兎丸雅司は胸部に三カ所、塚原美園は腹部二カ所に創口が認められ、他に外傷がないことからそのいずれかが致命傷になったものと判断された。なお現場には争った跡と多量の血液が残存していた事実から、両名の殺害場所は同公園内であると断定された。また凶器らしき物は持ち去られたらしく、現場からは発見できなかった。

４　被害者の死亡推定時刻

（一）兎丸雅司・塚原美園両名の死体は検視後、ただちに川崎第二医科大学法医学教室に搬送され、種村寿三教授の執刀により司法解剖が行われた。

（二）司法解剖の結果、兎丸雅司は胸部に三カ所の創口が認められ、そのうちの一つが心臓に達しており、これが致命傷になったものと推測された。種村鑑定書（甲10）には、兎丸の胃の所見として「ほとんど未消化の鶏肉と米飯粒を主とした粥状物が約300グラム残る。一部に暗褐色の微細物と少量の菜片が混じっている」、死後経過時間として「検視開始時（八月二十四日午前二時）までに死後三時間から五時間が経過しているのではないかと推測される。胆汁がほぼ充満状態にあり、胃の内容物の多くが未消化であること等の所見から、食後間もない時期の死亡と推定される」との記載がある。

（三）塚原美園の司法解剖についても種村教授が執刀を行った。塚原は腹部に二カ所の創口が認められ、いずれもが深い創洞であったがこのうち脇腹に近い創口に生活反応が確認できたことから、種村鑑定はこちらを致命傷と推定している。胃の内部には兎丸の鑑定内容と同様の内容物が残存し、その消化状態も同様であった事実から、塚原の死亡経過時間として、「検視開始時までに死後三時間から五時間を経過しているのではないかと推測される。胆汁がほぼ充満状態にあり、胃の内容物の多くが未消化であること等の所見から食後間もない時期の死亡と推定される」との記載がある。

（四）前記解剖時に採取された両名の胃内容について、種村鑑定とは別に、神奈川県警察科学捜査研究所（以下「科捜研」という。）技術職員前田誠一及び同大曾根幸太も鑑定を実施した。前田・大曾根鑑定書（甲12）には、兎丸・塚原の胃内容をシャーレに移し、蒸留水を加えてしばらく静置した後上澄液を廃棄する操作を数回行って、固形物様のものを採取し、肉眼及び顕微鏡で検査したところ、ほぼ原形を留めた鶏肉と米飯多数とキャベツ片が識別できたとの記載がある。

二　被告人について

事件発生の翌二十四日、午前九時四十分頃、被告人関根要一（当時四十二歳）が川崎警察署に出頭し、「菅谷公園で男女二人を刺したのは自分である」と自供したため、その場で緊急逮捕された。供述を録取した司法警察員富山直彦巡査部長作成の供述調書（乙8）によれば、被告人は仕事を終えた前夜午後八時から午後九時半の間に痛飲し、自宅へ帰る途中で菅谷公園に立ち寄った。その際、兎丸・塚原のカップルとすれ違い、塚原から「今の人、鼻見た？」と話し掛けられた兎丸が「見た見た、季節外れのトナカイ」と揶揄したことから逆上し、その場で兎丸と口論になった。被告人は酔いが回っていたことも手伝い、かっとなって所持していた登山ナイフで兎丸の胸を三回刺した。その時、二人の揉み合いを見ていた塚原が叫んだため、他人が来るとまずいと思い、咄嗟に同女の腹を二回刺した。すると二人とも動かなくなり、被告人は急に怖くなって凶器のナイフを持ったまま公園内から逃走した。

被告人は自宅へ逃げ帰った後、酔いが醒めると自分たちの争う姿を目撃した者がいるに違いない、あるいは防犯カメラに犯行の様子が映っているに違いないと怖れ、これは自首する以外にないと覚悟して翌朝になって川崎警察署に出頭したものである。
三　被告人に犯行の機会があったこと（アリバイが成立しないこと）について
1　被告人が痛飲したとする居酒屋について富山司法警察員が聴取したが、ふらりと立ち寄った店であったために店名や場所は失念したと被告人は供述する。尚、出頭時にアルコール検査を実施したところ血中アルコール濃度は0・01パーセント以下であり、その残留を確認することはできなかった。被告人の記憶は甚だ不鮮明であり、主張するアリバイを持たなかった。
2　菅谷公園に防犯カメラは設置されているが、北側一カ所にあるのみであった。犯行現場となった地点は小規模の林が広がる東側であり、三人の集合している姿は記録されていなかった。
四　凶器と被害者両名の血液付着について
1　川崎警察署が被告人の自宅を家宅捜索し、凶器に使用されたと思われる登山ナイフと多量の血液の付着したワイシャツを押収した。科捜研技術職員宮川直実他一名は、川崎警察署から被告人の自宅から押収した登山ナイフ及び被告人のポロシャツに付着していた血痕について鑑定嘱託を受け、平成二十四年八月二十五日から同月二十八日までの間、鑑定を実施した。その結果、別紙1のとおり、登山ナイフとポロシャツに付着していた血痕は、被害者兎丸・塚原両名の血液の血液型とDNA型がいずれも一致していた。なお、兎丸のABO式血液型はB型、DNA型のうちMCT118型が16－26型、HLADQα型が1.3－3型。塚原はO型、23－27、1.1－3型である（甲15）。被告人の供述調書には「両名を刺した後、持ち手にも大量の血を浴びたため、ワイシャツで拭い取った」との記載があり、犯行事実と一致している。

2　凶器と目された登山ナイフは刃渡り二十二センチ、有尖片刃器であり被害者両名の創口・創洞とともに一致した。

五　被告人の供述内容と性格について

1　被告人の勤め先は家電メーカーの〈ツクバ〉で、被告人は営業部長である。供述調書によれば、「同じ会社で二十年近く営業畑にいたが、最近は不況で白物家電の売り上げ成績が伸びず、憂さ晴らしに痛飲していました。自分は中学時代、理科の実験で鼻に劇薬を被り、今でもその痕が残っています。普段は面と向かって指摘する者はいませんが、一生消えない痣なので自分としてはコンプレックスに感じていました。それを通りすがりにあのカップルから馬鹿にされ、思わずかっとなったんです」と記載がある。

２　被告人はこれまで性格異常を示すような前科もなく、結婚歴はないものの通常の社会生活を営んできたという生活歴からみて、性格異常者とまでは言い難い。

六　被告人の性格鑑定について

１　弁護人は被告人の日常生活の様子から、被告人が平素の状態で本件のような犯行に及ぶはずがないと主張し、被告人の精神鑑定を申請し、当裁判所は右鑑定申請書を採用して、浦和医科大学精神医学部准教授医学博士町田珠樹に鑑定を依頼した。

２　町田は浦和医科大学病院精神神経科医療技術職員西野真美を助手として、次に挙げる五種類のテストを実施した。

（一）ＭＭＰＩ（ミネソタ多面人格目録）の検査結果によると、質問項目３８３項のうち無回答が52項目あったが、無回答の項目はいずれも本件に対する被告人の心理状態に関するものであり、不当に判断されては困るという警戒心が強く認められた。

（二）ロールシャッハ・テストに対しては、本人は警戒心を見せず、自由に想像力を働かせた。10カード全てに反応し、その仕方から被告人の性格を分析すると、協調性や共感性を有し、対人関係の構築にも積極的な面が窺える。感情も豊かであるが、その一方で一つのことに固執する傾向も強く、理性が制御できない場合は感情が爆発する可能性を秘めている。

(三)P-Fスタディ(絵画欲求不満テスト)によるとGCR(欲求不満に対する常識的、一般的な反応と被験者の反応がどの程度一致するか)は標準であり、欲求不満を感じた場合どのように処理していけばいいかを習得している傾向が見られた。

(四)バウム・テストの結果、自己と周囲の関係性についての関心が高く、樹木画からも対人関係の保持に対する欲求が認められた。

(五)TAT(絵画統覚テスト)によると、内容は標準的なもので特に奇異な受け止め方はしていないが、被告人にとって葛藤的内容(攻撃性・性的・危機的)では整った話を作ることができるが、非葛藤的内容(友人関係・恋愛関係)ではやや警戒的になった。空白カードでは自分の隣に何人もの他人を描き、無意識のうちに友人や家族への執着を示す結果となった。

3 被告人の行動観察、問診、心理テストから得られた所見を総合すると、被告人は意識が清明であり認知の障害は表立ってなく、常識的な判断力と感情表現の能力を有し、思考の障害もみられない。しかし、自身の身体的欠陥に対する質問や対人関係に敏感であり、また一部に執念の強さを想起させる傾向が認められた。

七　被告人の主張について

1　被告人と弁護人は公判において無罪を主張した。その論点は次の三項に集約される。

(一)犯行当時、被告人は酩酊(めいてい)状態にあり善悪の判断がつかない状態であったので、そこに殺意は存在せず無罪と主張する。しかし事件発生から十時間～十二時間を経過していたとはいえ、被告人の呼気や血液からは問題となるようなアルコール濃度は検出できず、また被告人が立ち寄ったという飲食店も特定できないことから、この主張は立証できない。

(二)そもそもの発端は被害者たちが被告人の身体的欠陥を揶揄したのであるから、被告人のみに責を問うのは一方的に過ぎると主張する。しかしながら、被害者たちが被告人を揶揄または罵倒(ばとう)したというのは被告人自身の供述でしかなく、第三者がこれを確認していない以上、この主張も立証できない。

(三)検察側は犯行当時、被告人が登山ナイフを所持していた事実について言及する。精神鑑定では意識の清明さと常識的な判断力を有していることが認められるものの、凶器と成り得る刃物を携帯していたことから、潜在的あるいは積極的に他人を死傷させようという意図があったと主張。弁護人は自宅に置いてあった物を無意識に持参していたと反論するが、殺傷能力のある刃物を無意識に所持することは普段の被告人の生活歴からは考え難く、犯行当時は特別な意識下にあったと類推できる。

結論

以上要するに被告人は精神障害を負うものではないが、就業先での不安と自身の身体的欠陥に起因する劣等感を内包したまま、被害者たちと口論になり、持参していた登山ナイフで両名を殺害したと認められる。凶器と衣服に付着していた被害者両名の血液、更に現場から採取された被告人の毛髪と下足痕（げそこん）、そして被告人にはアリバイがないことから、被告人が被害者両名を殺害したことに疑いはない。動機について立証できるものではないが、供述調書に記載された「鼻を嗤われたこと」への憎しみがきっかけになったのは被告人自身が語っている。

（法令の適用）

罰条　刑法199条

訴訟費用の不負担　刑事訴訟法181条1項ただし書

（量刑の理由）

本件は、被告人が通りすがりの被害者二名と口論となり、その結果両名を殺害し、死体を放置して逃走した事案である。

本件犯行態様は帰宅途中に偶然居合わせた被害者二名を半ば衝動的に殺害したものである。二名ものかけがえのない命を奪ったものであり、その結果が何にも増して重いのはもとより、幸福感で満ちていたであろうカップルが突然襲われた恐怖感や精神的・肉体的苦痛には想像を絶するものがある。これからの希望と愛情に満ちた人生を無残にも断ち切られた被害者両名の無念さは計り知れない。塚原の両親は未だ癒しがたい被害感情を有したままであり、極刑を希望している。最愛の娘を理不尽な犯行によって奪われた両親の悲嘆の深さ、被告人に対する遣り場のない憤りの激しさは十分に理解でき、被告人に対して極刑を望むのも当然である。

取り調べから公判に至るまで被告人は一貫して殺意の不在を主張しており、反省の弁もなく贖罪の表明もなかった。その態度からは良心の呵責や改悛の情が全くみられない。

以上から、被告人には極刑を与える他なく、主文のとおり死刑に処することとした。

（求刑　死刑）

裁判長裁判官　実山則夫

裁判官　塔島玲子

裁判官　気仙隆介』

顕真は判決文を読み終わるなり深い溜息を吐いた。

専門用語の頻出と硬質すぎる文章は読みづらいことこの上なかったが、内容はその瑕疵を補って余りあるものだった。また、それ以上に目を引いたのは凶器が登山ナイフであったという記述だ。

大学でサークルに入っていた頃から、登山ナイフは部員の必携品だった。普段は持ち歩かなくても、部室や自宅の机にはいつも自前の逸品を忍ばせていた。まさか、その品が凶器になるとは。

判決文の中に記述される関根要一は顕真の知る部分と知らざる部分両方を兼ね備えている。精神鑑定で浮かび上がる、対人関係の構築に腐心する常識的判断の持主、一般的に葛藤すべき内容には警戒心を持たない人間性はまさしく二十五年前の関根そのものだ。

しかし他方、鼻の痣に劣等感を抱き、それを嗤われたくらいで激情に身を任せる関根は全く未知の別人にしか思えない。まるで一つの物語に同姓同名の別人が登場しているようで、終始違和感が付き纏う。

違和感と言えば、この判決後も腑に落ちない。判決は横浜地裁川崎支部のものだ。つまりこれは一審判決ということになる。いったい関根と弁護人は何故控訴しなかったのだろうか。あまり法律に明るくない顕真ですら、日本の裁判が三審制であることは知っている。地裁判決に不服があれば控訴して高等裁判所で闘う。それが駄目でも先には最高裁判所が控えている。少しでも詳細を知ろうと情報を求めたつもりが、新たな疑問を生む結果となった。これでは今日も寝るに寝られない。

知りたいと思った。

この後の経緯を、そして関係者たちの言動全てを是が非でも知りたいと思った。そうでなければ関根を眼前にした時、どう対処していいか分からなくなってしまう。もう一度、牟田検察官に情報提供を依頼しようか。しかし牟田検察官の態度は、今回の判決文送付でははっきりと見えている。検察が起訴した被疑者の関係者だからやむを得ないが、あまり親身ではなく対応も必要最小限、追加要請をしても迅速に動いてくれるとはとても思えない。

では牟田検察官以外の誰を頼ればいいのだろうか。

そして、ひどく単純なことに思い至った。公判前からずっと関根の傍らにいた者、すなわち弁護人なら親身に対応してくれるのではないか――慌(あわ)てて送られてきた文書を読み返すと、冒頭に弁護人の氏名が明記されていた。

〈弁護士　服部一真(はっとりかずま)〉

横浜地裁川崎支部の法廷に立ったのなら、首都圏に事務所を構える弁護士である可能性が高い。ネットで条件づけして検索すれば、連絡先が分かるかもしれない。

とにかく一度、服部弁護士と会ってみることだ。

4

翌日、早朝の読経を終えた顕真は職員詰所に向かった。都合のいいことに詰所には夕実が一人でいた。

「申し訳ないね、夕実さん。またパソコンを借りられないかな」

「いいですよ。どうぞ」

夕実の屈託のなさに救われる気分でパソコンの前に座る。検索ワードに〈首都圏　服部一真弁護士〉と入力すると、彼の素性はすぐ明らかになった。

服部一真弁護士、七十一歳。東京弁護士会所属。事務所所在地は東京都千代田区神田須田町。

しめたと思った。同じ都内であれば簡単に行き来ができる。気になるのは七十一歳という高齢だが、齢のことを論えば僧侶でも同様だ。高僧と奉られている者は、そのほとんどが高齢者ではないか。高齢者という要因で先入観を持つのは不敬でしかない。

早速連絡を取りたいと思ったが、時刻はまだ午前七時前。まさかこの時間に法律事務所が開いているとも思えず、顕真は画面に映し出された連絡先を携帯端末に登録することにした。

やがて朝食、本日の日程を確認した上で僧侶たちは割り振られた檀家の許へ今日も遣わされる。服部弁護士に連絡できるのは昼過ぎになりそうな雰囲気だった。

昨日よりは落ち着いたとはいえ、今日の陽射しも殺人的だった。まだ朝方だというのに地面からは陽炎が盛大に立ち上り、アスファルトは粘土のような感触になっている。殺人を太陽のせいにしたフランスの小説があったが、こんな日はそれもむべなるかなと思えてしまう。

一軒目の法事を済ませると、ようやく正午前に時間が取れた。登録済みの連絡先に電話を掛けると、五コール目で男の声が出た。

『はい、こちら服部法律事務所』

どこか寝惚けたような声に法律事務所に対する先入観が崩れかける。それでも面談の申し入れをすると明後日の午後を打診してきた。ちょうど盆が終わった直後の平日で、檀家の法事も一段落しているのでこちらにも都合がいい。すぐに応諾し、顕真は電話を切った。

盆の法事が一段落つくといっても、導願寺の仕事がいきなり閑散期に入る訳ではない。約束した日も、顕真に与えられた自由時間は昼過ぎからの二時間だけだった。

二日後の午後一時、服部法律事務所の入っているビルの前に立つ。古い雑居ビルで一階部分はラーメン屋になっている。申し訳程度に設えられているエレベーターは、始動する際にがたりと大きく揺れた。

四階で降りると、フロアの薄暗さに戸惑った。共有スペースのメンテナンスが充分なされていないのか、廊下を照らす蛍光灯は明滅を繰り返して今にも切れそうだ。灯りを消した導願寺の本堂でも、これよりは明るい。

〈服部法律事務所〉のプレートが掛かったドアを見つける。通常のマンションの部屋と変わらず、これも古びたインターフォンで来意を告げるとようやくドアが開かれた。

色々と先入観を裏切ってくれる法律事務所だったが、服部一真本人が一番意外だった。

「弁護士の服部です」

中肉でいくぶん猫背。その姿勢のために相対する者を見上げるかたちになるが、猜疑心を感じる視線に警戒感を生じてしまう。

顔立ちもひどく貧相で、絶えず人やモノを値踏みしているような視線は老獪(ろうかい)さよりは小狡(こずる)さを連想させる。高齢であることは分かっていたが、これほど胡散(うさん)臭そうな人物とは予想もしていなかった。

見回してみても服部しかいない。そう言えば電話応対も服部らしき声だった。それでは事務員の一人もいない法律事務所ということになるが、なるほどオフィス家具や備品のあれこれを眺めても、安物か半ば大型ゴミと化したような代物(しろもの)しか目に入らない。

「電話では五年前に担当した事件についてお訊きになりたいということでしたね」

「はい。先生が関根要一という男の弁護にお立ちになった事件です」

「関根……関根……」

「川崎市内の公園でカップルが刺殺された事件ですよ。一審の川崎支部で死刑判決が下されました」

「ああ、あれか」

思い出したらしく、服部は俄に不愉快な顔をした。

「顕真さんはお坊さんだとか。関根死刑囚とはどんなご関係ですか」

服部には悪いが、会った瞬間に全てを打ち明ける気が失せた。ここは最低限の説明に留めておいた方がいいだろう。

「彼の教誨師を務めることになりました」

「教誨師。ほお、あの男が殊勝な心掛けですな」

どことなく揶揄している口調が耳障りだった。

「教誨を引き受けるに当たって、なるべく彼の人となりを知っておきたいと思いまして」

「それで弁護人だったわたしを訪ねてこられたという訳ですか。いやいや、ご苦労なことですな」

「人となり以外にも確認したいことがいくつかあります」

「守秘義務に抵触しない範囲でお答えするのは構いませんが、これは法律相談の要素も含まれますか」

「話の流れによっては、その可能性もあります」

「それでは三十分以内で五千円の相談料が発生しますが」

昔話をするだけで結構なカネを取ると思ったが、今更引き返す訳にもいかない。

「結構です」

「それではこちらへ」

カネの話が済むまでは客を座らせるつもりもなかったらしい。徹底した態度にはむしろ清々(すがすが)しささえ感じられる。

「最初にお伺いしたいのは一審判決後のことです。川崎支部で死刑判決が下された後、関根は何故控訴しなかったのですか」

「控訴はわたしも勧めたのですが、依頼人はそれを望みませんでした」

顕真は耳を疑った。

「控訴を断念したのですか、それとも望まなかったのですか」

「今言った通りですよ。依頼人本人が控訴したくないと意思表示したんです」

「控訴しても勝てる見込みはなかったということですか」

「あの一審判決は多分に裁判員の心証を反映したものだと思いますな」

服部は皮肉たっぷりに唇を歪めてみせる。

「裁判員制度が始まって、当時は厳罰傾向が顕著になっていた。現在、あの頃に下された極刑判決が、上級審でことごとく破棄されている。その事実を考えれば、関根の事件も控訴すれば懲役刑くらいに減刑されていた可能性はあります」

「それを本人にアドバイスしましたか」

「もちろん。いくら国選であっても、被告人の不利益を誘うようなことはしませんよ」

「国選だったんですか」

「本人には割に経済的余裕もあったのですがね。自分の命がかかっているというのに、どうしてまた国選にしたのか。費用を気にしなかったのなら、わたしにも色々とやりようがあったんですけどね」

私選であれば、報酬が望めれば自分ももっと執念を持って弁護できた——まるで死刑判決は関根の吝嗇(りんしょく)が招いた結果と言わんばかりだった。

「自首をし、警察での取り調べでは罪を認めながらも、公判では一転、無罪を主張する。決して珍しい話じゃないが、それでもあの抗弁は稚拙だった」

服部は他人事(ひとごと)のように評し始めた。

「酔っていたと言う一方で立ち寄った店は憶えていない。殺意の不在を主張するのはいいにしても、被害者への謝罪は口にするべきだった。しかしあの依頼人はそうした助言には一切耳を貸さず、終始自分のペースで法廷に臨み、そして自滅していった。

これはわたしの憶測なのですが、あの依頼人は法廷というものを軽視していた。自分の舌先三寸で裁判の趨勢をコントロールできると増長していたフシがある」

そんなはずはない、と顕真は心中で強く否定する。関根には自信家な一面もあったが、根拠のない自信に支配される男ではなかった。見掛け以上に慎重で、冒険よりは撤退を選ぶ男だった。

「ところがやること為すこと全てが裏目に出て、極刑判決を受けてしまった。それで心が折れてしまい、控訴する気概も失くしてしまった。わたしはそんな風に見ましたね」

「公判中、関根が一度として改悛の情を示さなかったというのが解せません」

「そういう者が今になって宗教に帰依しようとしているのが不可思議ですか。まあ、わたしも再審請求を担当したことがないので、死刑囚の心情など理解不能なところもあるんですけどね。公判では被害女性の両親がよく傍聴に来ていました。ひと言でも謝罪の言葉を口にすれば、遺族や裁判官たちの心証もずいぶん和らいだはずなのに、判決まで本当にただの一度も頭を下げなかったのですよ」

顕真はますます混乱する。やはり自分の知っている関根の行動ではない。殺意の存在を否定するにしても、己の行為が招いた結果までも否定するはずがなかった。

「殺意の存在を否定するという、愚直な一点突破も戦術的にはまずかった。何しろ被害者両名は複数回刺されており、そのいずれもが致命傷に近いものだった。そんな犯行態様でひたすら殺意の存在を否定しても手前勝手な言い訳にしか聞こえない」

「そういう助言を関根にしたんですか」

「ええ、しましたとも。ところがあの男ときたら全く意に介さず、いいから自分の言う通りに弁論しろと言って聞かないんです。依頼人がそこまで強く希望するものを弁護人が拒否することもできません。まあ、何といっても費用が限られた国選ですしね」

結局はゼニカネの問題に落ち着くのか。

「しかし、ああいう人間は珍しくないんです」

服部は顗真を相手に、教え諭すように言う。

「長らく家電メーカーの営業を務めていたらしいが、きっとそこそこ成功したんでしょう。小さい世界で成功した人間は世間が狭くなる。どこでも自分のやり方が通用すると増長し、そして陥穽に落ちて後悔した時は手遅れという寸法だ」

自分の依頼人であった人間を貶めて悦に入っているのも業腹だが、それでは法曹の世界に生きている人間は皆が皆、度量が深く世間も広いのかと問いたくなる。欲求を押し留めてくれたのは僧侶としての自覚だ。悪しきものを非難するのではなく、諭し導く。それこそが宗教家のあるべき姿と教えられた。

「関根は今も独房で死刑の執行を待っています」

顕真は感情を押し殺して言う。

「そのさ中、わたしに教誨を求めてきたことには必ず意味があります。後悔先に立たずという言葉がありますが、どのようなかたちで後悔するのかも、その人となりを示すものだと思っています。後悔し苦しむことが救いになることもあるのです」

「いや、さすがに教誨師の仰ることは高邁ですな」

服部は茶化すように片手をひらひらと振る。

「わたしたち弁護士に求められるのは依頼人の利益ですが、それはかたちのあるものでなければ依頼人は納得してくれません。そういう意味では、関根の弁護人に向いているのは御坊のような人かもしれませんな」

事務所を出ても胸の底の澱は少しも消えることがなかった。忙しい時間の合間を縫って面談したというのに、服部から得られた情報は顕真を尚更悩ませる結果になった。

関根は法廷において自分のやり方に固執したというが、それでも哀しみ憤る遺族を一顧だにしなかったというのは理解できない。人間の情として、または裁判を有利に進行させる戦術として遺族感情を無視するのは完全な失策であり、関根ともあろう者がそんな選択をするとはとても考えられない。

違和感が増すばかりで顕真は落ち着かない。弁護人だから誰よりも事情を知っているはずと、安易に考えたのが誤りだったのか。

物事も人も多面体だ。一方向から見るだけでは全体像が摑めない。それなら弁護側からだけではなく、彼を起訴した検察側の話も訊かなければならない。

やはり牟田には会っておくべきだろう。気がつけば、関根との面会までもう三週間もない。それまでに知り得ることを知っておかなければ、彼の現状と心情に寄り添った教誨ができなくなる。

脳裏に浮かぶ関根の顔に、また堀田の顔が重なる。

最期の瞬間に堀田のように取り乱すことがないよう、自分は仏の力を借りて関根を安寧に導かねばならない。

果たして自分にできるのだろうか。

顕真は自問してみたが、なかなか答えは出なかった。

二　囚人の祈り

1

盆を過ぎるとようやく法事の数が落ち着き、導願寺の僧侶(そうりょ)や職員はほっとひと息吐(つ)けるようになる。ただし法事の数が落ち着いても平時には平時なりの忙しさがあり、決して閑散になる訳ではない。ただ繁忙の度合いが和らぐだけだ。

だが毎日の勤めを果たしている最中も、顕真の頭には常に関根の判決文があった。

『……取り調べから公判に至るまで被告人は一貫して殺意の不在を主張しており、反省の弁もなく贖罪(しょくざい)の表明もなかった。その態度からは良心の呵責(かしゃく)や改悛(かいしゅん)の情が全くみられない』

横浜地検から届けられた判決文は、もう何度も読み返したので、骨子くらいなら諳(そら)

で言える。だが読み返した回数というなら関根本人に勝るものではないだろう。判決文は被告人の許に届けられる。死刑囚にとって、それは人生最期の評価書でもある。善行と悪行、慈悲と嗜虐、正と邪それぞれの決算報告といっても過言ではない。犯罪態様から本来の量刑を算出し、公判での言動を斟酌した結果が判決だ。

刑務官から聞いた話では、死刑囚は届けられた判決文をそれこそ舐めるように読むという。難解な専門用語と硬質な文章に難渋しながら、彼らは自分の人生がどう評価されたのかを懸命に読み取ろうとする。

関根も同じなのだろうか、と思うと顕真はやり切れなくなる。あの判決文には関根の理性や冷静さ、そして正義感への言及が全く為されていない。判決文に対する顕真の違和感はそこに起因する。関根要一という男の最終評価書であるにも拘わらず、裁判官たちの見方は偏見に満ちており、まるで別人に対する判決文のように思えてならないのだ。

違和感は関根本人を目の前にしても拭いきれない。拘置所で見えた関根はやはり大学時代の彼であり、とても鼻の痣を嗤われたくらいでカップルを惨殺するような冷血漢とは思えない。

多くの囚人を相手にしてきたある刑務官からはこんなことを言われた。

『そういうことはわたしたちにもありますよ。拘置所に収監されてくる死刑囚の何人かは、虫も殺せないんじゃないかってヤツらでしてね。わたしたちが指示を飛ばす度にびくりとしたりして、ただの臆病者にしか見えない。でもね、先生。間違いなくヤツらは人を殺めているんですよ』

その刑務官は重ねてこんな風に説明してくれた。

『どうもですね、人を殺す時に憎いと思うヤツもいるのでしょうけど、中には相手が怖くて殺してしまうヤツもいるんじゃないでしょうかね。いや、正当防衛とかの話じゃないんですよ。喧嘩になったか、予め傷つけるつもりだったかはともかく、相手にひと太刀浴びせてですね、そいつの反撃が怖くなって何度も何度も刺すって場合も結構あるんです。だから臆病そうに見えても死刑囚だというのは、すごくしっくりくるんです』

また先日会った弁護士の服部などは、判決文から感じられる違和感についてこんなことを言っていた。

『やっぱり死刑制度が存置されている国でも、人間一人をこの世から抹殺するには相応の理由なり大義名分が必要なんですよ。いちいち情状酌量を取り入れてたんじゃあ折角の大義名分も薄れる。だから最初に死刑判決ありきの場合には、被告人の善良さは見て見ぬふりをして、日常の中から凶悪さを拾い集める……裁判官に直接問い質したことはありませんが、どうもわたしにはそういう印象がありますねえ』

どこか胡散臭かった服部の言葉も、こと判決文を認める際に裁判官が被告人の日常の凶悪さを拾い集めるといった話には頷いてしまった。まさか裁判官全員がそんな強迫観念めいたものに囚われているとも思えないが、関根の事件についてだけは穿った見方をしてしまう。

現実の関根と判決文に登場する関根には、それほどの乖離があった。乖離は判決文を熟読すれば解消するかと思い、勤めの合間を見つけては判決文を広げていると、常信から声を掛けられた。

「いつもながら熱心ですね」

物静かな口調には皮肉も茶化しもない。

「少し拝見してよろしいでしょうか」

「どうぞ」

常信は受け取った判決文に視線を落とすと、苦笑しながら頭を振る。

「経を読み慣れた目には、なかなか理解しづらい内容ですね。教誨されているお方の判決文ですか」

「はい」

「わたしも教誨師に憧れていましたが、顕真さんのお仕事ぶりを見ていると、自分のような者には到底務まらなかっただろうと得心します。もしわたしであれば、過去の所業については身分帳さえ眺めてそれで良しと済ませてしまうかもしれません」

判決が確定した死刑囚には身分帳という記録が作成される。公判記録の概要、拘置所内での態度などが網羅されており、さながら逮捕以後の死刑囚の情報一覧のようなものだ。

もちろん顕真も関根の身分帳を閲覧した。それでも納得がいかないから、わざわざ判決文を取り寄せたという経緯がある。

「判決文にまで遡って調べるなんて、わたしなら考えもしないでしょう。顕真さんはさすがですよ」

「買い被りが過ぎます」

謙遜ではなく本音だった。そもそも今回の下調べの動機は個人的な問題を多く含んでいるからに過ぎない。その事実だけでも赤面しそうなのに、選りにも選って常信に褒めそやされるから、ひときわ恥じ入ることとなる。

一般的に教誨師というのは、多くの僧侶にとって憧憬の務めだ。推薦から仏教会会長の承認へと至る流れが、一種選民めいた印象を与えるからだろう。

「物覚えが悪いものですからね。他人様の二倍三倍こなしてやっと一人前という有様なんです」

「そこまで謙虚でいながらなお買い被りと主張されるのは、どうにも納得がいきませんね」

穏やかに苦笑する常信を見ていると、何故先輩を差し置いて自分がという意外さに駆られる。日頃の行住坐臥を見ていれば、自分よりも常信の方が数段教誨師に相応しい。

一度だけ、その居心地の悪さを本人に吐露したことがある。すると常信はそれこそが仏の御心なのだと言った。単に覚えがめでたい者ではなく、謙虚で熱心な求道者だからこそ敢えて艱難辛苦の道を歩ませているのだと。

「謙虚も何もありません。相手の話を理解しようとするだけでひと苦労なんですから」

「これは恥ずかしながら興味本位の質問なのですが、教誨師に必要な資質とは何なのでしょう」

顕真は思わず相手を見た。からかいではなく、常信は切なげな目をしていた。

自分に訊くのは筋違いだと思った。どうして顕真が教誨師の推薦を受けて承認されたのか、顕真自身にも分からないのだ。

返事に窮していたその時、夕実がやってきた。

「顕真さんにお電話ですよ。何でも横浜地方検察庁の人だとか」

検察庁と聞いた瞬間に腰が浮いた。

「すぐにいきます」

常信は少し残念そうな顔で、いってこいという手振りをした。

急ぎ詰所に向かい、受話器を上げる。

「お待たせしました。顕真です」

『お忙しい時に申し訳ありません。横浜地検の菅谷と申します』

名前に聞き覚えがなかったので、すぐには返事ができなかった。

『牟田検察官に面会を求められていましたよね。わたしは検察官付きの事務官です。ご本人確認の意味で和尚の手紙に記載されていたケータイにではなく、お寺の代表電話に掛けさせていただきました』

聞けば納得できる説明だったので、顕真は見えない相手に頷いてみせた。

『牟田検察官のスケジュールですと、来週の水曜日に一時間だけ空きがあります。午後二時からですが、和尚のご都合はいかがでしょうか』

幸い、来週の水曜日の午後なら予定されている法事もない。横浜なら都心からも近い。

「大丈夫です。いけます」

『アポイントを入れておきますので、受付でわたしの名前を出してください。それでは』

受話器を下ろしてから、徐々に罪悪感にも似た怯えが立ち上ってきた。

単に教誨を依頼されただけの僧侶が、事件を担当した検事に面会を求めるのは越権行為ではないのか。拘置所にそれを咎める規則はないものの、教誨に必要なことかと問われれば返事に窮する。少なくとも仏教会が推奨する行為ではない。

顕真は後ろめたさを背中に感じていた。

翌週水曜日、顕真は横浜地検の前に立っていた。

地検の本庁舎は隣接する法務合同庁舎を別館としており、堂々たる威容だった。上層階が突き出るようなかたちが殊の外目につく。

だが庁舎に入った途端、目につくのは自分の方なのだと思い知った。フロアを行き交う職員や来庁者、果ては警備員までが顕真に無遠慮な視線を浴びせる。

普段から人と会うために外出する際には五条袈裟を着用しているが、寺や檀家ならともかく官公庁の庁舎の中では相当に違和感を与えるのだろう。

二階受付でも顕真は奇異な目で見られた。やはり坊主の来庁というのは殊更珍しいようだ。来意と菅谷の名前を告げると、〈来庁者〉と書かれたプレートを手渡され、牟田検察官の部屋に案内される。

「お待ちしていました」

牟田は四十代と思しき男で、痩せぎすの身体とこけた頬が印象的だった。

「なかなか時間が取れずに申し訳なかったですね」

「こちらこそ勝手なお願いをしまして」

「職務上、和尚のことは少し調べさせてもらいました。結審した事件とはいえ判決文を送付する相手でしたから」

「わたしのことは顕真と呼んでいただければ結構です」

和尚ということばは一般的には僧侶を指すが、浄土真宗では使われない。牟田が僧職について詳細を知らないとはいえ、こちらのきまりが悪い。

「では改めて顕真さん。関根要一の教誨師をされているということでしたが、事件の詳細をお知りになりたいというのはそれだけの理由ですか」

牟田は応接ソファに顕真を誘うと、いきなり直截な質問を飛ばしてきた。検察官が調べたというのなら顕真と関根が以前からの知己であることも承知しているだろう。問題はどんな間柄なのか告げるかどうかだ。

「同じ大学で同じ学部。ついでに卒業年も一緒。お二人は友人関係だったのですか」

牟田が最初にカードを開いてくれたので、取りあえずは話を合わせることにした。

「ええ。そして同じサークルでもありました」

「関根の教誨師を引き受けたのも、それが理由ですか」

「いいえ。教誨は先方からの依頼でした」

「では、関根の事件を洗い直そうとしているのは何故ですか」

牟田は疑わしそうな顔をこちらに向けてきた。

「まさか冤罪を疑っていらっしゃるのですか」

「とんでもない」

顕真は言下に否定した。ここで顕真の立場を表明しておかなければ、牟田に不要な警戒心を与えてしまう。今後も協力を仰ぐ必要性を考えれば、警戒されないに越したことはない。

「獄中でも本人は自分の罪を認めています。調べているのは、そんな理由からではありません」

「では、何故」

「納得したいからです」

　顕真は牟田を直視して言う。

「仮にも死刑の確定した囚人に仏の道を説くのです。説く方の気構えも問われます。同時に、いかに早く本人の懐に入り人間的共感を獲得するかが重要になってきます」

　ふむ、と牟田は鼻を鳴らす。

「理屈はその通りなのでしょうけど、しかし顕真さんと関根は友人同士なのでしょう。それなら、何も策を弄さずともお互いの人となりは分かり合っているんじゃないですか」

「大学を出た後、ある時期からずっと音信が途絶えていました。彼が家電メーカーに勤めていたことすら知りませんでした。それが今では関根は囚人服を着、わたしはといえば袈裟を羽織っています」

「いくら友人であったとしても、境遇が違い過ぎているということですか」

「関根がどんな経緯で二人もの男女を殺めてしまったのか、新聞記事や身分帳だけでは到底納得ができないのです。納得できないまま仏の道を説いたところで、相手に見透かされては教えられるものも教えられません」

多分に強引な理屈だが、一応の筋は通っている。後は聖職者としての自分に、どれだけの説得力があるかだ。

しばらく顕真を観察している風だった牟田は、腕組みをしたままソファに深く沈み込んだ。

「教誨師というのは、皆さんが顕真さんのようなお坊さんなんですか」

質問の意図が摑めなかったので黙っていると、牟田が続けた。

「死刑執行の際にはご一緒しますから、わたしも教誨師の方を何人か存じています。いつも立ち話程度はするのですが、顕真さんのように担当検事の話を聞こうとまでする人はいませんでした」

「やり方が違うだけなのだと思います」

他の僧侶と比較されるのは困るので、顕真は言葉を選びながら話す。

「いかなる宗派いかなる僧侶であれ、ひとたび教誨を頼まれれば、誠心誠意相手に仏の教えが伝わるように腐心いたします。相手と同じ趣味を試みる者もいれば、一層仏教書を読み込んで相手からどんな質問を投げ掛けられてもいいように修練する者もいます。わたしの場合はそれが、より相手を深く理解するということなのです」

ふむ、と牟田は再び鼻を鳴らす。おそらく合点した時の癖なのだろう。

「仰(おっしゃ)ることは理解しました。しかし、わたしの話がどれだけ顕真さんの役に立つかは疑問ですね。公判における関根要一の答弁は裁判記録や判決文に記載されていることが全(すべ)てですよ。今更という気がしますが」

「そんなことはありません。何事も百聞は一見に如(し)かずと申します」

咄嗟(とっさ)に服部弁護士の愚痴を思い出す。判決文は被告人のアラ探しであり、司法警察員による員面調書と検察官面前調書は全て捜査側の一方的な主張で塗り固められている。言い換えれば、表に出ている裁判記録は起訴する側、被告人を有罪にしようとする側の見方でしかない。

だが、それをこの場で口にするのは禁物だった。

「わたしも閲覧できる記録は可能な限り読みました。しかし牟田検察官、人の実相というものは文章だけで全てを伝えられるものではありません。直接会った人間、話した人間の印象もまた人となりを示すものです」

「大学時代、顕真さんが関根に抱いた印象では足りないと仰るんですか」

「相対する者によって人の印象は様変わりしますから。それに時間の経過は決して無視できないものです」

　分かりました、と言ってから牟田は軽く息を吐いた。

「前言は撤回します。やはりあなたのような教誨師は他にいませんよ。それで、何から話せばいいんですか」

「最初に関根を取り調べた時のことからお願いします」

「検事調べですか。少しお待ちください」

　牟田は自分の机に戻ると、用意していたであろうファイルを持ってきた。

「手掛けた案件は少なくありません。正確を期すために、記録を確認しながら話をさせていただきます」

「お手数をおかけします」

「検事調べは平成二十四年八月二十五日、つまり関根が川崎署に自首してきた翌日になります。本人の全面自供により緊急逮捕、翌日に送検という流れです」

　犯人を逮捕した場合、警察は四十八時間以内に被疑者の身柄と事件の関係書類を検察庁に送らなければならない。関係書類の中には当然のことながら員面調書も含まれており、諸々（もろもろ）が一日で用意できた事実は取り調べが迅速に進んだことを意味する。

「関根はどんな様子でしたか」

「おとなしかったですね。すっかり観念したように見えました。男女二人をナイフでメッタ刺しした犯人にしては凶暴さが欠片（かけら）も感じられなかったですね。しかし、これは関根に限ったことじゃありません。犯罪態様と本人の態度が一見異なるのは、よくあることなんです」

「一見、というのはどういう意味でしょう」

「凶悪犯ほど、得てして警官や検察官の前では殊勝に振る舞うものです。後々裁判になった時を考え、少しでも心証をよくしようというのでしょう。現に関根は公判に移行するや否（いな）や、無罪を主張しましたからね」

「でも警察や検察の取り調べでは全面自供しているんですよね。自宅からは凶器の登山ナイフと被害者の血液が付着した衣服が押収（おうしゅう）されています。抗弁の余地などまるでありません」

「そう。犯行自体は自供も物的証拠も揃（そろ）っていて弁護側の争う余地がない。従って公判では量刑を巡る裁判となるのが通例です。ところが関根と弁護人はあろうことか無罪を主張してきた」

「殺意の否定、でしたね」

「殺意がなかったから、犯行そのものは認めながら無罪というのです。正直、弁護側の意図を測りかねました。殺意の不在を主張しながら、犯行当時には登山ナイフを持ち歩いていたのだから、言い訳にもなりゃしない。定石通り情状酌量の材料を掻き集めれば裁判官と裁判員の心証も違ったでしょうに、見当違いの主張をするものだからこちらも拳を振り上げざるを得なくなった。それはおそらく裁判官たちも同様だったでしょう」

「裁判官や裁判員の心証だけで罪科が決まるものなのでしょうか」

「顕真さんは永山基準というものをご存じですか」

「存じています」

死刑囚を相手にするのだから、教誨師になろうとした際に永山基準についてひと通りは齧っている。

一九六八年十月から十一月にかけて当時十九歳の永山則夫が、横須賀アメリカ海軍基地から盗んだ拳銃で四人を射殺した。これが世に言う〈永山則夫連続射殺事件〉だ。そして逮捕後の公判で永山は死刑判決を受けたが、その死刑判決の傍論として挙げられた死刑適用基準が、後の死刑判決を宣告する際の参考とされた。具体的には次の九項目だ。

1　犯罪の性質

2 犯行の動機
3 犯行態様、特に殺害方法の執拗性、残虐性
4 結果の重大性、特に殺害された被害者の数
5 遺族の被害感情
6 社会的影響
7 犯人の年齢
8 前科
9 犯行後の情状

無論、この九項目全てに該当すれば直ちに死刑というものではなく、それぞれを総合的に判断した上での判決となる。

「永山基準で最も人口に膾炙されているのは4に挙げられた被害者の数です。一人ならまだよし、二人であれば極刑もやむを得ない……俗説と片づける向きもありますが、実際永山事件以降、被害者の人数が死刑か懲役刑かの分岐点になる判決が多くなりました。もっとも近年、永山事件並みの凶悪事件が頻発して永山基準が変化しつつあるのも確かですけどね」

まるで死刑適用基準が変化したのを歓迎するような口ぶりだった。

「今だから話しますが、関根の事件の場合には死刑判決が下されるかどうかはボーダーライン上だったんです。6の社会的影響と8の前科については該当しなかったものですから。ところが公判で無罪を主張したことによって、関根は自らの首を絞めてしまった。口さがない者はそんな風に言いましたね」

その口さがない者に警察と検察の関係者は何人いたのだろうと想像する。ひょっとしたら牟田本人がその一人かもしれなかったが、立場上打ち明けることもできまい。

「取調室と法廷での態度が百八十度変わる被疑者は少なくありません。法廷戦術の一つと嘯く弁護士も存在しますが、わたしに言わせれば愚の骨頂ですよ。弁護人は社会正義の代弁者として颯爽と振る舞っていますが、肝心の被告人は地獄に落とされる」

「関根もそうだったと仰るのですか」

「いや、関根の場合は弁護人も及び腰だった部分があります。服部一真弁護士、でしたか。彼も無罪を主張しながら、どこか不本意な様子でしたから」

「わたしが解せないのは、関根が控訴を断念したことです。一審で無罪を主張した振る舞いを考えれば、控訴して然るべきだと思うのですが」

「あなたは関根ではないし、関根はあなたではない。控訴して然るべきなのにしなかったという事実が、大学時代と人が変わってしまった傍証になりませんか」

牟田の目に同情の色が差したようだった。

「人が変わったというよりも、間尺に合わないような気がするんです。一審で無罪を主張した関根と、控訴を断念した関根は別人のように思えます」

「冷静な目で見ればそう映ったとしても仕方ないでしょう。ただ、被告人サイドが一審で精根尽き果てる例も少なくありません。日本は三審制ですが、経済的事情や被告人の心境の変化で控訴を断念するケースがあるんです」

「当時の関根は、それほど経済的に逼迫していたのでしょうか」

「借金はなかったようですが、国選弁護を選択したところを考えると裕福でもなかったでしょう。それに関根の場合、裁判費用云々よりは精神的な疲弊が大きかったように思いますね」

牟田は斜め上を見上げて言う。

「一審で死刑を言い渡された瞬間、関根はがくりと肩を落としましてね。裁判官たちに一礼したものの、すっかり心が折れた様子で退廷していきました。法廷で殺意の不在を主張する際には若干顔を紅潮させるほど力が入っていたので、その分判決のショックも大きかったんだと思います。おそらく言い渡される直前まで自分の主張が通ると信じ切っていたのでしょう」

「法廷に被害者遺族はいたのですか」

「大抵は姿を見掛けましたね。兎丸家と塚原家とも両親がいました。判決言い渡し日もいましたよ」

「関根は被害者遺族にどんな態度を取っていましたか」

「公判中は歯牙にもかけませんでした」

当時の光景を思い浮かべたのか、牟田は苦々しく唇を歪める。

「徹底抗戦だとでも言うように、会釈一つしない。しかしまあ、判決を言い渡された時には刀折れ矢尽きていたせいもあって両家の遺族に深々と頭を下げていましたね。ただ、あれは一礼すると言うより、自然と頭が落ちたような印象でした。顔面も蒼白でした」

顕真は顔面蒼白となった関根を思い浮かべようとしたが、上手くいかなかった。あのどこか皮肉で、しなやかさを身上とする男が絶望する様などただの一度も目撃しなかったからだ。

「関根要一がどんな人間だったのかと問われれば、策士と言うしかありません。公判の経緯はそれこそ策士策に溺れるを地でいったようなものです。大学時代の印象と異なるというのであれば、それは二十数年の月日が関根を変えてしまったのではないかと想像するだけです。いや、ひょっとしたら大学時代は素の性格は日常の中に紛れていたのかもしれませんな」

　腹いせに人を殺し、死刑台から逃れるために無茶な強弁をするのが関根の本性だったというのか。

「教誨は関根からの申し出なんですよね」

「そうです」

「大学時代の友人と旧交を温めるという動機ではなく、ですか。死刑囚ともなればそうそう簡単に面会もできないでしょうから」

「あるいはそうかもしれません。しかし依頼されたからには、仏の道を説き、彼の精神的な負担を減じてやるのがわたしの務めです」

「いずれにしても顕真さんが関根に教義を説いて、彼を思慮深い人間に更生させてくれることを願ってやみません」

　立派なことを言ってくれると牟田を見直したが、相手は皮肉に唇を歪めていた。

「思慮深くなればなるほど、自分の犯した罪の重大さに恐れおののくでしょう。後悔し、罪悪感に苛まれ、自己嫌悪と恐怖に塗れながら死刑台に上ってほしい。少なくとも、ヤツに娘と息子を殺された遺族たちはそう願い続けている」

2

九月四日、顕真は田所に連れられて教誨室へと向かっていた。

本日が関根への教誨初日となる。普段でも初顔合わせの際はどんな人間を相手にするのかと少なからず身構えるのだが、今は別の意味で緊張している。

「お手数をおかけします」

「仕事ですからお気になさらず。それにしても関根が教誨を希望するとは」

「田所さんには意外でしたか」

「収監されて五年になろうとしていますが、今までそんな素振りは露ほども見せませんでしたからね。これも顕真先生のご人徳なんでしょう」

「やめてください。そんなものではないと思います」

「どんな経緯があるにせよ、関根が宗教に縋ろうとしているのは悪いこっちゃありません」

二十数年前は毎日のように顔を合わせ、山に登る時はパーティーを組んだ仲だ。命を預け、預かる場面も少なくなく、だからこそ単なる友人以上の絆がある。

だが、その男は男女二人を腹いせに殺害してしまい、抗弁空しく死刑判決を受けている。浄土真宗の僧たる顕真の役目は彼の精神的救済に尽力することだが、高輪顕良としては救済以前に確認しておかなければならないことがある。

そして何より、関根に精神的な救済が必要かどうかも怪しいものだと顕真は疑っている。関根という男は目の前に立ちはだかる難題を鼻歌混じりで飛び越えたり、器用に回避したりしてきたような印象がある。自分の流儀を持ち、自分の法律に従ってきたような人間だ。そんな人間に、今更既存の宗教が必要なのだろうか。ひょっとすると牟田が指摘したように、かつての友人と旧交を温めたいがために教誨を希望したという見方もできる。

それならそれで構わないと思う。自分と言葉を交わすことが精神安定剤の代わりになるのであれば、いくらでも会ってやりたい。

「じゃあ先生、関根を連れてきますから」

田所は教誨室に顕真を残して中座する。

見慣れた教誨室だが顕真は妙に落ち着かない。理由は明らかだ。教誨室から立会室に移れば、ガラス張りの窓から執行室が見える。

壁やカーテンに遮られていても、死の臭いは否応なく漂ってくる。そんな場所で関根と相対するのが、ひどく不吉に思える。いや、不吉ではない。実際、執行の日が到来すれば関根は教誨室から廊下を渡って執行室前室へ向かい、そして執行室に臨むのだ。

今更ながら、その現実に身が竦(すく)む。

関根の教誨師を引き受けた顕真は、執行の現場に立ち会う義務がある。顕真の気持ちがどうであろうと逃げ出すことはできない。目の前で関根が首にロープを掛けられ、一メートル四方の穴に吸い込まれるのを見つめなければならない。関根の身体の重みでゆらゆらと揺れるロープが、やがて命の終焉(しゅうえん)のように停止するのを見届けなければならない。

自分に耐えられるだろうか、と自問する。いつもの執行立ち会いではない。友人の死刑執行なのだ。

顔を背けはしないか。

泣いたり叫んだりはしないか。

執行される関根以上に動揺したりはしないか。

正直、その光景を想像するのが怖い。ただ友人の死を看取(みと)るだけではない。僧侶として、そして教誨師としての自分が試される場面でもあるからだ。

不安に時を過ごしていると、田所が関根を伴って戻ってきた。

「それでは先生。一時間後に」

そう告げて、田所は教誨室から消えていく。死刑囚といえども教誨の間は僧侶と一対一になる。刑務官は部屋の外で待機しているだけだ。

関根は顕真の前に立つと、ごく自然に姿勢を正した。

「本日はご足労をおかけし、申し訳ありませんでした」

「いえ……座りませんか」

仏壇の隣には四畳ほどの和室が設えられている。顕真は関根を誘って、畳の上に座す。腰を下ろした関根は物珍しそうに教誨室の中を見回す。

「中はこうなっているんですね。仲間の話では仏教徒とキリスト教徒で教誨室は別途にあるみたいですね」

「可能な限り多くの信者を救済するための措置と聞いています」

「言い換えれば、最期は宗教に縋ろうとする囚人がいかに多いかという証明ですね」

「あなたもその一人じゃないんですか」

「そう言えば、そうでしたね。失礼しました」

「……足を崩したついでに、話し方も崩しませんか」

「この部屋では僧職と信徒の身分です。教誨の後にしましょう」

あくまでも顕真の方から切り出さないと、関根は改まった口調のままでいる。拘置所の規則と関根の性格がそうさせるのだろう。

「それで顕真先生。教誨の第一回は何から始めますか。何か仏典でも読むんですか」

「教誨師によって方法は様々です。決まったやり方はありません。わたしの場合は、まず皆さんが普段思っていることや抱えている悩みを打ち明けてもらうようにしています」

「悩み、ですか」

関根は困惑気味に小首を傾げる。

「どんな些細なことでも構いませんか」

「ええ。どんなことでも」

「夏の暑さと冬の寒さをどうにかしてほしいですね。これじゃあ死刑台の露と消える前に、体調を崩しそうになります」

「それは悩みではなく苦情でしょう」

軽く窘めると、関根はすぐに頭を下げた。

「すみません。こういうのは初めてなもので、舞い上がっているみたいです」

「昔から迷いとか悩みとかには、縁のなさそうな人でしたからね」

顕真はわずかな皮肉を交えて語りかける。

「サークルの連中が就職や人間関係に悩んでいる時も、あなた一人だけはいつも超然として皆を傍観していた。年恰好(かっこう)はともかく、あなたはずっと老成しているように見えた」

「単に爺(じじ)むさかっただけですよ」

「サークルの女の子は困ったことがあると、必ずあなたに相談した。あなたに聞けば、必ず納得のいく回答を得られたからです」

「相談といっても、彼女たちは打ち明ける前に自分で回答を持っていました。わたしがしたのは彼女たちの背中を押しただけです」

「内なる要求に自分で気づかせる。ありきたりかもしれないが、なかなか実行できる人は少ない。ひょっとしたらわたしなんかより、あなたの方がずっと僧侶に向いている」

「よしてください」

関根は手をひらひらと振って苦笑する。

「抹香臭いのは苦手中の苦手です。あなたなら知っているはずでしょう」

「わたしだって自分が坊主になるなんて、あの頃は想像すらしていませんでした」

不意に関根は口調を変えた。

「そういえば、どうして顕真先生は出家したんですか。一度訊いてみたいと思っていました」

「ここはあなたが打ち明ける場所なのですがね」

少しだけ腹が立ったので、顕真は突き放すように言った。

「自分のことは棚に上げて、すぐこちらに質問を浴びせかけてくる。悪い癖は少しも直っていないようですね」

いやあ、と関根は頭を掻く。

「自分語りをしたいとは思わなくて。どうしても他人の方に興味が湧く」

話しているうちに見えない垣根が取り払われていく。喋り方もずいぶんくだけてきた。

「わたしの詮索よりも関根さん、あなたの話が重要です」

拘置所では二四一二号という番号でしか呼ばれない。だからなのだろう。名前を呼んだ途端、関根の目に火が点ったように見えた。

「悩んでいることがないのなら、常日頃思うことでいい。二十四時間の中で、一番思い浮かべることは何ですか」

　しばらく関根は俯いて考え込んでいるようだった。

「被害者とそのご遺族のこと、ですかね」

　顔を上げてそう言った。

「わたしが殺めてしまった兎丸雅司くんと塚原美園さん。二人とも若く、将来があった。その二人の人生を奪ってしまったのも罪深いですが、遺された家族のことを思うと気が塞ぎます」

「ご遺族に手紙とかは出したのですか」

「判決が確定した後、何度かは出したんですが、全部未開封で返送されてきました。助命嘆願のための手紙と勘違いされたのか、それとも子供を殺した者の手紙など最初から読む気がなかったのか」

「助命嘆願の意思はないんですか」

「今更どうして」

　関根は不思議そうな顔をした。

「死刑を回避したいのなら、一審判決が下された時、すぐに控訴したはずです。判決を確定させた時点で生への執着なんてありませんよ」

「それはわたしが訊きたかったことでもあります。どうして一審で必死に抵抗したにも拘わらず、あっさり控訴を断念したんですか」

「判決文を読みましたか」

「教誨に必要な資料だったので」

「なら説明する手間が省ける。一審でわたしの主張したいことは全て主張しました。にも拘わらず裁判官と裁判員はまるで聞く耳も持たず、情状酌量なんかこれっぽっちもなく判決を下した。判決文から沁み出してくる怒りと侮蔑が彼らの心情を代弁している。あれを言い渡された時、もうこれ以上は何を言っても無意味だと思った。だから控訴しなかったんだ」

束の間、関根は声を荒らげた。抑えていた感情が顔を覗かせたように思えた。

「俺のことはいい……です。それより被害者と被害者遺族について教えてほしい」

「何をですか」

「どうしたら、わたしは亡くなった二人の冥福を祈ってあげられるのか。どうすれば遺族を慰めてやれるんだろうか。顕真先生、知っているのなら教えてほしい」

顕真は言葉に詰まる。

己が手に掛けた犠牲者の冥福を祈るのも、遺された家族に詫びたいというのも、教誨を希望する死刑囚には珍しくない望みだ。死者への祈りは宗教の範疇なので、僧侶としての回答は用意している。

問題は生者である遺族への処し方だ。獄中から詫びるとすれば謝罪の手紙を送るより他にないが、殺人犯からの手紙を嫌悪する遺族も少なくない。中には関根の場合のように助命嘆願目的と勘繰られて一層憎まれることもある。

遺族の傷ついた心が慰撫されるのは唯一、死刑囚の刑が執行された時だけだ――そう明言した遺族もいる。彼らにしてみれば、家族を殺した犯人が未だに生存しているという事実以上に呪わしいものはない。愛する者が死んだというのに、何故犯人である死刑囚がおめおめと生きているのか。死刑囚がこの世に生存している限り、遺族の憤怒と懊悩には終わりがない。言葉を換えるなら、遺族に詫びる一番の方法は、さっさと死刑に処されることだ。

それを関根に告げる訳にはいかない。

「わたしはまだ若輩者ですから、ご遺族の慰め方については一緒に学びたいと思います」

「逃げられましたね」

関根は悪戯な笑みを浮かべる。

はっとした。その笑いは関根が大学時代にいつも見せていたものだった。

関根のことだから、顕真が口にしない真実にも見当をつけているのだろう。穿った見方をすれば、己にとって一番無慈悲な回答を顕真が口にできるかどうかを試したのかもしれなかった。

「ただし、亡くなった方の冥福を祈ることについては多少の助言ができると思います。というよりも、関根さんはそもそも祈る必要がないのです」

「何ですって」

「親鸞聖人の教えでは、亡くなった方は阿弥陀如来によって極楽浄土に迎えられます。従ってこの世の者が成仏を祈る必要はありません。わたしたちの礼拝の対象は亡くなった方ではなく、あくまでも阿弥陀仏なのです」

「しかし、現実に葬式や法事の際にはお坊さんを呼んで経を読んでもらうじゃないですか」

「読経によって死者が救われるという考えは、元々仏教のものではありません。というより迷信に近いものでしょうね。その迷信を打破したのが他ならぬ釈尊でした」

「釈尊……お釈迦様ですね」

「弟子の一人が『有難い経文を読めば死者は善い処に生まれ変われるのでしょうか』

と尋ねたところ、釈尊は手元にあった小石を拾われ、近くの池に投げ込みました。そしてこう言われました。『あの池の周りで石よ浮いてこいと念じたら、石は浮いてくるだろうか』と。石は自らの重みによって沈んだのであり、人も同じく自業自得によって果報が決まるのだという教えです」

「じゃあ、何のために経を読むんですか」

「言うまでもなく生者のためです。現世で苦しむ人々を幸福にするため、釈尊の教えを弟子たちが書き遺したもの。それが経典です」

「……何でも尋ねてみるものですね。初めて聞くことばかりです」

「経は亡くなった方のためという迷信は死者を悼む気持ちからのものでしょうから、それ自体が罪悪ということではありません。しかし真宗も含め、全ての宗教は生きている人間のために存在しています。現世に背を向け来世の幸福ばかりを祈念する宗教などは、やはり邪教の誹りを免れません」

「ここに収容された死刑囚たちでも、阿弥陀如来によって極楽へと導かれるのですか」

「もちろんです」

「若いカップルを殺したわたしでも？」

「はい」

「では、彼らは自分の幸福のために祈っているんですか」

「その通りです。罪を犯すにはそれぞれの事情があり理由があります。そして収監され、判決を言い渡された方で後悔していない人は誰一人いないでしょう。皆が皆、あの時はこうすればよかった、ああ言えばよかったと悔いているはずです」

説きながら、では関根はどうなのだろうかと訝しむ。昔から後悔というものを知らない男だった。ひょっとしたらカップルを殺害した行為すら悔いていないのかもしれない。

「ただしどんなに悔やんだところで時間を元に戻すことは不可能です。死んだ人は還りません。しかし学ぶことはできます。自分の何が至らなかったのか、何が悲劇を招いてしまったのか。思い出すのも辛いことを敢えて自省し、問い続ける。経文はその答えを導き出すための縁になるでしょう」

「現世に生きる者の幸福のため、ですか。しかし顕真先生。仮に死刑囚が帰依し、宗教的な救いを得られたとしても、それは死刑執行までの短い間だけでしかない。いったい期限つきの幸福に、どれだけの価値があるんでしょうね」

「期限つきというのであれば、死刑囚に限らず生きとし生けるものは皆そうです。無限の寿命など存在せず、それどころか不慮の事故や天災で思いもかけない死を迎える人は大勢いらっしゃいます。大切なのは長さではなく密度なのだとわたしは思います」

「残り少ない時間を充実したものにしろ、ということですか」

「相変わらず、身も蓋(ふた)もない言い方をする」

顕真は咎(とが)めるように言ってみたが、無論本心からではない。

「ですが考え方としては間違っていません。残りの人生がどれだけかなんて、誰にも分かりません。それなら長さに拘(こだわ)るよりも一日一日の充足に心を注いだ方が、はるかに建設的です」

「顕真先生は、もう何度も死刑囚の教誨をされたからご存じでしょう。死刑執行が本人に通達されるのは執行当日です。だから明日の朝、わたしの許に通達がくる可能性だってある。実質、残された時間は一日だけ。それでも経を読む価値があると思いますか」

「思います」

顕真はわずかに口調を強める。迷っている者の前では、たとえ己が疑いを抱いていても首肯しなければならない。

「たとえ一日であったとしても、生きていることに意味を見出せない時間を過ごすよりは、よっぽど価値がある。少なくともわたしはそう信じています」

「相変わらず、熱い言い方をする」

関根は顕真の言葉を真似る。しかし不快な気分にはならない。

「確かに怠惰な毎日よりは勤勉に生きる方が充実するとは思います。しかし顕真先生。わたしのような者に経典は理解できますかね」

「あなたなら大丈夫です。わたしなんかより、ずっと優秀だったじゃありませんか」

「それは答えの決まった設問だったからですよ。宗教のように回答が幾通りもあるような学問は苦手だ」

「学問ではなく、一種の娯楽くらいに考えてはどうですか。娯楽だって人生を輝かせる一助になります。それと同じですよ」

「上手い誘い文句ですね。分かりました。真宗に帰依しますので、わたしを導いていただけますか」

関根の言葉を聞いた刹那、久しぶりに顕真は宗教家を目指した自分を褒めてやりたくなった。

だが、それも一瞬だった。

「ただし交換条件があります」

「何ですか」

「さっきは誤魔化されましたが、顕真先生からはご自分が出家された理由と経緯をまだ聞いていません」

「……教誨には関係のないことですから」

「真宗の教えを乞うことは、わたしの精神の一部を顕真先生に少しずつ開陳することでもありますよね」

「否定はしません」

「そこで交換条件です。わたしは先生から経典をお借りして、次の教誨日までに読破しようと思います。そして経典を理解したと先生が判断されたのなら、出家の理由と経緯を告白してください」

「その交換条件に、いったいどんな意味があるのですか」

「少なくともわたしが経典を読破する動機づけにはなるでしょうね」

「ご自身のためではないのですか」

「わたしの精神を救うために教誨を引き受けてくれたんでしょう。それなら多少の我がままは聞き入れてください」

追い詰められたかたちになり、顕真は言葉を失う。何と関根は顕真のプライバシーと己のプライバシーを交換しろと要求しているのだ。

意味のない、無茶な要求だ。しかしこの条件を呑まなければ、関根はこれを機に背を向ける惧れがある。妙な具合になったが、教誨を引き受けたはずの顕真が不利な立場に立たされている。

思えば関根はこうした交渉が殊の外上手だった。相手が担当教授だろうとサークルの先輩だろうと、常に相手の上をいった。その能力は未だ健在という訳だ。

忌々しさと同時に若干の爽快さもある。しかし、なぜ関根は顕真の過去に拘るのか。加えて経典に対する関根の理解度を測りたい気持ちもあった。

「いいでしょう。その条件を呑みましょう」

「それでこそ顕真先生です」

「おだてなくても結構です。それでは後から『正信偈』と『御文章』を届けさせます。いずれも真宗の教義の基本書ですが、人によっては誤読する方もいらっしゃいます。関根さんにはそのようなことがないようにお願いします」

「いいですとも」

ちょうどその時、田所が顔を見せた。

「先生。そろそろ時間です」

それが教誨初回の終了を告げる合図になった。関根は田所に連れられて、己の独房に帰っていく。

「それでは顕真先生。また来月お目にかかりましょう」

別れ際に見せた微笑は、紛うかたなく宣戦布告を意味していた。

残された時間をどう有効に使うか——死刑囚には最重要であるはずの問題を関根はまるで愉しんでいるようで、顕真はどうにも居心地が悪かった。

そして自分の過去を開帳しなければならない予感に不快感を募らせた。

3

意気込んだ教誨初回は顕真の完敗に終わった。一対一の対話を通じて関根の実相を探るつもりだったのだが、終わってみれば顕真自身がプライベートを開陳させられかねない羽目に陥っている。

思えば関根という男は学生の時分から飄々として掴みどころがなく、本音を曝け出すことがあまりなかった。酒の席でも泥酔した光景を見たことがなく、自身のことに触れようとすればするりと逃げてしまう。そういう意味では、死刑囚となった今でも関根は以前のままだった。

付け加えるなら死刑囚と教誨師という立場でありながら、主導権を握られる関係も相変わらずだ。

檀家の法要を終えて戻ってからも、顕真は判決文に見入って反省していた。初めて面会した時、どうして人を殺めたのかを直截に聞いたものの、返ってきたのは判決文の一部を引き写したような回答でしかなかった。

関根本人の口から出た言葉であっても、何やら芝居の台詞のようにしか響かなかったのだ。

教誨師の立場で関根の心を覗こうとしたが、結局は軽くあしらわれたという印象しかない。その不甲斐なさに自分が情けなくなる。

次の教誨までのひと月は準備期間でもある。関根は優秀な頭脳を持ち、加えて読書家でもある。課題として貸し出した『正信偈』や『御文章』程度の仏典なら、ひと月もあれば難なく読みこなしてしまうだろう。ならば同じ期間内に、顕真は関根の攻略法を用意しておく必要がある。

大学ではサークルが一緒というだけで同じ講義を受けたことはなかったが、それでも交わす言葉の端々に知性が感じられた。仲間内では滅多に話題に上らなかったが関根に政治や経済の話をさせれば、汲(く)めども尽きぬ知識を披露した。あの頃から齢(とし)に似合わず博識だったのだ。

　唐突に顕真は思い出した。

　博識と思われていた関根が唯一口にしなかったのが、宗教に関する話題だった。理由は単純で、当時のキャンパスはサークル活動に名を借りた新興宗教の勧誘が蔓延(はびこ)っていたからだ。入学したてで右も左も分からぬ学生を言葉巧みに誘い、金銭どころか精神までしゃぶり尽くすやり口に、大学側のみならず学生も嫌悪感を抱いていた。嫌悪感を抱いているものは自(おの)ずと敬遠するようになるから、いつしかアレルギーにも似た反応を示すようになるという寸法だ。実際、顕真自身も宗教にはしばらく胡散臭さしか感じなかった。

　その二人が今、宗教を縁に再び触れ合おうとしているのは皮肉以外の何物でもない。顕真は巡り合わせの不思議さに、我知らず嘆息する。

　部屋の外から夕実の声が聞こえたのは、そんな時だった。

「顕真さん。ご住職がお呼びです」

「すぐ参ります」

即答したが、内心では疑問符が湧いた。住職から呼ばれることはさほど多くない。檀家からの声を受けて褒められるか注意されるか、あるいは僧侶に対する特別な伝達事項がある時くらいのものだ。

住職の執務室は本堂に隣接している。何人かの僧侶が横一列に並んで読経する後ろをすり足気味に歩いていると、じわじわと緊張感が高まってくる。まるで職員室に呼び出された中学生みたいだと、顕真は自嘲する。

九月も二週目に入ったが、境内から聞こえるセミの声はまだ衰えを知らない。読経の声とセミの鳴き声、賑やかなのに堂内は不思議に静謐が保たれている。

執務室の前までくると、顕真は廊下に膝をついた。

「顕真、参りました」

「どうぞ」

低く落ち着いた声に促されて障子を開けると、文机に向かっていた大きな背中がゆっくりと捻れた。

「呼んでおきながら失礼したね」

こちらに振り向いた顔は巨魁に似合わぬエビス顔で、ただでさえ細い目が微笑むと線のようになる。

導願寺住職、武邑良然。元より導願寺は本山門跡寺院で、門主である良然は浄土真宗本願寺派の評議会にも名を連ねている。伝え聞くところによれば仏教会においての顔も広く、他宗派との交流も深いらしい。言わば名実ともに本願寺派の顔と呼ばれる存在だ。

だがその肩書きにも拘わらず本人は至って気さくな性分で、若い僧侶にも気軽に話しかけてくる。分け隔てのない接し方は、そのまま徳の高さを体現しているようだった。

ずいぶんと慣れたはずなのに良然の前に出ると顕真は未だに緊張する。良然が気さくなだけの僧侶ではないのを知っているからだ。こうして正面に座っているだけでも、腋の下から嫌な汗が伝ってくる。

「お勤め中に申し訳なかったですね」

「いえ、ちょうど山喜さんの法要を終えてきたところでしたので」

「山喜さんでしたか。あそこは何回忌でしたかね」

「七回忌です」

「ああ、もうそんなに経ちましたか。まことに、去る者は日々に疎しですね。次の法要が訪れるまでには、わたしも彼岸の住人になっているかもしれませんね」

「ご冗談を」

年忌法要は一周忌・三回忌・七回忌、その次は十三回忌と決まっている。四年後六年後と法要が続き、三十三回忌で長い修行の締めくくりとして故人は菩薩(ぼさつ)の道に入り守り神となるのだ。次の法要まではあと六年、良然は数えで八十八歳になる勘定だが、今の健康状態を見る限り、米寿を迎えても矍鑠(かくしゃく)としている姿しか思い浮かばない。

「いや、顕真さん。この世の無常の中では人の命など儚(はかな)いものです。いつなんどき寿命が尽きるのかは誰にも予想できません。だからこそ、一日一日を懸命に悔いなきよう生きる。それが道理というものです」

「恐れ入ります」

「あなたもその道理があるからこそ教誨師を務めておいでなのでしょう」

「教誨の理由づけとして語ることはありますが、己が知悉(ちしつ)しているかとなると怪しいものです。まだまだ説法も拙(つたな)い若輩者ですゆえ」

「謙遜ですね。あなたがどれだけ死刑囚たちのために心を砕いているかくらいは聞き知っていますよ」

良然は微笑み顔のままこちらににじり寄ってくる。決して親しみの仕草ではない。これは詰問(きつもん)のために間合いを詰めているだけだ。巨魁なので、近づいただけで否応なく威圧感が増す。

「先月、東京拘置所の高階さんにお会いしました。顕真先生の教誨活動によって多くの死刑囚が真宗に帰依したと、大変お喜びの様子でした」

「高階さんはお世辞がお上手ですから」

「それも謙遜ですね」

良然は称えてくれるが、顕真の心は冷めている。確かに教誨を施した死刑囚の多くは仏門に帰依した。だが帰依した者はほどなくして死刑台の露と消えるので、その数が増えることはない。いつも一定数を保っているだけだ。

「どうしましたか。何やら逡巡されているようですが」

良然は相手のちょっとした表情の変化も見逃さない。糸のような細い目なのに、相対する者の胸奥まで全て見通しているかのような底知れなさを感じる。ここで下手な言い訳をしようものなら、下手な部分を突いてこられてますます窮地に追い込まれるだろう。顕真自身が何度もそういう目に遭ってきたので身に沁みている。

事実、顕真の胸の裡にはどうしても払拭できない澱がある。忘れようとしても折々に甦り、甦る度に心身を蝕むバクテリアのような澱だ。

経験上、澱は早く吐き出すに限る。ちょうど目の前には、人の内面に精通する師がいてくれる。懊悩を打ち明けるのに、これ以上うってつけの相手もいないだろう。

「実は……ある司法関係者から言われたことがずっと頭から離れません」

「ほう、司法関係者。そのお方から何を言われましたか」

「死刑囚に教誨を施し、彼らを思慮深い人間に更生させてやってほしい、と」

「言わずもがなのような気がしますね。それが教誨の目的の一つなのですから」

「思慮深くなればなるほど自分の犯した罪の大きさに恐れおののき、後悔し、罪悪感に苛まれる。そうした自己嫌悪と恐怖に塗れながら死刑に臨んでもらわないと、遺族たちが救われない……そう言われました」

顕真は、牟田が放った言説を思い出さずにはいられなかった。牟田にしてみればただの皮肉に過ぎないかもしれないが、教誨師の顕真にとっては己の存在意義を左右しかねない発言だった。

「粗暴で凶悪でしかなかった死刑囚が真人間に近づけば近づくほど、死への恐怖を増幅させる。それが現実だとしたら、教誨師のしている行為は徒に囚人を苦しめるだけではないでしょうか。我々教誨師のしていることは単なる自己満足であり、結局は死刑囚たちを精神の地獄に追い立てているだけではないのでしょうか」

良然の表情に変化はなく、口は閉ざされたままだ。

不安もあるが、全てを吐き出したことで胸がすっと軽くなった。どんな悩みでも解放してやれば一部分なりとも抜けていく。後は自力で解決するか、時間の経過とともに忘却するのを待つか二つに一つだ。

だが吐き出した相手が良然なら、時間の経過を待つまでもないという期待がある。快刀乱麻を断つごとく、顕真の迷いを両断してくれそうな気がする。

やがて良然は徐(おもむろ)に口を開いた。

「それは教える側と教えられる側、双方の問題でしょう」

一語一語、噛(か)んで含めるような言い方だった。

「自分の犯した罪の重さを知る。もう取り返しのつかない残酷さを知る。どちらも欣(ごん)求浄土(ぐじょうど)には必要な修行ですが、それで祈りの心を獲得するのか、あるいは絶望に押し潰(つぶ)されるかは本人の修練次第と思いませんか」

「それはその通りですが……」

「教誨師でなくても、宗教家の役割はあくまで迷える方を導くことであって、後押しすることではありません。もちろん浄土に出立できるよう最善の方法を模索しますが、だからといって導きに応(こた)えるか拒むかは本人の取捨選択です。そしてこれはわたしの持論なのですが、救済や指導は決して強制的であってはなりません。本人が望むかたちで本人が率先して祈らない限り、本当の意味での救済にはなり得ません」

「それでは本人の資質によって救われる者か否かが決定してしまうのではありませんか」

「一辺倒のやり方ではなく、人に応じた説諭があります。同様に、人に応じた救い方があります。教誨師であれば、本人との対話の中で最も効果的な道を探してあげるのが務めではないでしょうか」

良然の持論は聞く者にとって厳しくもあり優しくもある。聞き手の覚悟の度合いで如何様にも受け取れるからだ。

抵抗の少ない説諭と言えなくもないが、顕真のように求道精神の強い者には苛烈に聞こえる。しかも、おそらくは苛烈に聞こえるであろうことを期待している。

お前ならばこの程度で良しとするまい――良然は顕真の人となりを見透かした上で持論を展開したとしか思えない。

「ところで先日、横浜地検から判決文が届けられたそうですね。何でも教誨師宛の判決文だとか」

「はい」

「身分帳を見るだけでは足りませんか」

答えながら、これが呼ばれた本当の理由だと気づいた。表情は変わらずとも、畳み掛けるような口調でそうと分かる。

「身分帳には本人の声が網羅されていません。本人を知るためには、もっと精緻な資料が欲しいと思いました」

「でも、それ以前は身分帳で済ませていたんですよね」

口調も変わらないが、言葉尻に詰問の響きが聞き取れる。やはり顕真を責めるつもりなのか。

「今までしなかったことを試みるのは、今までになかった事柄に直面しているからではありませんか。現在、顕真さんが担っている教誨の相手は、どういう死刑囚なのですか」

相手が違えば教誨のかたちも違ってくる。逆の言い方をすれば、教誨の仕方が違うのなら相手も過去の事例とは違うはずだ——さっきの説諭は、この質問を導くための呼び水だったに相違ない。

「顕真さん」

こちらが黙ったままでいると、良然は更に近づいてくる。顕真は観念して事情を話すことにした。

「実は今回の教誨の相手は、わたしの知人なのです」

一瞬だけ、良然は眉根(まゆね)に皺(しわ)を寄せた。

「以前のお仕事の同僚ですか」

「いいえ、大学時代の友人です。関根という男で、同じサークルに所属していました」

名前と間柄を喋ってしまうと、後はなし崩しだった。気がつけば集団教誨で関根と再会し、教誨を依頼された経緯をすっかり話していた。

話を聞き終えた良然は、ようやく合点したという風に頷いてみせる。

「つまり関根さんがどのような経緯で人変わりしたのか納得できず、裁判記録まで遡ってみた。そういうことですか」

「はい」

「そういう事情であれば顕真さんの対応も無理のない話ですね。しかし、このまま関根さんの教誨を続けられますか」

やはり、それを訊いてくるかと思った。

「引き受けたからには全うしたいと思います」

「しかし先の発言を翻(ひるがえ)すようですが、いずれは死刑が執行されるのですよ。確か、執行時には教誨師も立ち会わなければならないのでしょう」

顕真は言葉をなくす。

死刑囚ならば当然に訪れること、避けては通れない運命——しかし自分は見て見ぬふりをしようとしていた。考え出したが最後、絶望と恐怖におののくしかないのを知っていて無理に思考の外に退けようとしていた。

だが良然から突きつけられれば、もはや逃げ場はない。

「はい。最期の瞬間まで見守ることになっています」

「あなたは耐えられるのですか」

即答しようとしたが、できなかった。正直そこまで考えた上での決意ではなく、関根から頼まれた刹那(せつな)、半ば反射的に応じてしまったのが実状だ。しかし、今更翻意することは顕真の性格上許されない。

「ご自分ではどう思っていらっしゃるか知りませんが、あなたは存外に情熱家なのですよ」

「そう思ったことはありません」

「確実に死が迫っている罪びとの懊悩を解いてやりたい。その目的で教誨師を目指したこと自体が情熱家であることの証左ですよ。自分が教え導いた死刑囚が死刑執行される時、あなたはいつもどんな気持ちでそれを見届けていますか。冷静に経を読むのは難しいのではありませんか」

顕真は再び返事に窮する。堀田やそれ以前に教誨を頼んできた死刑囚が死刑執行される時、自分は例外なく動揺していた。経を読むのは、迫りくる恐怖を紛らせるための行為でもあった。

「冷酷なようですが、我々僧侶は教義を説くことはできても信者の行く末に責任を持つことはできません。教誨師も同じです。本人の求めに応じて心を穏やかにすることはできても、言ってみればそれが限界です。彼らの運命を左右できる訳ではない」

「重々、承知しています」

「承知していることと納得することは別です。殊にあなたのように厚情な方は、いったん心を交わした相手を突き放すことができません。だから彼らが死刑台に向かう時、平静ではいられなくなる」

いちいち正鵠を射ているので、反駁すら思いつかない。

「皮肉な話なのですがね。人間的であればあるほど宗教家には向いていないという場面が現れるのです。人でありながら人でなく、教える立場でありながら突き放さざるを得ない。坊主に限らず、宗教家にはそうした冷徹さが時には必要です」

「……わたしでは不適格と仰るのでしょうか」

「そうは言ってません。ただ、顕真さんが今のままでは、とても関根さんの教誨を全うすることはできませんよ。いや、仮に全うできたとしても、彼が死刑執行された後も教誨師を続けていける自信がありますか」

怯懦な心を射抜くような言葉だった。隠していた怯えを真直ぐに突いてくる。その衝撃に危うく仰け反りそうになる。

「出家してから、自信を持ったことなど一度もありません」

ふと指先に違和感を覚えた。

まるで寒風で悴んだように冷たくなっている。

顕真は声を搾り出すようにして、ようやく答えた。

「教誨師の仕事もそうです。彼らに真宗の教義を伝える際も、いつも自問自答しながら説諭しています。きっと今回もそうなるでしょう。未熟過ぎて自分が嫌になります。こんな未熟者が人に教える資格などあるのかと思います。でも、やめる訳にはいかないのです」

喋りながら、己の語彙の貧しさに腹が立って仕方がない。言葉にしたいこと、吐き出したいことは山のようにあるのに、良然に伝えきれないもどかしさが胸を潰す。

やがて良然は、やめる必要はないと告げた。

「僧侶だからといって、あまつさえ悟りを開いたからといって、人が全ての煩悩(ぼんのう)や柵(しがらみ)から解き放たれる訳ではありません。かく言うわたしにしても、日々は迷いの連続です」

「そんな、まさか門主が」

「立場上、顔や素振りには出せませんがね。門主などと偉そうにしていても、所詮は未熟者の一人です。だから、あなたが殊更卑下することはないのですよ」

「わたしと門主を同列に考えるなんて、できません」

「同じ人間、同じ親鸞聖人の弟子です。あなたに心掛けてほしいのは、逃げるのを覚えることです」

「逃げ、ですか」

「情熱を傾ければ傾けるほど、関根さんとの別れは痛切になるはずです。教誨師として全うするのも結構ですが、いざとなったら逃げることも選択肢の一つなのだと肝に銘じてください。人の生き死にに己の生涯を賭(か)けろと命じるほど、真宗は頑(かたく)なな教えではありません。ひどく手前勝手な言い方になってしまいますが、導願寺住職として一人の死刑囚の行く末よりも優秀な僧侶を失うことの方が痛いですからね」

「お気遣い、いたみいります」

「わたしから言いたいのは以上です。貴重なお勤めの時間を割いていただいて申し訳なかったですね」

顕真は深々と低頭し、執務室から退室しようとした。

ところが障子を開けた瞬間、廊下で盆を掲げたまま立ち竦んでいる夕実と目が合った。

驚いた様子から察すると、どうやら二人の話を聞いていたらしい。顕真は機転を利かせ、何食わぬ顔で障子を閉めた。

何か言おうとしている夕実を片手で制し、二人で執務室から離れる。彼女がようやく口を開いたのは、本堂の前を通り過ぎてからだった。

「あの、本当に申し訳ありませんでしたっ」

顕真が口を開く前に、夕実は深々と頭を下げた。

「話が長くなるならお茶でも淹れようかと思って……執務室の前までいったらお二人の声が聞こえて、あの、何となく入りづらくなって」

「分かりました。分かりましたから、いったんその盆を下ろして」

二人で廊下に腰を下ろす。夕実はまだ動揺から抜け切れない様子で、俯いたまま肩を上下させている。

「折角なのでいただくよ」

茶碗に手を添えるとすっかり温くなっていた。いかに長く、夕実が部屋の前で立ち尽くしていたかという証左だった。

「うん、美味しい」

ひと口啜ってから感想を告げると、夕実は控えめに唇を尖らせた。

「そんなに冷めて美味しいはずないじゃないですか。顕真さんは優しいけど、そういうところがわざとらしいです」

「叱られるとは思わなかった」

「……信じてください。決して盗み聞きするつもりなんてなかったんです。ただ、あんまりびっくりする内容だったんで、入るタイミングを完全に逃しちゃって」

夕実の必死の弁明を聞きながら、それもむべなるかなと思う。

良然は寺の職員に対しても人当たりがよく、彼らには怒った顔など滅多に見せない。叱責したり問い詰めたりもしない。良然のそうした面だけ見せられていた夕実にしてみれば、門主が弟子を詰問している場面は意外だったに違いない。

「お茶、わたしもいただいていいですか」

「夕実さんが淹れたんでしょう」

おずおずと夕実も茶碗に手を伸ばす。

「でも、本当に驚いちゃいました」

「わたしが友人の教誨をしていることに、ですか」

「それもありますけど……」

言葉を濁した部分は容易に察しがつく。友人の死刑執行の瞬間を見届けるという件が、夕実の怖気(おじけ)を誘っているのだろう。

「差し出がましいですけど、良然門主の仰ったこと、もっともだと思います」

「どの部分ですか」

「逃げてもいいっていうところです」

夕実は遠慮がちに顕真を窺(うかが)い見る。

「こういうところで働いているから余計に思うんですけど、ウチのお坊さまは色々と無理をし過ぎです。受け持ちの檀家の数も多いし、お勤めの時間も長いし、お休みの日なんてほとんどないし。この上そんな苦労を背負い込んだら、心か身体を壊しちゃいますよ」

「心配してくれるんですか」

「その関根さんという人とは仲がよかったんですか」

「大学では山岳サークルで一緒でした」

　このくらいなら教えても構わないだろう。

「パーティーを組む、なんて言い方をするんだけどね。時と場合によってはザイル一本で命を預けたり預けられたりする。ただの友だちでないことは確かだね」

「わたしからすれば、顕真さんが登山をしていたというだけでびっくりなんですけど」

「変ですか」

「今の雰囲気とかけ離れています」

　同じ言葉を大学時代の自分に掛けてやりたいと思う。暇さえあれば次々と山を征服していたあの頃、お前は将来坊主になると言われたら、自分は笑い転げるか洟も引っ掛けなかったに違いない。

「顕真さん、逃げるの嫌いでしょ」

　夕実は少し拗ねたように言う。

「逃げるも何も、まだそんな局面までいってないから。今は次の教誨に何をどう話すか、考えるのにいっぱいいっぱいです。それにね、わたしだって自分の限界くらいは知っています。登れる山と登れない山の区別がつくくらいにはね。その程度の判断力がなかったらとっくの昔に遭難して、顕真という僧侶は生まれていない」

胸にちくりと痛みが走ったが、そ知らぬ顔で誤魔化した。

「ちょっと自分の浅はかさに腹が立ってます」

「どうして夕実さんが腹を立てなきゃならないのさ」

「横浜地検からの郵便を受け取ったのはわたしなのに、あんな事情だったなんて想像もしてませんでした。それなのに良然門主は中身が判決文ということだけで、あそこまで踏み込んでお考えになっているんだもの」

「そこが門主たる所以(ゆえん)なんだろうね。だからわたしも忠告には従うつもりだよ」

要らぬ心配はかけたくないのでそう言い繕ったが、聞いていた夕実は尚(なお)も疑いの目でこちらを見ていた。

4

翌週、時間の空きをみて、顕真は川崎署を訪れた。

判決文によれば自首してきた関根を取り調べたのは富山直彦という警察官だ。弁護に当たった服部、法廷で争った牟田からは既に当時の関根について直接聞いた。司法関係者で残った当事者は富山だけとなる。

服部・牟田両名から訊き出した〈被告人 関根要一〉の顔は判決文の中に登場する関根とほぼ同一人物と言ってよかった。衝動的にカップルを殺害し、いったん自首するものの、法廷では手前勝手な論理を展開して被害者および遺族に一度も謝罪しなかった男。

今更、取り調べを担当した捜査員に同じことを質問して黒が白に反転するとは思えないが、やはり確かめずにはいられない。頼りないほど細い糸だとしても、顕真はそれに縋るより他になかった。

前日に面会を打診した際、富山は依然として川崎署の刑事課に勤めているのが分かった。警察機構の人事異動がどんなシステムなのかは知らないが、当事者に会いたい顕真には幸いと言える。

川崎署のフロアは役場のような雰囲気だった。羽のような耳をつけたマスコットキャラクター――〈ピーガルくん〉というらしい――のフィギュアが飾られ、壁は啓発ポスターで埋め尽くされている。各々（おのおの）の部署の場所を示すプレートに、愛想のいい受付女性。玄関の両脇（りょうわき）に警備の警官が立っている点を除けば、市役所と寸分も違わない。

受付で来意を告げて待つこと五分、廊下の向こう側から三十代と思しき男性がやってきた。

「お待たせしました。刑事課強行犯係の文屋といいます」

刑事だというのに疑り深さは微塵も感じられず、まるで何かのセールスマンのように人当たりがよさそうだった。

富山に面会を求めた旨を告げると、文屋は申し訳なさそうな顔をした。

「すいません。富山警部補は急な用件が入りまして、ちょっといつ終わるか分からんのです」

それでは川崎まで足を伸ばした甲斐がないと落胆しかけた時、文屋が言葉を添えた。

「でも関根要一の件で来署されたんですよね」

「はい。当時のご担当から直接お話を伺いたくて参りました」

「だったら問題ありませんよ。わたしも担当者でしたから」

「え。しかし判決文を拝見したのですが、担当された方の名前は富山巡査部長しか記載がありませんでした」

「当時の取調主任が富山警部補でしたから。わたしは記録係で、取り調べの最中はずっと横で聞いていました。だから顕真さんの質問にもある程度お答えできると思いますよ」

話によれば当時巡査部長だった富山は、その後警部補に昇格したらしい。事件から五年も経過していれば、人も環境も変わる。記録係をしていた文屋が対応してくれたのも、これまた幸いだった。

別室に移動して二人きりになると、顕真は早速切り出した。取り調べの際、関根はどんな態度だったのか。供述内容に矛盾はなかったのか。取り調べる側から見た心証はどうだったのか。

「本人が自首してきた事件ですからね。自白を引き出す手間は掛からなかったので、供述に要した時間もさほどじゃなかったですね。そうだなあ、延べ六時間といったところですか。事件の大きさから考えれば、拍子抜けするくらい呆気（あっけ）なかったですね」

「最初から神妙な態度だったんですか」

「まあ、自首したくらいですから。初めはおろおろとした感じで、供述を取り始めると次第に落ち着いていった感じですかね」

「六時間というと、ずいぶん話し込んだような印象があります」

「短い方ですよ。容疑否認の場合は二日間ぶっ続けが普通ですからね。犯行についてストレートに訊いても答えないから世間話で緊張を解（ほぐ）したり、注意を逸らしたり、あらゆる手練手管を駆使します。すると結果的に長くなるって寸法です。その点、関根の取り調べはとても楽でしたね」

「わたしは彼の供述内容を判決文に記載されただけしか知りません。六時間もあれば、とても多くを語ったのでしょうね」

「いやあ、こちらも確認のために同じ質問を繰り返しますからね。判決文に記載された内容は確かにダイジェストですが、犯行を語った内容はほぼあの通りですよ。供述の際は本人の来歴とか趣味とか無関係な事柄も訊きますが、それは判決文に載りませんから」

「内容に矛盾はなかったんですか」

「供述は本人の記憶を頼りにしていますから、記憶違いが見られることもままあります。そういう場合は前に戻って、供述を修正しながら進ませる。だから矛盾点もその場で解消できてしまいます」

瞬間、文屋は何か思い出したように眉を顰めたが、すぐ元の表情に戻った。

「顕真さん、ひょっとして自白強要のようなものがあったとお考えですか」

俄に文屋が警戒心を露わにする。

「お電話では関根の教誨師という触れ込みでしたが、本当にそれだけの理由で川崎までいらっしゃったのですか。ちょっと解せませんね」

「別に取り調べを疑うつもりは……」

自分と関根が知己であることを打ち明けた方がいいのだろうか。

迷いが生じた。ここで打ち明けた場合、文屋が更に警戒する惧れがある。教誨師にはともかく、旧友に供述の詳細を話す気にはなるまい。一方、関係を隠したところで顕真の過去を少し遡れば関根との接点は即座に判明する。顕真が黙っていたことを知れば、やはり警戒心を強めてしまいそうだ。

「妙な誤解をされても迷惑なので、予め言っておきます。この案件は否認事件ではなく、容疑者だった関根の自首から取り調べがスタートしています。自首直後、関根の住まいを家宅捜索したら被害者の血液が付着した衣類と凶器が押収されました。つまり自白と物的証拠がペアになっている訳で、本人が偽証するメリットは全くないんです。しかも五年前といえば取り調べ現場の可視化が謳われ、取調室に記録機器が導入されています。警察側が無茶や無理を強いるはずもない。よって二重の意味で、関根の供述には一点の曇りもありません」

「いや、だから警察の捜査に疑念を抱いている訳ではないんです」

「だったら、どうして今更蒸し返すような話をするんですか」

文屋は終始穏やかな口調を保っているが、まるで自分が取り調べを受けているような威圧感が拭いきれない。

どうしたものか思案していると、いきなり部屋のドアが開けられた。

現れたのは痩せぎすの男で、文屋以上に刑事らしくない。一階フロアのどこかで腕貫をさせて座らせれば、それこそ真面目だけが取り柄の市役所の職員にしか見えないだろう。

「ああ、警部補。こちらが警部補を訪ねてこられた顕真和尚です」

では、この男が富山ということか。

「はじめまして。導願寺僧侶の高輪顕真と申します」

どうも、と富山は最低限の挨拶をして顕真の対面に座る。

「何でも関根死刑囚の教誨師を務めていらっしゃるとか。今日はいったいどんなご用向きですか」

隣の文屋が今までの会話を掻い摘んで説明する。元より表情が乏しいのだろうか、富山はひどく醒めた目で顕真を見た。

「わたしも気に入りませんね、この話」

最初から愛想なしで突っかかってくる。

「長い間刑事畑を歩いているが、教誨師の先生が死刑囚の件で担当署を訪れるなんて初めてだ。いったい何が目的ですか」

二人の刑事が射るようにこちらを睨む。追い詰められたかたちになり、顕真は告白せざるを得ない。

「関根とは大学時分の友人です」

途端に富山の態度が横柄になった。

「ふん。それで冤罪かもしれないと探偵ごっこですか。呆れますな。公私混同も甚だしい」

「冤罪だなんてひと言も口にしていませんよ」

「口にしなくとも、ここにやってきた時点で疑っていると公言しているようなものだ。教誨師と名乗りながら、その実、個人的な動機で捜査に難癖をつけているようにしか見えませんな」

個人的な動機と指摘されればその通りなので、言い返すことができない。

「第一、今の今まで関根と知己であったのを隠していたこと自体、後ろめたい行為であるのを自覚している証拠じゃないですか」

「黙っていたことは申し訳なく思います。ただ冤罪を疑っているなどとは滅相もありません」

「じゃあ、どうして供述内容なんて知りたがるんですか」

「本人が犯罪に走るに至った経緯を知らなければ、十全に教誨が行えないと考えたからです。全く初対面の死刑囚ならともかく、以前の知り合いであれば昔との落差を埋めないことには教誨師としても戸惑いを覚えます」

「それも個人的な動機ですな。そもそも我々警察官が教誨師の仕事に協力しなければならない理由はないでしょう。同じ刑事施設ではあるが、警察署は拘置所ではありません」

さすがに顕真の反感が頭を擡げてきた。

「ご協力いただく職業的な根拠はないでしょうが、あなたが送検した事案ではありませんか。既に死刑判決が下され、唯々執行を待つ身となった人間です。少しくらいは慈悲を持っていただいてもバチは当たらないでしょう」

「御坊がバチの話をなさるのは卑怯ですよ」

富山はにこりともせず皮肉を放つ。

「慈悲と言われましたが、警察官というのは被害者と遺族の無念を執念に変えて捜査します。狭量と思われるでしょうが、カップルの将来も希望も根こそぎ奪った犯人には憎しみしか感じません。関根の場合は自首してきたから、まだ穏便な取り調べで済んだ。しかし、それでも手前勝手な動機や、憂さ晴らしに凶器を持ち歩いていた態様には毛ほどの共感も覚えない」

「死を待つだけの身であっても、ですか」

「死刑判決こそ自業自得というものでしょう。もし関根に情状酌量の余地があるのなら、判決内容にもそれが加味されたはずです。判決文を読まれたのなら分かるでしょう。裁判官たちは関根の非道を強い言葉で非難し、改悛の情を認めなかった。あの判決文こそが関根要一という男を物語る全てだ」

「死刑の判決文というのは、万人に死刑を肯定させるだけの大義名分が必要だから、被告人の残虐さ冷酷さだけが大きく扱われる。そんな話を聞いたことがあります」

「しかし判決文が公式な文書であることに異論はないでしょう。関根要一は国から、残虐で冷酷と認定された人間なんです。それなのに慈悲を施せというのは、宗教家の独善としか思えませんね」

面罵に近い言葉を浴びせられているうち、むらむらと憤怒が立ち上ってきた。

片や僧侶、片や警察官と立場は違えども死刑囚に対する最低限の礼節はあっていい。それを一方的に論われては、どうしても反発心が生じる。

おそらく思っていることが表情に出たのだろう。富山は顕真の顔を眺めて鼻を鳴らした。

「どうやらお怒りのようだが、文句を言いたいのはこちらの方だ。判決の確定から既に三年。今更捜査にケチをつけられたんじゃあ、二人の被害者と遺族はもちろん、捜査に携わった全捜査員に示しがつかない」

言い終わらぬうちに富山は立ち上がる。

「これ以上、話をしていてもお互い時間の無駄です。お引き取り願いましょうか」

顎(あご)で指図され、文屋が顕真に起立を促す。

「そういうことなのでどうか……折角ご足労いただいて申し訳ないのですが」

見れば本当に済まなそうな顔をしていたので、顕真も抗(あらが)う気持ちが失(う)せてしまった。

文屋とともに玄関に向かう最中は足が重かった。

自己嫌悪で胃も重くなる。情報を得ようとした相手を怒らせてしまい、手ぶらで帰る羽目になった。これが良然であれば二枚腰三枚腰の交渉術を発揮して、必ずや成果をもぎ取ってくるに違いない。それに比べ、自分の交渉下手には吐き気がする。

よほどひどい顔をしていたのか、文屋が気遣わしげにこちらをちらちらと見る。

「顕真さん。個人的な質問をしてもいいですか」

「答えられることでしたら」

「さっき関根とは大学の友人と言われましたよね。クラスとかゼミが同じだったんですか」

「サークルですよ。同じ山岳サークルで命を預け合った仲です」

「なるほど」

山岳サークルというだけで結びつきの強さを理解してくれたのだろうか。いずれにしても警察官に多大な期待はしないでおこうと思ったが、文屋は尚も話し掛けてきた。

「ウチの警部補がいささか無礼なことを申しました。代わりにお詫びします」

「あの方はいつもあんな風なのですか」

「ええ、誰に対しても分け隔てなく。と言うか犯罪そのものについて我慢がならないのですよ」

文屋は皮肉に笑ってみせた。

「以前、警部補の交際相手が薬物中毒にされ、交通事故を起こして亡くなったと聞いています。ずいぶん犯人を恨んだらしくて。罪を憎んで人を憎まずという言葉がありますが、あの人は罪を憎んで人も憎むというのが信条なんです。だから顕真さんも気になさらないでください」

「気にはしていません。ただ警察官の罪を憎む気持ちというのは、やはり我々僧職のそれとは色合いが違うのですね」

「もちろん警部補の倫理観が警察官全てに共通するものではありません。事件によっては容疑者に同情を寄せる警察官も少なくありません。しかし、一方で罪も人も憎むくらいの気持ちでないと、犯人を検挙できないこともあるんです。身内褒めになってしまいますが、警部補の検挙率は署内一ですからね」

顕真は黙り込む。罪を憎み人を憎む気持ちが事件解決の原動力になっているのなら、それを否定するのは第三者の勝手な言いがかりでしかない。

「最近は服役を終えた者の再犯が後を絶ちませんが、その類いの事件を担当する度に裁判制度の限界を痛感します。警部補などは逮捕した容疑者が前科者だと分かると、本人のみならず裁判に関わった人間全員を貶しますよ。犯した罪に応じた罰を与えなかったから、こいつは同じ過ちをした。日本の裁判が更生主義を採用しているのなら、再犯者を出した時点でその裁判は間違っていたんだと」

ややもすれば苛烈に聞こえるが、犯罪捜査の最前線に立つ者としては当たり前の感情なのかもしれないと思った。

「ところで、電話の様子ではお忙しそうでしたけど」

「寺の坊主が盆以外で忙しいというのは、あまり喜ばしい話でもないのでしょうが」

「教誨師の仕事は、そんなにも大切ですか」

「あなた方の言い分ではありませんが、相手が関根だから、こんなに躍起になっているのだと思います。公私混同というのはあたらずといえども遠からずですよ」

しばらく沈黙していた文屋が、きょろきょろと辺りに気を配り出す。何事かと観察していると、空いた部屋に顕真を連れ込み声を落として話し始めた。

「さっきわたしは、本人が記憶違いをしている時には前に戻って供述を修正していると言いましたよね」

「はい。だから最終的には供述内容に矛盾が生じないのだと」

「顕真さんに話している最中、関根と富山警部補のやり取りで起きた矛盾を思い出したんです」

先刻の表情の変化はそれが理由だったのか。

「自供の際には容疑者も動揺しているため、記憶の錯誤はしばしば起こります。関根の供述の矛盾も些細な点だったので、錯誤の範囲内だと判断していました」

「どんな矛盾だったのですか」

「一つは刺した数です。実際、被害者の受傷した数は兎丸が胸に三カ所、塚原が腹に二カ所なんですが、最初の供述では兎丸の胸に二カ所、塚原の腹に二カ所という内容でした」

　つまり兎丸について、数を一つ減らして申告したという訳だ。

「まだ他にあるようですね」

「もう一つは凶器の形状に関してです。最初関根は、殺害に使用した凶器は刃物であると漠然とした言い方をしていました。供述が始まった時点では既に自宅から登山ナイフが発見されています。供述調書では犯行態様について可能な限り具体的な記述が要求されるので、質問していた警部補は白紙に登山ナイフの絵を描いて『こんなかたちか』と何度も尋ねました。ところが関根の答えはただの『ナイフ』でした。最終的に『登山ナイフでした』との供述で片づきましたが、あれが違和感と言えば違和感でしたね。些細なことでしたが」

　何が些細なものかと顕真は訝る。

　仮にも山岳サークルに籍を置いていた者が、自分の所持していた登山ナイフについて詳述できないものだろうか。

「たかが大学サークルといっても、命を落とすことがままあります。何しろ相手は自然ですからね」

　文屋の違和感に応えるつもりで、顕真は己の経験を話す。

「登山の愉しみを覚えるとどんどん高い山を目指すようになります。自ずと身に着けるものは重装備になり、いい加減なものを選ばないようになるんです。自分の足に馴染んだトレッキングシューズにヘッドライト、登山ナイフだってスタイルよりは実用性や機能性で選ぶことになります」

「装備にも個性が現れてくるという意味ですか」

「拘りようを個性と呼ぶのなら、そうでしょうね。殊に登山ナイフというのは登山用品である一方立派な凶器になりうるので、持主もいい加減な気持ちでは選びません。更に言うなら、第三者には〈刃物〉であっても、持主にはあくまでも〈登山ナイフ〉という意識が強いんです。それなのに、関根が最初の取り調べで『殺害に使用した凶器は刃物である』なんて漠然とした言い方をするというのは腑に落ちません」

文屋は話を聞きながら浅く頷く。富山に比べて感情の起伏が見えない男だが、沈思黙考の様子に好感が持てる。

「一つお願いがあります。犯行に使用された登山ナイフの写真を見せてもらえませんか。身分帳には網羅されていなかったので」

「ご覧になって、どうされるんですか」

「彼とは長くパーティーを組んできました。捜査関係者には見えないものでも、わたしには見えるかもしれません」

「捜査資料ですよ」

「既に終結した事件です。それとも死刑囚の教誨師は部外者だと仰るのですか」

富山に対する交渉はあまりに直截過ぎたので、文屋に対しては戦術らしきものを目論んだ。あざとい交渉術だと思ったが、今の顕真には聖職者の看板くらいしか利用できるものがない。それに関根への疑念を晴らすためなら、自分の肩書きなどどう思われても構わない。

薄々予想していた通り文屋は驚きも侮蔑もせず、ただ悩ましげな目で顕真を見る。

「死刑囚の関根は我々の手から拘置所の管理下に移っています。見方によれば捜査関係者よりも教誨師の方が当事者という捉え方が可能でしょうね。ただし多数派ではないですが」

「お願いします、文屋さん」

相手の性格や気質を利用するのは好きではないが、垣間見える可能性に縋るより他に手段がない。真摯さも小狡さも武器に変えて顕真は文屋に攻め込んでいく。

「きっと得られるものがあると思うんです」

「先刻、これほど一生懸命になっているのは教誨師というより、相手が関根だからだと仰いましたよね」

「ええ、だから公私混同なのだと」

「教誨師の口から堂々と公私混同と宣言されても困りますが」

文屋はさして困った様子もなく言葉を続ける。

「逆に言えば顕真さんにとって関根という男が、それだけ特別な存在なんですかね」

「そうです」

「差し支えなければ、その辺りの事情を打ち明けていただけませんか」

「打ち明けたら凶器の写真を拝見できますか」

「内容次第、ですね」

力みがなくとも毅然とした口調だった。

束の間、顕真は惑う。関根とのことは個人的な事情に過ぎる。個人的事情を取引の道具にすることに少なからぬ抵抗を覚える。

文屋は両手を前に組んだまま微動だにしない。こちらの出方をじっと待っている。

この上は打ち明けるのが一番の得策だろう。顕真は肚を決めた。

「彼は命の恩人なんです」

長い話になると思ったのか、文屋は両手を解いて傾聴し始めた。

三　救われた者の祈り

1

高輪顕良が大学の山岳サークルに入ったきっかけは、ご多分に漏れず入学時の勧誘だった。

「わたしたちと一緒に山、登りませんかー」

「山頂で飲むコーヒーは気絶するくらいの旨さですよー」

「初心者大歓迎——」

キャンパスの中庭を歩いていると賑やかで、どこか必死な声が聞こえてきた。

小さい頃から小柄で運動神経の鈍かった顕良は、体育会系のサークルなどには毛ほどの興味もなかった。勧誘の声を無視して通り過ぎようとした時、いきなり腕を摑まれた。

「お兄さん、新入生よね。どう、ウチに入らない？」

客引き紛い(まがい)の手は女でありながら強引極まりなかった。

放してくださいと言おうとした唇が、彼女を見た途端に動かなくなった。

細面(ほそおもて)に長い髪。セーターとパンツの上からでも華奢(きゃしゃ)と分かる体型。着物でも着せれば楚々(そそ)とした大和撫子(やまとなでしこ)で通る美人だった。

「あ。返事がないのは承諾の印かな」

「いや、僕は運動系はからっきしで」

「大丈夫。あたしだって、こんなひ弱な身体(からだ)して続けてるんだから」

後で知ることになるが、彼女は一年先輩の樋野亜佐美(ひのあさみ)だった。外見に似ない押しの強さが身上の女で、哀れ断るタイミングを逸した顕良は、そのまま山岳部の部室に拉致(らち)され入部届に署名させられるに至る。この時、先着して部室の隅で所在なげにしていたのが、やはり亜佐美に拉致されてきた関根要一だった。

亜佐美が強引な勧誘をしていたのも道理で、山岳部はわずか四人、顕良と関根が入らなければ廃部の危機にあったという。

部の先輩たちは幽霊部員でも構わないと言ってくれたが、放っておいてくれなかったのが亜佐美だ。自分の趣味を布教するのが楽しいのか、月に一度は顕良と関根を登山に誘う。顕良も亜佐美を憎からず思っていたので渋々付き合っていたが、そのうち山の魅力にとり憑(つ)かれた。

入部する前、登山にはスパルタの印象が強かった。急峻(きゅうしゅん)な崖(がけ)を登攀(とうはん)し、空気の薄い高地を喘(あえ)ぎながら歩く情景が目に浮かんだ。肺活量も筋肉量も貧弱な顕良には禁じられた行為とさえ思える。

しかし亜佐美はこんな風にアドバイスをしてくれた。

「登山だなんて大袈裟(おおげさ)なことじゃなくて、散策くらいに考えればいいのよ」

初心者がいきなり千メートル級の山に挑むのは無茶どころではなく自殺行為のようなものだ。最初は五百メートル程度の低い山でよし、一端(いっぱし)のクライマーの気分を味わいたければ、ケーブルカー乗り継ぎの山を目指せばいい。ストイックに登り続けるのではなく、何度休憩を入れても構わない。まず山を好きになることだ——。

亜佐美に従って、顕良は低い山から身体を慣らしていく。言われたように、散策気分で登る山は手軽で、しかも爽快感(そうかいかん)がある。山頂まで登りきったという達成感が胸の中に満ちてくる。

慣れるというのは己の限界値を上げていくのと同義だ。今日は五百メートル、明日は六百メートルと目標を上げるに従って、顕良の中で変化が生じていた。

高い山になればなるほど健脚と肺活量を要求される。それは入部前に抱いていた先入観とあまり変わらない。変わったのは顕良の意識で、目標とする山に比例して己の限界値を高くしたいと望むようになった。

子供の頃からひ弱と言われ、体力で勝負するような領域はずっと敬遠してきた。そういう人間が頂(いただき)を征服することで達成感を覚えたのだから始末に負えない。限界を超える度に己が強くなったように錯覚し、そしてまた際限なく強い自分を希求する。パーティーの中に亜佐美がいるので、尚更(なおさら)自分の成長度合いを見せたくて仕方がない。

亜佐美の登山歴も一年程度だったが、既に冬山を目指す上達ぶりだった。顕良ほどの貪欲(どんよく)さはないものの、高い山・険しい山を志向するのは顕良と同様だった。

より高く、より困難な山へ。

幸いだったのは顕良のクライマーとしての素質が十人並みだったことだ。もしもエベレスト登頂を目指せるような素質を持ち合わせていたら、大学卒業を待たずして遭難死していただろう。

幸いなことはもう一つある。パーティーにはいつも関根が加わっていた点だ。こと山になると、とにかく山頂征服に固執して勇む顕良をアクセルとするなら、状況判断に長けて決して無理や無茶はするまいとブレーキ役を買って出るのが関根だった。アクセルを踏む者が二人、それを抑制するのが一人。山岳部全体では潜在していた関係性も先輩たちが卒業して抜けていくと、より顕著になっていった。

顕著になった点はもう一つある。登る山が高くなるに従って、顕良と亜佐美の仲は深まった。己の限界を極めるという非日常性が二人を結びつけたのか、それとも所謂吊り橋効果で生命の危険からくる切迫感を恋愛感情のそれと勘違いしたのかは判然としない。とにかく入部して一年経つ頃には、顕良は度々亜佐美の部屋に転がり込むようになっていたのだ。

大学三年の十月、顕良たち山岳部メンバーは剱岳の秋季登山を計画した。春に卒業を控えた亜佐美には実質的に最後のサークル参加になる事情も手伝い、目的地が剱岳に設定されたのだ。

剱岳は北アルプス北部、立山連峰に聳え立つ標高二九九九メートルの氷食尖峰。古くは劒嶽と表記され、冬の剱岳は急峻な稜線と断崖で形成された峻厳な山となる。鎖場や梯子のルートが多く一般登山者には最も危険度の高い山だが、一流クライマーも決して油断できない。

チャレンジ精神旺盛な顕良と亜佐美は当初、冬山踏破を提案したのだが、これを関根が抑え込んだ。ブレーキ役の面目躍如といったところで、冬の剱岳を狙う危険性を縷々述べる関根に対し、二人は精神論と気分でしか対抗できなかった経緯がある。冬期の剱岳は日本海側気候のため豪雪になりやすく、本来の峻険さと相俟って登山条件が一層厳しくなる。毎年のように遭難者が出ており、顕良たちのパーティーが無事に踏破できる可能性は半分もなかったのだ。

だが、結果的には関根の慎重さをもってしても悲劇は回避できなかった。

十月五日午後三時、三人のパーティーは立山黒部アルペンルートの室堂ターミナルを出発した。顕良たちが選んだのは二つある登山ルートのうちの一つ、別山尾根ルートと呼ばれるものだ。室堂ターミナルから雷鳥平を通り、雷鳥沢を登り別山乗越へ。剱沢キャンプ場を経て一服剱・前剱から剱岳を攻める。こちらのルートを選んだのは室堂までバスが利用できるからだった。どちらのルートも、途中で一泊して翌日山頂を目指すことになる。

室堂を出た頃、空は雲一つない快晴だった。風も穏やかで、室堂ターミナルから雷鳥平付近は観光地になっていることから登山と言うよりはハイキングといった趣だった。

「これが学生時代最後のアタックだと思うと、少し拍子抜けね」

亜佐美は不敵に呟いたが、雷鳥平から別山乗越までは急登が繰り返す。観光の登山客はいなくなり、剱岳に向かうパーティーのみの本格的な舞台となる。特に厳しかったのはザレ場の急登で、とにかく足を取られる。滑りやすい状況だった。自ずと足の運びがのろくなり、滑る分だけ無駄に足を動かすので早く疲れる。滑りやすいのは予測しており靴底の硬いハイカットのトレッキングシューズを履いていたのだが、靴底の硬さが更に疲労の元になった。

「じれったいなあ」

足元の不安定さに難渋した亜佐美がこぼし始める。

「こんなんじゃいつキャンプ場に辿り着けるんだか」

「焦るなよ」

最後尾にいた関根が声を掛けた。

「焦って急ぐと余計に疲れる。一歩一歩、着実に歩け」

亜佐美の一年後輩ながら、関根はすっかり二人をリードする立場にあった。ブレーキ役に徹したゆえの帰結ではあったものの、まるで父親のような振る舞いに顕良と亜佐美は不満を垂れつつ従うしかない。関根はいついかなる時も冷静さを失わず、その判断によって危機を免れたことは一度や二度ではない。

顕良が思うに、関根という男は理性よりは本能で動くタイプだった。平時は理屈を口にするが、非常時には本能が優先して身体を動かす。

その特質が山岳部では有利に働いた。山の様相は絶えず変化する。足場に気温、そして天候と複数の要因が関連し合いながら移り変わっていく。山では狭い範囲でしか機能しない理性よりも、動物的な本能が役立つことが少なくない。刻一刻と変わる状況の中では尚更そうなる。

一方、顕良と亜佐美は徹底して理性の人間だった。その場の状況から情報を収集して、最も適切な判断を下す。だが情報は固定化していることが必須条件であり、変化し続ける情報処理に頭が追いつけない憾(うら)みがある。だから山に入ると、自ずと関根が主導権を握る格好になった。

午後五時過ぎ別山乗越に至り、小休止の後に剱沢キャンプ場に向かう。尾根からキャンプ場までの下りは急峻で、且(か)つ滑りやすかった。別山乗越までの登攀で予想外に疲労していた三人は幾度か足を取られ、途中からストックが活躍するようになった。

更に三人を苦しめたのは次々に出現する垂直登りだ。滑落防止の鎖があちこちから垂れているが、それでもザイルを通して慎重に這(は)い上がる。寒い中での垂直登りは見掛け以上に体力・気力を消耗する。

「早くテントを設営しよう」

関根の声にはまだ余裕が聞き取れた。

「明日のアタックまでに、できるだけ体力を回復させておきたい」

「賛成」

息も切れ切れに亜佐美が同意の声を上げる。

「まさか、こんなに体力を消耗するとは思わなかった」

顕良は無言でいた。疲労しているのは二人と同様だったが、少なくとも亜佐美の前では強靱（きょうじん）な男でありたかった。

キャンプ場でテントを設営したのが午後六時四十分。この頃になると陽は完全に沈み、それとともに気温が一気に下がってくる。三人はバーナーコンロでひと時の暖を取り、夕食後は各々（おのおの）のシュラフに潜り込む。

「俺がいなけりゃ、二人とも一つの寝袋に収まりたいところだろうけど我慢しろよな」

こんな時でも関根は軽妙さを忘れない。

「お前らがいちゃつくのを見ても、熱くなるのは頭だけだ」

「これ以上、余分な体力使う気はないよ」

　負けずに顕良もやり返す。

　翌朝、剱岳は予報に舌を出した。

　朝からどんよりと重い雲が垂れ込め、午前六時を過ぎても気温は一向に上がらない。

秋晴れを見込んで組んだ登山プランは、急遽（きゅうきょ）変更を余儀なくされた。本来であれば日の出前にキャンプ場を出立する予定だったが、関根が天気の回復を待つべきだと主張してきたのだ。

「キャンプ場から剣山荘（けんざんそう）までの道は暗い。ルートを見失ったら、引き返すのも困難になる。ここはビバークして、周囲が明るくなるのを待った方がいい」

　異論を唱えたのは顕良だった。

「この程度の暗さなら大丈夫だろう。それより時間の経過で更に天候が悪化したらどうなる。山頂はおろか前剱まで行けるかどうかも怪しくなる」

　主導権を握っている者が決定権まで握っているとは限らない。慎重には慎重を期そうとする関根と、逸（はや）る心を抑えきれない顕良の間で駆け引きがあったが、最終的には多数決が採られた。逸る心では顕良に劣らない亜佐美がこちら側につき、三人は早々にテントを畳むことにした。

予定表ではキャンプ場から前剱までは八十五分。ところが鎖場や岩場の多さに手こずり、なかなか前に進まない。そうこうするうちに空はますます暗くなり、風も勢いを増してきた。

山の風の恐ろしさは予測のつかなさだ。そよいでいたかと思うと、いきなり強くなる。勢いが一定していないので、時折不意を突かれる。常時、気を張る羽目になり、精神的疲労が蓄積される。

やがて三人は風よりも怖(おそ)ろしいものの到来を知る。

雪だ。

鈍色(にびいろ)の空から白い礫(つぶて)が吹きつけてくる。最初は緩やかだったが、風の勢いとともに激しくなってきた。

降りしきる雪で視界が遮られ、登攀ルートをしばしば見失う。最短距離を登れず、徒(いたずら)に体力が消費されていく。風は急速に冷たくなり、体温を奪っていく。

「迷いさえしなければルートはしっかりしてるんだ」

関根は声を張り上げて、二人の注意を喚起する。

「亜佐美、最後尾に代われ。俺と高輪が先導する」

今までは一番非力な亜佐美に合わせる登山だったが、ここからは男二人が彼女を牽(けん)

引するかたちにせざるを得ない。

亜佐美もその方が楽だと思ったのだろう。ほっとした顔で関根がやってくるのを待っていた。

その時だった。

いったん弱まったと思った風が猛然と横殴りで襲いかかってきた。

体感では風速五十メートルはあっただろうか、突然の襲来に亜佐美が堪らず吹き飛ばされた。

「亜佐美っ」

一瞬遅れて叫んだ時には、もう彼女の姿は視界から消えていた。

「亜佐美いっ」

華奢で軽量だった彼女がどこまで飛ばされたのか。薄暗さと降りしきる雪で、行方は全く分からない。

顕良と関根は亜佐美を捜し回った。しかしどこをどう歩いても彼女を発見できない。亜佐美を呼ぶ声は風に掻き消され、彼女が助けを求めたとしても顕良たちには届かないように思えた。

「亜佐美いっ」

降雪が治まるのを待つ訳にはいかない。吹き飛ばされた場所に岩があれば怪我もするし、動けないままでいると急激に体温を奪われる。放っておけば最悪の事態を招きかねない。

二人で捜索すること二時間強、顕良自身が疲労と寒さで朦朧としかけた時、ようやく亜佐美を見つけた。悪い予感ほど的中するもので、落下地点にあった岩に激突して全身を強打しているようだった。

「ここで吹雪をやり過ごすしかない」

関根の判断で急遽テントを張ることにした。亜佐美の負傷した部分に応急処置を施したが、頭部を打ったらしく彼女は気絶したままだった。

「下山して医者に診せる」

「慌てるな。今テントを出たら俺たちも遭難するぞ」

関根の言葉は脅しではなかった。テントを張ったのを見計らったかのように、雪は一層激しく吹雪いてきた。一歩も外に出して堪るものか——まるで剱岳の悪意に襲われているようだった。

亜佐美のザックに入っていたバーナーコンロは、彼女が吹き飛ばされた際にザックごと失われた。男二人で亜佐美を両側から挟むようにして護るものの、低下していく体温に為(な)す術(すべ)もない。露出していた彼女の右足は先端が凍傷になりかけている。放置しておけば、間違いなく壊死(えし)して切断する羽目になる。

だが、二人は一歩も動けなかった。十月の剱岳をみくびった天罰とでも言いたいのか、風と雪は一向に治まらず、二人はテントの中で丸まっているより他になかった。

三日目の朝、ようやく雲の切れ間から陽光が覗(のぞ)いた。

「この機を逃すな」

顕良は焦りも露(あら)わにテントを飛び出す。関根と二人がかりなら亜佐美を背負ってキャンプ場まで戻れる算段をしていた。

途端に関根の声を浴びた。

「待て、高輪」

「何を待つんだ。雪は止(や)んでいる。風も吹いていないんだぞ。今のうちに下山しないと亜佐美の足が」

理性では己の判断が正解に思えた。

だが、悪意を持った剱岳では関根の本能が正しかった。

何の前触れもなく横殴りの突風が襲った。昨日、亜佐美を吹き飛ばしたものよりも強烈な風だった。

見えない巨人に攫われるようだった。顕良の身体は宙を舞い、そして雪上に叩きつけられる。

瞬間、左足の感覚が麻痺し、少し遅れて激痛が走った。ひと声叫んでから見ると、露出した岩の先端で膝から下を打撲していた。

「高輪っ」

テントを出て駆け寄ってきた関根は、ひと目見るなり状況を把握したようだった。

「どうだ?」

そっと左足を触診される。触られた瞬間に、捻挫か骨折しているのが分かった。声にならない叫びを上げる。意識を途絶させるような痛みの中で、これで自分も下山できないと悟った。

「お前一人で、下山しろ」

息も絶え絶えになりながら、顕良は声を振り絞る。

「俺は亜佐美とテントの中で待っている。だから、お前は剣山荘に着いたら救援を呼んでくれ」

まだ携帯電話の普及していない時代だった。救助隊を呼ぶには誰かが人のいる場所に向かわねばならなかった。そして動ける者といえば一人だけだった。

関根は横たわる顕良とテントの方を交互に見やる。

「間に合わない」

「何がだ」

「俺が剣山荘まで行って助けを呼ぶ。救助隊がここに到着するには、更に時間が要る。その間に亜佐美の容態が急変したらどうする。また吹雪いてきたら、どうやって寒さをしのぐつもりだ」

代案を捻り出そうとしていたら、いきなり関根がテントにいる亜佐美の身体を横抱きにして出てきた。

「いいぞ。彼女だけでも連れていってくれ。俺はここで待っているから」

だが、関根は身体の向きを変えてこちらに近づいてくる。そして腰を屈めると「肩に手を回せ」と命令した。

顕良が言われるまま肩に手を回すと、関根は亜佐美を抱えて立ち上がった。右に亜佐美を抱き、左に顕良を支える格好となる。

「まさか、お前」

「手ェ、放すなよ」

「無理だ。人間二人抱えて行こうってのか。やめろ、いつものお前らしくないぞ」

「俺らしくってのは、どういう意味だ」

「お前なら冷静な判断の下、一番効率のいい方法を選択するはずだ。一人でも多くの人間が助かるような手段を選択するはずだ」

「人の命を効率で考える時点で、もう間違っている」

関根は一歩を踏み出した。

「お前の命と亜佐美の命を天秤に掛けるのも間違っている。いや、間違っちゃいないかも知れんが、少なくとも俺には答えようのない選択問題だ」

「無茶をしたら三人とも遭難する」

「そう思うのなら、無事な方の足で自重の負担を軽くしろ。それだけでも大分違う」

「俺を置いていけ」

「肩に回した手を放したら俺は歩くのを中断する。お前が動くまで俺も動かない」

「……どうかしている」

「今更だな」

二時間四十分後、顕良と亜佐美を抱えた関根は見事剣山荘に到着した。早速富山県警山岳警備隊に連絡が為され、救援のヘリコプターが急行して三人を救急病院へと搬送した。

考え得る限り最良の流れだったが、亜佐美の損傷は深刻だった。彼女の右足はくるぶし部分から先が完全に壊死し、やはり切断するより他になかった。

一方、顕良の左足は治療が早かったこともあり大事には至らなかった。だが顕良の胸は潰れた。恋人が片足を失ったというのに自分は助かってしまったという負い目が、良心を痛めつけたのだ。

意識を回復した亜佐美は己の欠損部分を見せられるなり、絶望の声を上げた。登山どころではない。これから先、まともに歩くことさえ叶わない。若い亜佐美にとっては外見も含めて残酷過ぎる仕打ちだった。

結局、亜佐美は右足の障害が遠因となって就職の内定を取り消された。元より半同棲の状態だった顕良は卒業後に就職すると、亜佐美を説き伏せて一緒になった。顕良自身は当然の成り行きと捉えていたが、口さがない者からは責任を取ったのだと陰口を叩かれた。

この事件を機に顕良は変わった。変わらざるを得なかった。無軌道な勇気はへし折れ、内省することが多くなった。己は無力な人間であり、他者の庇護によって生かされている矮小な存在なのだと思い知らされた。
自分と亜佐美を救ってくれたことが関根に対する負債になった。だが返済しようにも、当の関根は卒業後に音信がぷっつりと途絶えてしまったのだ。

長い昔話を終えると、顕真は溜息を吐いた。

今まであまり他人に話したことはない。当たり前だ。誰しも己が背負う債務を自慢げに話したりはしない。

黙って耳を傾けていた文屋がぼそりと洩らす。

「困りました」

「何がですか」

「今の話を聞く限り、関根は我が身も顧みず、二人の友人を救ったヒーローということになる。しかもそのヒーローは約二十年後に、鼻の痣を嗤われたというだけの理由でカップルを惨殺した」

文屋は物憂げに頭を振る。

「二十年も経てば人もめっきり変貌する。我々もそういう事例を山ほど見てきた。しかし関根の場合は極端過ぎます」

「ええ。だからわたしなどは関根が死刑囚という事実を未だに受け容れられないのです」

相手が惑いを見せた時こそ好機だ。顕真は身を乗り出して文屋に迫る。

「彼を取り調べたあなたですら、今はそんな風に当惑している。何かが間違っているのですよ。身分帳にも判決文にも現れない何かが、わたしたちの目から逃れているのですよ。そうは思えませんか」

畳み掛けるような問い掛けに文屋は顔を顰める。苦渋の判断を迫られて歪んでいる表情だった。

「……顕真さんが納得したら、この話はお終いですよね」

助けを求めるような声に、顕真は深く頷いてみせる。

「無論です」

「ちょっと待っていてください」

重たそうに腰を上げ、文屋はいったん中座する。後に残された顕真は一縷の望みを彼に託すしかない。

若い二人の命を救った英雄が、歳月を経て若い二人を屠る。考えてみれば、これほど皮肉な話はない。因果応報とは真逆の内容で、真宗の僧侶としても顕真は解釈に困惑する。

仮に、やはり関根が殺人を犯したとしても納得するには不充分だ。音信の途絶えていた二十五年間、いったい関根の身に何が起きたのか。英雄を自分本位の殺戮者に変貌させるような変事とは何なのだろうか。

死刑と定められた囚人を、教誨師の立場で導く。その任務を全うすることには何の異存も疑問もない。だが顕真自身が割り切れない気持ちのまま仏の教えを説いたところで、空疎な経文の羅列に過ぎなくなる。

教えてくれ、関根。

お前の心はどんな色をしているのだ。

お前の魂はどんなかたちをしているのだ。

ひとしきりもの言わぬ相手に問い続けていると、文屋がファイルを抱えて戻ってきた。ファイルの背表紙には事件名と番号が振られている。

「事件が終結すると、証拠物件として押収されたものは持主に返却、または廃棄処分されます。犯行に使用された凶器は言うまでもなく後者です。しかし記録はこうして残ります」

喋りながら慣れた手つきでファイルを繰る。目的のページはすぐに見つけられた。

「これが凶器の登山ナイフです」

文屋からファイルを受け取り、該当ページに視線を落とす。形状と色が判別しやすいようにするためか、ナイフは白い床の上に置かれているようだった。

実を言えば登山を趣味としている者は登山ナイフという言い方をしない。正確にはアウトドアナイフと呼称するが、刃物の用途としてサバイバルやハンティングの性格が加わったために登山ナイフという分類が人口に膾炙されてしまったのだ。

自然に生えている樹木や蔓を切断する必要から、片刃で切っ先が鋭く幅の広いものが好まれる。更に機能性から、鞘に収めるシースナイフと折り畳みできるフォールディングナイフの二つに分類できる。

ファイルに残された写真は紛れもなくシースナイフの方だった。両面に滑り止めの紋様が入った柄、なだらかに湾曲した刃。おそらく大部分の人間には、典型的な登山ナイフに見えるだろう。光線の反射具合が鈍いので、素材はカーボンスチールだろうと見当をつけてみる。

しばらく凝視した後、顕真は胸の底から湧き起こる昂奮を抑えるのに苦労した。

「違います。これは関根のものではありません」

俄に文屋の顔つきが変わる。

「どうして断言できるんですか」

「写真のナイフは柄に滑り止めがあり、刃の幅も狭い。関根の趣味に合いません」

「趣味、ですか」

「山岳部にいた頃から関根の使うナイフは知っています。あいつは指がごついので柄に深い指当てのあるナイフを好むんです。刃の幅が狭いのも気になります。ごつい指なので細身の刃では何となく頼りないと、なるべく幅広のものを選んでいました。犯行に使用されたナイフは、少なくともあいつの嗜好からは完全に外れています」

「しかし個人の趣味・嗜好なんて長い歳月の中で変遷するものでしょう。そんな根拠で関根が犯人でないというのは、こじつけじみてやしませんか」

「日常的に使う刃物なら、あるいはそうかもしれません。しかし文屋さん。登山にはいつも危険が付き纏います。アウトドアナイフにサバイバルやハンティングの機能が付随しているのはそのためです。いいですか、ある局面では生死を左右しかねない状況で使用する道具なのですよ。登山経験が豊富な人間ほど道具には拘ります。ナイフも自分の手に馴染んだものを使いたがるものです。それとも人を刺すためだけの目的で、普段は使わないようなナイフをわざわざ買い求めたというんですか」

問われた文屋は即答できず、腕組みをして考え込み始める。

いいぞ。

もっと不審に思ってくれ。関根の犯行では収まりが悪いと感じてくれ。

やがて文屋は腕を解き、ゆっくりと面を上げた。

「言われてみれば、確かに不自然という気もします。逆説的ですが、判決文にあるように他人を殺傷する目的で所持する凶器なら、手に馴染んだものを使うのが普通でしょう。関根の証言が真正なら、供述内容に疑問符がつきます」

「ええ、そうですとも」

「しかし供述内容に虚偽があると仮定すると、別の新しい問題が浮上してきます。自分でカップルを殺害していないのなら、何故関根は偽証なんかしたんですか。それも保身じゃない。逆に自分の首を絞めるような行為なんですよ」

今度は顕真が黙り込む番だった。文屋が指摘したことは、以前から顕真も頭の隅に置いていた。だが関根の本意を探るのに傾注していて、偽証の目的までは深く考えなかったのだ。

一方で顕真なりの回答はある。証明できるものではないが、関根の人となりを知る顕真ならではの回答だ。

「一つだけ思いつく理由があります。関根は真犯人を知っているんじゃないでしょうか。真犯人を知った上で庇おうとしているようにしか思えないんです」

「窃盗や詐欺じゃありません。殺人ですよ。しかも裁判の結果、関根には死刑判決が下され、ヤツは控訴すら断念している。いくら他人を庇うとしても度を越している。殺人犯の汚名を着せられ、死刑台に送られるんですよ。自己犠牲にも程度ってものがある」

反論されても顕真は言い返すことができない。文屋の意見は至極まともで現実的だ。対して自分の主張は偏(かたよ)り、感情的ですらある。法廷で闘わせても、十人中十人が文屋の言説を支持するだろう。

「第一、関根は独り者です。百歩譲ってカップル殺しが関根の犯行ではないとして、ではヤツが庇わなければならない人物とは誰ですか。独り者である関根に、我が身を犠牲にしてまで護らなきゃならない人間なんて存在しますか」

これにもまた反論する言葉が見つからない。自身に当てはめてみれば分かるが、己を犠牲にしてでも護りたい対象はひどく限られている。多くは肉親もしくは恋人だろう。関根にはそれがない。逮捕直前に付き合っていた女がいたかどうかは定かでないが、もしそれほど近しい女が存在したのなら公判の途中で登場してもおかしくない。だが弁護人の服部ですら、そんな人物の存在はひと言も口にしていない。

司法は目の前に提示されたものが全て(すべ)だ。第三者の印象や思惑などクソの役にも立たない。被告人が善人であると声高に叫んだところで、それがどうしたと開き直られたら、やはり返す言葉はない。善人でも魔が差す時がある。善人にも人を呪い、憎悪する気持ちがある。だからこそ数多の宗教が存在し、僧侶が生活していける。

所詮、自分のような坊主が異議申し立てをしても司法は振り向いてくれないのか――絶望がじわりと胸に沁み込んだ時、文屋が言葉を継いだ。

「ただ、わたしにも違和感はあったんです。顕真さんが仰るのとは、別の違和感ですけどね」

思いがけない吐露に、再び昂奮が湧き起こる。

「まだ、ここだけの話にしてもらえますか」

「もちろん」

「富山が事情聴取をしている最中のことです。前にもお話ししたように、取り調べというのは何も事件一辺倒ではなく、容疑者の警戒心を解くために当たり障りのない話や世間話も織り込むものです。別の言い方をするなら、自供を引き出す一瞬のために延々と取り留めのない会話を続けることもあります。富山の尋問というのはそのフォーマットに則ったもので、言わばスタンダードでした。だから事件の供述に至るまでは、ずいぶんと平穏な話題に終始しています。わたしはそこで引っ掛かりを覚えたんです」

文屋は当時の状況を思い出すかのように、視線を虚空に漂わせる。

「富山が日常生活や関根の勧める〈ツクバ〉について話を振ると、関根はとても穏やかに喋り出します。それはもう本当に自然な口ぶりで。ところが一転して事件について問い質すと、少し過剰なくらい悪ぶった口調になる。半分はべらんめえも入っていましたし、犯行を語る顔も強張っている。何気なく見せる顔とはまるで別人のようでしてね。何というか、まるで素人の下手な芝居を見せられているようだったんです」

ああ、そうかと顕真は納得する。

「文屋さんの観察は正しいと思います。関根は時折悪ぶったりもしましたが、嘘は下手な男だったんです」

2

取調室での関根の振る舞いはまるで素人芝居のようだった——文屋の告げた感想は、顕真を奮起させるに充分な期待を孕んでいた。

「文屋さんの仰る通り、関根は下手な芝居を演じています。わたしたちを助けた時と同様、あいつは自分を犠牲にして誰かを庇っているのですよ」

「顕真さん、それはあくまであなたの希望的観測に過ぎない」

「でも文屋さんだって怪しいと思われたでしょう。凶器のナイフ一つ取っても、関根の供述には腑に落ちない点がある。到底、正直に供述したとは思えません」

「怪しいというのは認めます。しかし、再捜査をするだけの根拠としては甚だ薄弱ですね」

文屋は冷徹さを失わない。いや、失うまいと懸命に己を抑えているように顕真の目には映る。

「薄弱だと言われれば確かにそうかもしれません。でも、それは文屋さんが無視してしまえるような些末事なのでしょうか」

文屋は一瞬、目を逸らした。

商売柄、人の顔色を読むことには長けているつもりだ。今、文屋は明らかに顕真の問いから逃げている。

巻き込まれるのが怖いからだ。

過去に遡るのが恐ろしいからだ。

「文屋さんは冤罪の可能性を恐れているのではありませんか」

文屋の眉がぴくりと上下する。

「ご自分が疑いを持ったがために、終結したはずの事件が冤罪であったのを知るのが怖いのではありませんか」

「冤罪なんて、そうそう生まれるものじゃない。我々がどれだけ足や頭を使って証拠を集めているか。検察だって慎重の上にも慎重を期しています。間違いないと思った案件しか起訴しない。有罪率99・9パーセントという数字は伊達じゃありません」

「でも100パーセントではありません」

顕真は尚も食い下がる。

「もし関根を逮捕・起訴し、死刑判決を下してしまったことが間違いだったら」

「そんなはずは」

「現に文屋さんは疑念を抱いているじゃありませんか。だからこそ、わたしに捜査資料を見せてくれたのでしょう」

顕真は机に手をついて頭を下げる。今は文屋の協力だけが頼みの綱だった。

「お願いします」

「いきなり何を」

「わたしに力を貸してください。もう一度、捜査をしてください」

「困りますよ、顕真さん。再審請求もされていない案件の捜査を、しかも当時の担当者に手伝えだなんて非常識です」

非常識と詰られると心が挫けそうになる。求められる最低限の知見すら疑われたら、僧侶を名乗る資格などない。

だが後退するつもりはさらさらなかった。

「詰られるのは覚悟の上です。しかしわたしは関根に命を救ってもらった者として、また彼の死刑執行の瞬間を見届ける教誨師として、疑念を晴らさずにいることはできません。教誨師には教誨師の職業倫理というものがあります」

正面から文屋を見据える。文屋は物憂げな目でこちらを見ている。

「再捜査をして、万が一関根が偽証していたとなれば事件は完全に引っ繰り返る。関根が冤罪だったとしたら当時の担当者は針の筵に座らされることになる。暴いたわたしは警察の裏切り者、仲間に弓を引いた者として弾劾されかねません」

文屋は淡々と話し出す。淡々としていながら、逆に言葉は重かった。

「一方、再捜査をしてやはり関根が犯人だった場合、再捜査は徒労だったことになり、わたしは上司と検察の判断を疑った痴れ者と揶揄される。つまりどちらにしても、わたしにはデメリットしかないという訳です」

「しかし、無辜の人間を救うことができます。口幅ったい言い方になりますが、メリットとかデメリットなどという言葉で測れる話ではありません」

そして、もう一度頭を下げた。

「人一人の命が法によって断ち切られようとしている。死刑存置の国では正義とされている制度なので已むを得ません。しかし、それなら納得できる死を見届けてやりたいと思います。死にゆく者をせめて最後には安らかに送ってあげたいのです」

手前勝手な理屈であるのは重々承知している。選りに選って死刑囚本人ではなく、教誨師が心の平安を求めるなどお笑い種だ。

だが顕真はお笑い種を実行しなければならない。自分が嗤われたり後ろ指をさされたりするのは構わない。関根が他人の罪を被り死刑台の露と消えることを思えば、ものの数ではない。

「たかが坊主一人が刑事さんの真似事をしたところで何の力にもなれないのは分かっています。だから専門家の助言と助力が欲しい。この国で犯罪捜査が許されているのは、あなたたちだけです」

「しがないヒラ刑事ですが、わたしにも立場があるんですよ」

次の瞬間、顕真は椅子から離れると床に手を突いた。

「やめてください」

文屋が悲鳴のような声を上げるのも構わず、顕真は頭を下げていく。恥も外聞もなかった。恥や外聞を気にしていては、人の命を救うことなど叶わない。

「この通りです」

額が床につこうとする寸前だった。

「いい加減にしてくださいっ」

ごつい手が顕真の肩を鷲掴みにし、力ずくで立ち上がらせる。

「顕真さんは仮にも僧職にある方じゃありませんか。そんな人が簡単に土下座なんてしちゃいけません」

頭一つ下げる程度で関根を救えるのなら、何度でも下げてやる。

顕真の目を覗き込んだ文屋は既に諦め顔をしていた。

「京都府警に勤める同僚の話を思い出しました」

唐突な話に勢いを殺がれた。自分を茫然とさせるのが目的だとしたら、文屋もなかなかの尋問巧者といえる。

「そいつからこんな話を聞いたんです。あの街で幅を利かせているのは政治家でもなければヤクザでもない。誰あろうお坊さんなんだって。ヤクザの親分も自分や身内の葬儀にお坊さんが来てくれないと困るでしょうから。そんな訳で、かの街ではお坊さんが最強なんだそうです」

「それは数の問題かもしれません。京都は学生と坊主の街と言われていますから」

「京都に限らず、お坊さんを敵に回しても碌(ろく)なことがない」

文屋は小さく嘆息した。

「非公式な、しかもわたし個人の独断することなので顕真さんの意に染まないかもしれません。先ほど言ったように、関根には都合のよくない結果になるかもしれない。それでもよろしいですか」

「構いません」

「おっとっと。後生ですから、もう頭を下げるのはやめにしてもらえませんか」

「しかし」

「正直、放置したままだと、わたしも寝覚めが悪いのですよ」

嘆息交じりの言葉も淡々としたものだった。それでも顕真の胸にするすると下りてくる。

「解決した事件には自信があります。捕まえるべき容疑者を捕まえ、供述させるべきを供述させたという自負があります。そうでなければ刑事なんてやってられない」

「文屋さんの気を悪くさせたのなら謝ります」

「いえ、違うのですよ。そうやって自信を持って送検していても、千に一つは見逃しがあるかもしれない……そういう恐怖はいつでも付き纏います。さっきも顕真さんと話しながら、どうにも不安に駆られて仕方がなかった。再捜査はわたしを納得させるためでもあるんです」

文屋から協力の約束を取りつけたものの、お互いに暇ではないので最優先に動く訳にもいかない。二人のスケジュールを調整した結果、九月十八日に行動することを取り決めた。

当日、二人はJR木更津駅で待ち合わせるとタクシーで市の中心部に向かった。正式な捜査であれば警察車両を使うところだが、生憎非公式な捜査なので、移動手段も費用も二人の持ち出しとなる。

「貝渕までやってください」

文屋が番地まで告げると、運転手は慣れた手つきでカーナビに入力していく。

行き先は事前に決めてある。殺害されたカップルの一人、塚原美園の実家だ。

「会ってくれますかね、ご両親は」

先方への連絡は文屋がしてくれた。自分たちの娘を殺害した死刑囚の教誨師が頼んでも会ってくれない惧れがある。その点、事件を担当した刑事の申し入れなら拒否されることもないという判断だった。

「ちゃんと連絡はしていますが両親ではありません。現状、塚原家は母親だけしかいないんです」

被害者遺族については何も聞かされていなかったので、顕真はわずかに身構える。

「離婚したんですか」

「いえ。事件の翌々年に父親はがんで他界したんです。詳しくは聞いていませんが、母親にしてみれば相次ぐ不幸で、相当ダメージを受けたようですね」

十五分ほど走ると、タクシーは団地の中へと入っていく。ざっと数えただけでも二十棟ほどの集合住宅が並ぶ。所謂マンモス団地だがどの建物も相当な築年数で、じりじりと荒廃が進んでいるようだった。

タクシーから降り、団地の真ん中に立ってみると一層荒廃ぶりが目につく。建物一階部分にはほぼ一直線に罅が入り、放置されたままの三輪車は雨風に晒されてただのゴミに成り果てている。団地内の植木にも手が入っておらず垣根は伸び放題、花壇は繁茂する雑草で何が植えられているかも判然としない。

かつて訪れたことがあるのだろう。文屋は迷う様子も見せず、該当する棟へと足を向ける。

「D棟の一〇二号です」

「以前にも来たんですね」

「関根の刑が確定した時です。一応の報告という名目で伺ったんですが、あまり愉快な用件ではなかったですね」

「事件終結の報告だから、ご遺族には福音ではなかったんですか」

「この仕事をしていて時々思うのですが、果たして事件に終結なんてあるんでしょうかね」

不意に文屋は倦み疲れたような物言いをする。

「犯人を逮捕して送検。公判を経て判決、そして刑が確定。確かに案件としては終結なんでしょうけど、それで事件関係者全員の気持ちに決着がつくとは限らない。死んだ人間はいつまでも歳を取らず、ずっと遺族たちの心の中で被害を訴え続けている。忘れることができないから、いつになっても傷が塞がらない。判決が確定しても一区切りついたというだけで、遺族たちの間で事件は終わってなんかいない……ふっとそんな風に考える時があります」

文屋の言葉が重く伸し掛かる。教誨師を始めてから死刑囚の心に寄り添う努力をしているが、だからといって被害者遺族の悲しみに思いを馳せなかったこともない。いや、顕真の立場だからこそ被害者遺族の心痛は他人事ではない。

ある時は加害者側に寄り添い、別のある時には遺族を思う。正反対の立場でありながら哀れであるのは同様だ。双方の思いに引き裂かれるようになったことも一度や二度ではない。つくづく因果な勤めだと嘆息する。

十階までエレベーターで上がる。このエレベーターも老朽化しており、上昇時の音がひどく耳障りだった。箱の中の照明も薄暗い蛍光灯で侘しさが募る。

一〇一二号室の前に立つ。表札には〈塚原〉という苗字だけが掲げられ、家族の名前は見当たらない。インターフォンで文屋が名乗ると、すぐにドアが開けられた。

「お待ちしていました」

顔を覗かせたのは塚原美園の母親、文絵だった。早速中に通され、キッチンで対面する。

髪の根元が白いので染めているのが一目瞭然だが、それでなくても目尻の皺や肌艶のなさで老いが垣間見える。事件当時母親の文絵は五十になったばかりだったから、現在も五十代半ばのはずだが、容色の衰えはそれ以上に映る。

「美園さんの事件でお伺いしたいことがありまして」

文屋が来意を告げる間、文絵は顕真に目を向けていた。奇異な目を向けられるのを避けるため今日の顕真は普段着でいるが、それでも違和感を醸しているのだろう。

「文屋さん、隣にいる人はどなたですか。この人も刑事さんなんですか」

まさか身分を偽る訳にもいかず、顕真は自分が関根の教誨師である旨を告げる。

途端に文絵の態度が硬化した。

「どうしてあの男の側に立つ人がここに来るんですか。まさか今になって助命嘆願なんてムシのいい話を考えているんじゃないでしょうね」

「そうではありません」

ここは嘘でもやんわりと否定しておくべきだろう。そうでなければ話が続かない。

「関根は死刑囚として執行の日を待っています。本人は減刑など露ほども考えていないようです」

「それならどうして」

「教誨師としては、本人に犯した罪の深さを自覚してもらわなければなりません。観念的に罪と罰を問うても、なかなか本人の胸に届く説諭はできません」

「何を話せばいいんですか」

「可能であれば事件当時のことを。事実も感情も風化しないうちに語っていただければと願う所存です」

「事実も感情も、わたしには辛いことだらけです。それをお坊さんに打ち明けて、わたしに何の得があるんですか」

「少なくとも関根の良心に訴えることができます」

「良心、ですか」

文絵は皮肉に唇を歪ませる。

「そんなものがあの男にありますか。遺族の今を教えたところで、せせら笑うだけだと思うんですけど」

「教誨を望んだのは悔いている証拠ですよ」

「それだって逃げじゃないですか。お坊さんの有難い話を聞いて、自分が善人になったような気分になって救われたいだけですよ。美園の母親として、あいつが平穏になるような手助けはしたくありません」

文絵は顕真を睨みつける。

「あんな男、吊られる直前まで苦しみ抜けばいいんだ」

残された者の妄執に、顕真は言葉を失う。

関根は自首してきて、その場で緊急逮捕された。始めから自供ありきの事件であったため、関係者からの事情聴取もさして深くは行われなかった。それは捜査資料を一読しても分かると文屋は言う。それならば改めて関係者から話を聞き、事件の態様に遺漏がないか確認してみよう——それが塚原宅を訪問した事由だった。

だが、この分では文絵から引き出せるのは事実ではなく怨嗟の声だけなのではあるまいか。顕真は不安に駆られながらも文絵の吐き出す呪詛を真正面に浴びる。

「お坊さん、拘置所の中であの男はどんなふうに振る舞っているんですか」

「どんな風にと言われましても……仏に帰依し、今は経典を繙いている最中です。彼なりに己と向き合っているのだと思います」

「己にじゃなく、死んだ美園に向き合ってほしいですね」

「数度、関根は獄中から手紙を出したと聞いています。それが謝罪の手紙だったのではありませんか」

「どうでしょうか。時期を考えると減刑のために弁護士が入れ知恵をしたようにしか思えませんでした」

「開封もせず、送り返されたんでしたね」

「読んだら、きっと怒り狂って我を忘れたと思います。兎丸さんのご遺族も読まずに返送したと言ってました」

「あちらのご遺族と連絡を取り合っていたんですか」

「裁判が終わるまでは定期的なやり取りをしていました。同じ被害者遺族だったから、悩みを打ち明けたりもしてました。でも先方は茨城にいらっしゃるので、判決が確定してからはすっかり縁遠くなってしまって」

「民事で損害賠償を請求されませんでしたね」

「関根は独り者で、大きな資産と呼べるようなものは持ち合わせていませんでしたからね。訴えても費用倒れになるだけだと、担当した検事さんから言われました。わたしも兎丸さんもずいぶんと腹を立てたんですけど、あまり無意味なことをしても自分たちの心と財布を痛めるだけだと諭されました」

顕真はそれとなく部屋の中を見回す。家具や調度類はどれも安物で傷みが激しい。電化製品も古いものばかりだ。経済的に楽ではないのはひと目で分かる。カネが欲しいのは山々だろうに、損害賠償請求に踏み切らなかったのは、やはり検事から無効性を説かれたからに相違ない。その意味では精神的に潔いと思った。

ふと視線を移せば、テレビラックの横にフォトスタンドが置いてある。中に納まっているのは母子の写真だった。

どこかの観光地か、二人の背後には賑やかな幟が覗いている。洒落たワンピースで顔を寄せ合う二人を見て、少し驚いた。

ネットで関根の起こした事件を復習っていた際、被害者カップルの写真を目にしていたので塚原美園の顔は見知っていた。しかし母親と笑い興じている様はネットの写真とはまるで別人で、生を謳歌する眩しさに満ちていた。彼女が笑っていると周囲の空気までが輝いているようだ。

だが顕真が驚いたのは顔を寄せている文絵の方だった。娘の笑顔に引き寄せられたように母親も眩しそうに笑っている。三十代に見え、今とはまるで別人だ。殺害された時、美園は二十四歳、写真の中の彼女もそれくらいだから五年ほど前の写真だろう。死んだ娘は二十代のまま、そして残された母親は哀しみの分だけ更に歳を重ねていく。

「主人は亡くなる直前まで、美園より後に逝くことを恨んでいました」

文絵は搾り出すように話す。

「お坊さんは少しでも関根の心を安らかにしたいのでしょうけど、わたしはあいつに対する憎しみが増すばかりです。主人の恨み節は今でも耳に残ってましてね。『あと数年でいいから長生きして、関根が吊るされるのを確かめてから死にたい』でした。わたしは主人の遺言だと思い、あいつが死刑執行されるまでは何があっても生きるつもりでいます。娘と主人と三人で暮らしたこの家で」

瞳(ひとみ)の奥にゆらりと立ち上る焔(ほのお)が見えたような気がした。忌(い)まわしく呪わしいが、人が生きていくためには必要な焔なのかもしれなかった。

顕真の背中に冷たいものが走る。冤罪などではなく、もし本当に関根がカップルを殺害していたとしたら、自分は被害者遺族の気持ちも顧みず、その傷を無理やり広げることになる。宗教家である前に、まず人として許される行為ではない。

罪悪感に襲われた顕真を気遣ってか、今度は文屋が聞き手に回る。

「事件当時、美園さんは川崎市内のアパートで独り暮らしでしたね」

「就職が向こうに決まったのを機に独立しました。手放すのは主人も反対したんですけど美園からいつまでも子ども扱いするなって怒られて……それで渋々許したんです。でも間違いでした。わたしも主人も、どうして美園を殴ってでも引き留めなかったのかと、ずっとずっと後悔していました。あの時、美園と一緒に暮らしていたらあんな事件には巻き込まれなかったのに」

文絵の顔が口惜(くちお)しさに歪む。痛々しくて顕真は正視できそうにない。

「美園さんが事件に遭遇する直前、何かお話はされましたか」

「いいえ。薬剤師の仕事も順調で、付き合っている男性もできたからって……最後の電話は事件の一カ月前で」

「以前から、あまりやり取りはされなかったんですか」

「就職して独立したんだから、あんまり構わないでくれって本人から釘を刺されたんです」

「お母さんとしてはさぞ心配だったでしょう」

「元々芯の強い子で、よほど困ったことがあっても親に相談せず、自分で解決してしまうようなところがありました。だからわたしたちも半分は安心して、半分はおっかなびっくりでした」

「じゃあ兎丸雅司さんと付き合っていることも知らされなかったんですか」

「誰かと付き合っているのは聞かされましたけど、相手の名前までは。だから兎丸さんを知ったのは事件後に二人の遺体を見せられた時が初めてでした」

結局、文絵から訊き出せたのは、生前の美園がいかに自立心旺盛な娘であったかという点だけだった。母親と娘はいつでも連絡を取り合うものだと思い込んでいた顕真には、いささか肩すかしの内容だった。

「母子といっても色んなかたちがありますからね」

遅ればせながらという体で顕真が申し出た。

「ご焼香させていただいてもよろしいでしょうか」

しかし文絵はにべもなく言い放った。

「お断りいたします」

顕真はただ項垂れるより他なかった。

塚原宅を辞去すると、文屋はこう返してきた。

「商売柄、被害者や加害者の家庭を覗くことは少なくありません。あれは犯罪に関与するしないに拘わらずなんでしょうね。親離れしたい娘に子離れできない母親。一方でちゃんとほどよい距離を保っていられる母子もいれば、一卵性親子みたいにべったりなんてのもある。ま、大体父親は最初から除け者なんですがね」

「関係性の濃淡で、死者の悼み方は変わるのでしょうか」

顕真が覗き見る他人の家庭は、大抵が家族を喪った抜け殻だ。生前の母子関係がどんなものであったか知る由もないが、喪われた者に対する哀惜の情はいずれもが深く、そして沈痛に見えた。

「子育てに無関心な若い母親とか、育児放棄した母親とか、思わずこの国の未来を憂えてしまうような母親を幾度となく見ました。それでもですね、顕真さん。そんな母親でも子供を喪った瞬間は自分の一部を失くしたような顔をしているんです。そういう絶望の顔を見る度、逆にわたしは希望を見出しているんですけどね」

　逆説的な言い方が、文屋の人となりを表していた。絶望の中に希望を見出す。まるで僧侶の説法を想起させる話で、親近感が湧く。

「しかし、新たな収穫は望めませんでしたね」

「最初のひと鍬で金鉱を掘り当てるつもりだったんですか」

　顕真の落胆を否定するように、文屋が返してきた。

「同じ現場を百回回ったって、新しい手掛かりが見つかる確率はゼロに等しいです」

「そうなんですか」

「無駄に足を使うと陰口を叩かれることもありますけど、人一人を起訴して罪に問うんですから、そこまでしなけりゃ悔いが残ります。逆の言い方をすれば、そこまで調べるから心置きなく送検できるんですけどね」

「それなのに付き合わせてしまって申し訳ありません」

「いやいや、これはわたしもやり切った感が不足していた事件なので。関根が自首してきたことで、本来踏むべき手順をどこか踏み忘れてしまったような気がするんです」

3

　二人が次に向かったのは川崎市内にある個人病院だった。

〈川崎第一クリニック〉――美園が勤めていたのは、同病院の敷地内に軒先を借りるようにこぢんまりと建つ薬局で、文屋によれば医薬分業のシステムをそのまま表したような佇(たたず)まいなのだと言う。

「薬事法改正の絡(から)みなんですよ。少し前までクスリ漬け医療で医療機関が利益を貪(むさぼ)っていたところに、当時の厚生省がメスを入れた。薬価を改定してクスリでは利益が出ないようにした上で、病院内で調剤するよりも院外処方箋(せん)を発行する価格を数倍高く設定して、利益誘導したんです。だから実質上は病院の一部門であるにも拘わらず、あんな風に他人の顔をして営業している」

「色々考えるものですね」

「利益を生む団体やら組織というのは、いつも敵対したり癒着したりしながら生き長らえていくんですよ」

　文屋は意味ありげに笑ってみせる。ひょっとしたら、宗教の世界も同じではないかと皮肉っているのかもしれない。

「顕真さんが関根の教誨師と知ると、相手は警戒するようですね。ここではわたしが聞き役に徹しましょう」

薬局を訪れ文屋が来意を告げると、奥の方から白衣の女性がやってきた。美園の上司だった女性で、各務日美子(かかみひみこ)という名前だった。

日美子は文屋の顔を見るなり小首を傾(かし)げた。

「刑事さん、以前に一度、川崎署でお会いしませんでしたっけ」

「よく覚えておいでですしたね」

「あの日のことは今でも忘れません」

日美子は二人をバックヤードに誘(いざな)い、腰を落ち着かせた。ただし顕真たちは医療関係の書類やら積み重ねられた段ボール箱やらに囲まれて、少しも落ち着けなかった。

「川崎署から知らせを受けて直行してみれば、美園さんが無残な姿になっていたんです。あんな経験、そうそうあるものじゃありません」

「各務さんには、遺体が塚原さんであるのを確認いただいただけでしたね」

「わたしに連絡がきた時には、もう関根が逮捕されていましたからね。何人かの写真を見せられた時には何事かと思いましたけど」

「事件より前、関根が塚原さんカップルと面識があったかどうかを確認したかったんです。結局、空振りでしたけどね」

「あの状態で、わたしもよく答えられたと感心します」

日美子は当時を思い出したのか、不快そうに眉根を寄せた。

「優秀というだけでなく、人当たりがよくて愛嬌のある子だったから妹分みたいな存在でした」

妹分というのは言い過ぎではないかと思ったが、部屋の壁に飾られた集合写真を見て合点がいった。おそらく薬局に勤める職員が集っているのだろう。白い壁をバックに八人の男女が並んでいる。

その中央に日美子と美園がいた。二人は顔を寄せて満面に笑みを浮かべている。実家の写真もそうだったが、美園というのはずいぶんと笑顔が魅力的だった。絶世の美女という訳ではないが、見ているとこちらの胸まで暖かくなるような笑顔だ。

顕真の視線に気づいたらしく、日美子も集合写真に目を向けた。

「分からないことは分かりませんと即座に答える。その上で、自分で徹底的に調べて年長者に確認する。そんな素直さと生真面目さを兼ね備えていました。だから職場で彼女を悪く言う者は一人もいませんでした」

素直さと真面目さはどこででも愛される資質だ。彼女なら薬剤師以外の世界でも愛されたことだろう。

束の間、日美子は口を噤んだかと思うと、みるみるうちに両目に涙を溢れさせた。

「ご、ごめんなさい」

日美子は手近にあった箱からティッシュを抜いて目頭を覆う。演技ではない証拠にティッシュはしっかりと濡れていた。

「思い出しちゃって……あー駄目だ。もう五年も経つっていうのに、美園ちゃんの顔を思い浮かべるだけで泣けて泣けて……いったいわたしは幾つなんだと思いますよ」

「本当に仲がよかったんですねえ」

文屋の問いに何度も相槌を打つ。

「わたし一人っ子だったものだから、妹がいたらこんななのかなあって。美園ちゃんも一人っ子だったから、きっとウマも合ったんでしょうね。それだけにあの子の死顔を見たら立っていられなくなって」

「ああ、ひどく気分を悪くしてましたね」

「ショックが大き過ぎました。刑事さんの質問にも、まともに答えられたかどうか」

「確かにわたしが質問しても上の空、みたいな状態でしたね。でもお気になさらずに。

近しい人の遺体を見せられて平然としていられる人の方が少数派ですからね。各務さんの反応は至極普通でしたよ」

日美子はまた口を閉ざす。溢れ出す激情を堪(こら)えているのかと思いきや、何事か迷っている表情だった。

「各務さん、どうかしましたか」

「あの……刑事さんに質問された時はとても動揺してたし、もう関根が逮捕されていたから、別に話す必要はないと思ったんです」

弾(はじ)かれたように顕真と文屋は顔を見合わせる。

「何かわたしに言い忘れたことでもあったんですか」

「言い忘れたというか、犯人が捕まったのならどうでもいいことだと」

「どんなことでも結構です。今、聞かせてください」

「女同士って、よく彼氏自慢するんです。気の許せる間柄なら」

「男でもしますよ」

「付き合っている相手の画像とか見せ合ったり」

「するんでしょうね。じゃあ塚原さんとも」

「ええ、それで思い出したんです。川崎署で美園ちゃんの遺体を見せられた際、一緒に殺された男の人の遺体も見せられました」

「そうでしょうね。二人の殺害は同じ事件として扱われましたから」

「男の人の顔を見て、刑事さんから兎丸という名前を教えられたんですけど……違ってたんです」

矢庭に日美子の顔が緊張する。

「何が違ってたんです」

「殺されたのは新しい彼氏でした」

何を言っているのか、すぐには理解できなかった。

「ケータイで見せられた彼氏は美園ちゃんと同じくらいの背格好で、髪の毛も黒くて。でも川崎署で見せられた遺体は背が高くて茶髪で、名前も違っていて。自慢する時、美園ちゃんは彼氏のことを『リュウくん』と呼んでたんです。でも死んだ男の人は兎丸雅司という名前で、どこを取っても『リュウくん』なんて呼べないはずなんです」

「全くの他人だった。つまり兎丸さんは塚原さんとは無関係だったと言うんですか」

「一度だけ、美園ちゃんが暗い顔で打ち明けてくれたことがあって……リュウくんと仲が怪しくなって、もしかすると別れるかもって。その後はいつもの明るい態度に戻ったから、特にこちらから訊くこともなかったんですけど」

混乱しかけた頭に牟田から送られた判決文の内容が甦る。事案の概要を述べた箇所で、兎丸雅司と塚原美園は以前から交際していたと明記されていたはずだ。殺される直前、二人が焼き鳥屋で同席していた証言もある。

「塚原さんがその彼氏と別れるかもしれないと言ったのはいつ頃の話ですか」

「事件の起きる半年も前です。わたしはてっきりよりを戻したんだと勘違いしてたんですけど、兎丸さんの遺体を見た時に、ああ新しい彼と付き合ってたんだと合点して」

「それで、わざわざ言おうとは考えなかったんですね」

「だって死んだ人の恋愛事情をぺらぺら喋るなんて嫌らしいじゃないですか。第一、犯人はもう捕まっているんだし」

「前の彼氏、フルネームで知りませんか」

「ちょっと待っててください」

日美子は俯き加減になり、懸命に記憶を巡らせているようだった。顕真と文屋は息を殺して彼女の口が開くのを待つ。

一分も経過した頃だろうか、ようやく日美子は顔を上げた。

「何とか苗字は思い出しました。確か〈黒島〉といったと思います」

「下の名前は」

「それはまだ……下は『リュウくん』としか聞いてなかったので」

「その黒島という人物について、もっと詳しい話を聞いていませんか。職業とか、どこに住んでいるとか」

畳み掛けられても、日美子は力なく首を横に振る。

「彼氏自慢といっても、何から何まで個人情報を暴露する訳じゃないんです。彼氏の写真を見せ合ったり、デートではどこに行って何を食べたとか、当たり障りのないことばっかり報告したりするだけで」

「黒島とのツーショットを転送してもらってませんか」

「いくら何でも、そこまでしません」

「じゃあ、その立ち寄った場所でも一緒に食べたものでもいいから思い出してください」

重ねて尋ねられ、日美子は再度考え込むがやはり悔しそうに首を振ってみせる。

「駄目です。すぐには思い出せません」

「そうですか」

文屋はいかにも残念そうに頭(こうべ)を垂れた。

「まあ、一度に何もかも思い出すのは困難でしょう。思い出した時で結構ですから、すぐに連絡をいただけませんか。お渡しした名刺の、ケータイの方で構いません」

文屋も未練があるだろうに、去り際はあっさりしたものだった。日美子に軽く一礼して、さっさと薬局を後にした。

「割に簡単に引き下がるんですね」

つい言葉に険が生じた。

「文屋さんならもっと粘ってくれると思ったんですが」

「質問する方がどれだけ粘ったところで、結局は本人の記憶頼みですからね。無理に追い詰めたって意味はありません。案外ちょっとしたきっかけで全部思い出したりもするんです」

尋問するのが仕事の警察官だ。文屋の言い分は信じていいだろう。

「やっとそれらしい収穫がありましたね」

「収穫かどうかは、これからの吟味にかかっています」

興奮気味の顕真に比べ、文屋は慎重さを忘れない。

「塚原さんに兎丸雅司以前に付き合っていた男がいた。分かったのはこれだけです。黒島という男が事件に関係しているのかどうかも不明です」

「でも違和感が増しました」

違和感が増せば増すほど、関根の供述は胡散臭くなってくる。新証言が出れば出るほど、冤罪の色が濃厚になっていく。

「しかし違和感はどこまでいっても違和感に過ぎません」

文屋の慎重さは嫌味に感じるほどだった。

「違和感を確固たる物的証拠で立証して、初めて異議申し立てが可能になります。顕真さんの逸る気持ちは分かりますが、まだまだですよ。我々の再捜査は、やっと緒に就いたばかりなんです」

文屋と別れて導願寺に戻ると夕実が待ち構えていた。

「ご住職がお呼びです」

「またですか」

何の気なしに返した言葉に夕実が食いついた。

「ええ、またです。いったい顕真さん、何をやらかしたんですか」

夕実は婉曲に顕真を責めているようだった。

「寺の迷惑になるようなことはしていないよ」

「じゃあ、お寺以外に迷惑のかかることをやらかしたんですか」

これ以上話していても誤解を生むだけだ。顕真は夕実を上手くあしらい、良然の執務室へと急ぐ。

「顕真、参りました」

中に入ると、いつものように良然は文机に向かっていた。もの言わぬ背中はいつもより威圧感がある。

「お呼び立てして申し訳ない」

ゆっくりと振り向いた良然を見て、ぎくりとした。まだ何の話もしていないというのに、早くも背筋がざわざわと騒ぎ出す。

「今日はお勤めにも余裕があったようですね」

「はい。檀家回りは午前中の一軒だけでしたので」

「午後はどちらに行かれましたか」

いきなり直截な質問を浴びせられ、束の間顕真は返事に窮する。

「答えられないような場所に行っていたのですか」

「知人と外出しておりました。決して後ろ暗い目的ではありません」

首の後ろがちりちりする。何をどう弁解しても良然には見透かされているような畏怖を覚える。

「後ろ暗くはなくとも、僧侶に相応しい行為なのかと訊いています」

良然の口は滑らかな弧を描いている。

ただし目はいささかも笑っていなかった。

「警察関係者と思しきお人と木更津方面に行かれたと聞きましたが、まことですか」

「どこからそのような話が」

「出処はどこでもよろしい」

凛とした声に、思わず背筋が伸びた。

「その通りでございます」

「以前お話しになった関根某という死刑囚の件ですか」

「はい」

「警察官と同行して刑事の真似事ですか」

真似事と言われればその通りだ。何一つ反論できない。

返事を待ちわびてか良然が続ける。

「自分の身分では何の監視もないと高を括っていたようですね」

「監視ですって」

「導願寺は本山門跡寺院です。情けない内輪話になりますが、同じ宗派といえども一枚岩ではなく、導願寺の不祥事を待ち望んでいる一部不逞の輩がいるとも聞き及んでいます。そうした者はわたしのみならず、在籍している僧職全員に注目しています」

つまり導願寺および良然によからぬ謀を抱いている何者かが顕真の動向を探り、それがまた良然の耳に入ったということか。

「今日だけではなく、ここしばらくは検察官や弁護士とも会っているそうですね。やはり関根さんの件ですか」

「はい」

「先日、あなたは関根さんの心変わりが納得できないと言われました。警察官紛いの行動もそれを解明したいがゆえであると」

「はい」

「申し上げたはずです。あなたは自分が思うほど冷徹な人間ではなく、逆に情熱家なのだと。しかし情熱家というのは別の言い方をすれば情念に搦め捕られやすい人のことです。あなたに逃げることを覚えてほしいと告げたのは、そうした情念からも解き放たれてほしいからです」

柔和な物言いだが、内容は僧侶の資質についての疑義だ。宗教家の役割はあくまで迷う者を導くことだと諭された。しかるに今、顕真が行っているのは導くどころか手前勝手に別の道を模索する愚挙だ。

「友人を想うなとも、教誨の相手を見放せとも言いません。しかし、あなたの行動は宗教家としてのそれを逸脱している。司法関係者に面会するだけならまだしも、一般の人々を煩わせるなど許されるものではありません。今は内輪の話に留まっていますが、噂が教誨師会関係者の耳に入れば懲戒問題にもなりかねません」

相変わらず反論の余地もなく、顕真は沈黙するしかない。ただ頭を垂れて叱責を浴び続けるより他にない。

「勘違いをされては困りますが、あなたの立ち居振る舞いごときで導願寺がどうなるものではありません。わたしが心を砕いているのはあなたの将来であることに、どうして思い至らないのですか」

別の機会に聞けば、きっと涙の出るほど有難い話なのだろう。

しかし今は関根の将来の方が重い。自分は失敗しても最悪破門されるだけで済むが、関根は死刑台の露と消えてしまう。比較するまでもないではないか。

「門主の御心に添えず、お恥ずかしい限りです」

「献身というのは美徳です。しかし時に美徳は悪徳に変化します。それが自然の摂理ではない限り、価値観の転換などは呆気ないほど簡単に起きてしまいますからね。あなたが友人を想う行動が、いつかあなた自身を滅ぼすかもしれない。人を呪わば穴二つという諺がありますが、他人を穴から救い出そうとする時、我が身も穴に落ちることも有り得るのです」

良然の言葉が何を暗喩しているのかは朧げながら理解できる。関根を救おうとするあまり、捜査が不首尾に終わった場合顕真が地獄に堕ちるような絶望を味わうのではないかという危惧だ。

絶望はするだろう。雪の剱岳で自分と亜佐美を救ってくれた恩人。その恩人が他人の罪を被り、みすみす目の前で縊られるのを見せられたら二度と教誨などできないことも容易に予測できる。

しかし、もう己を止める術さえなかった。顕真は深々と平身低頭する。

「有難いお気遣い、重ねて感謝します。未熟なわたしには身に余る光栄とも存じます」

「ご理解いただけますか」

「理解はいたします。しかし、愚か者ゆえに納得ができません」

ゆっくり面を上げると、良然は唇を真一文字に閉じていた。顕真は覚悟を決めて言葉を搾り出す。

「今少し、わたしの無軌道をお見逃しくださいませんか。決して門主にも導願寺にもご迷惑はかけませんので」

「その結果、あなたは己をひどく傷つけてしまうやもしれない」

「承知しています」

しばらく良然は顕真を見下ろしていたが、やがて安堵とも諦めともつかない吐息を洩らした。

「もうお下がりなさい」

執務室を出て自室に戻ると、見計らったようにスマートフォンが着信を告げた。発信者は文屋だ。

「昼間はありがとうございました。どうかしましたか」

『それはこちらの台詞でもあります。顕真さんの方で何か動きはありませんでしたか。たとえば顕真さんを牽制するような』

見られていたのかと、一瞬警戒心が湧いた。

「千里眼をお持ちですか」

『その様子では顕真さんの方もやられたみたいですね』

どうやら文屋にも妨害が入ったようだった。

『あの後、富山警部補から電話で呼びつけられました。確認してはいませんが塚原文絵から抗議電話が入ったみたいですね』

「文屋さん、今日は非番だったんじゃ」

『非番だろうが何だろうがお構いなしですよ。とっくの昔に終結した事件を今更掘り返すな、死刑が確定してやっと安堵している被害者遺族を掻き乱すなと、まあえらい剣幕でした』

その割に文屋の口調はどこか達観しているようだった。人当たりがよさそうなだけではなく、意外に神経は図太い男なのかもしれない。

「わたしも門主から叱責を受けました。宗教家に相応しい行動をしろと」

『組織から逸脱する刑事と、刑事紛いの捜査をする御坊ですか。考えてみれば怖ろしい組み合わせですね』

「他人事のように言わないでください」

『他人事に捉えていないとやってられませんよ』

どこか破滅的な響きに不安を覚えた。

「まさか、これで手仕舞いにするつもりですか」

『関根の供述が偽証だったのか、それとも真意だったのか。どちらに転んでもわたしは仲間から弓を引かれる。違うのは背中に刺さるか胸に刺さるかくらいの差です』

やはり協力を仰げるのはここまでか。

諦めかけた時、電話の向こう側で文屋の声が弾けた。

『もっとも、その前にこっちは槍で相手を突き刺してますけどね』

「文屋さん」

『顕真さんに感化された訳じゃないんです。ただわたしにも拘りがありましてね。黒島の存在が小骨のように喉に刺さっている。こいつを抜かないことには落ち着いて他の仕事ができないときた』

「それじゃあ続けてくれるんですね」

『我ながら厄介な性分だと思いますよ。それともやっぱり顕真さんにたぶらかされましたかね』

「ありがとうございます」

我知らず見えない相手に頭を下げる。

今日は人生で一番頭を下げた日かもしれなかった。

4

顕真と文屋が次に落ち合ったのは九月二十五日、場所はJR水戸駅の中央改札口だった。

一週間ぶりに会う文屋はいつもの通り飄々(ひょうひょう)とした風情(ふぜい)で、とても上司から叱責された警察官のようには見えない。

「何かわたしの顔についていますか」

「いや……無理に付き合わせてしまったようで申し訳なく思っているところです」

「わたしが富山警部補から叱(しか)られたのを顕真さんが気に病む必要はありませんよ。顕真さんだって同じじゃないですか」

「わたしは巻き込んだ張本人だから仕方がありませんが、文屋さんはとばっちりみたいなものでしょう」

「乗り掛かった船です」

文屋の口調にはまるで危機感がない。

「それにほら。顕真さんは関根が無実であればと願う。わたしの方は関根が冤罪であ

って は色々と困ることになる。二人の思惑は全く逆ですが、再捜査しないことには決着がつかないから同行せざるを得ない。こういうのを呉越同舟と言いませんか」

改めて頭の下がる思いだった。本人は厄介な性分と卑下していたが、文屋のような警察官ばかりなら、世に誤認逮捕や冤罪もなくなるかもしれない。

全ての職業に必要なものは謙虚さなのではないかと、最近よく思う。職務上の失敗は、そのほとんどが過信と盲従に根差している。驕り昂り、上からの指示命令に欠片も疑問を抱こうとしない。そういう姿勢が数々の誤謬を生み出しているのではないか。

常に組織を疑い、己の未熟さと向き合うことが必要ではないのか。

自分が文屋に好感を持っているのも、おそらくは彼の謙虚さと組織への懐疑心に由来しているのだろう。関根といい文屋といい、自分には才覚がないが人には恵まれているのだとつくづく思い知る。

駅前でタクシーを捕まえて乗り込むと、文屋は早速説明を始めた。

「兎丸雅司の実家は徒歩で一時間ほどの場所ですが、まだこの暑さですからね」

せめてタクシー代は折半させてくれと申し出る。文屋は少し逡巡した様子だったが、結果的には顕真の意見に従った。

「予め言っておきますが、現在兎丸の実家には母親しかいません」

「また父親は物故しているのですか」

「いえ。関根への損害賠償請求が無駄と分かって間もなく、離婚したのですよ」

すぐには事情が呑み込めなかった。

「元々、兎丸の父親は外に女を作って家を空けていることが多かったみたいですね。雅司を殺された直後からはしばらく家にいましたが、後から考えるにきっと賠償金が目当てだったんでしょう」

「そんな。仮にも自分の息子が殺されたというのに、カネにしか興味がなかったというのですか」

「当人ではありませんから真意は測りかねますが、婿入りした直後から女癖は悪かったという話ですので、まあそういう父親だったのでしょう」

「しかし、自分の血を分けた息子なんですよ。カネの切れ目が縁の切れ目だなんて」

「世の中にはいろんな親子のかたちがあります」

カネが絡むと、大抵の人間は纏っていた衣と仮面を脱ぎ棄てて正体を露わにする。顕真自身も葬儀や法事の場で何度か目撃したが、犯罪を相手にする文屋はもっと多くの、そして醜悪な人間たちを見てきたに違いない。

タクシーは橋を渡ってから更に南下し、水戸バイパスを越える。一般住宅が立ち並ぶ中、左右に総合病院の棟が見えてきた。車窓から眺める限りは喧騒もあまりなさそうなので、医療施設の立地条件を満たしているのだろう。

やがてタクシーは一軒の家の前で停車した。広めの敷地に建つ二階建て。周囲の家屋と比べて部屋数も多そうだが、反面古びた佇まいであるのは否定できない。別れた夫は入り婿だったというから、かつてはこの地域の素封家だったのかもしれない。

「こんな大きな家に母親が一人きりで住んでいるのですか」

「雅司には五つ違いの姉がいましたが、こちらは岡山に嫁いでいます」

文屋がインターフォンで来意を告げると、ややあって玄関ドアが開いた。

「ご無沙汰しております、刑事さん」

顔を覗かせた女は六十代に見えたが、文屋の話では彼女こそ兎丸雅司の母親、藤香に違いなかった。

「突然、申し訳ありませんでした」

「いえ。特に忙しい身分ではありませんので……散らかっておりますけど、どうぞ」

藤香に誘われて二人は家の中に入っていく。

日中にも拘わらず薄暗い玄関、廊下を照らしているのは、今にも消えそうに明滅している蛍光灯だ。壁紙の端が捲れ上がり、ところどころに染みも浮かんでいる。

顕真は既視感を覚えた。場所も家の大きさも異なるが、受ける印象は塚原家と見紛うほど酷似している。欠落感と無念さが家の中の明かりを奪っているように見える。

案内された応接室もまた同様の雰囲気を醸し出していた。高級そうな応接セットは座面が擦り切れ、ウレタンが覗いている箇所もある。壁はうす汚れ、家具・調度類もどこか古色蒼然（そうぜん）としており、居室には荒廃が押し寄せてきている。

「本当に散らかっていてごめんなさい。これでも毎日掃除は欠かさないんだけど」

応接室の広さを考えると、やはり部屋数が多そうだ。一人で全ての部屋を掃除するのは大変なので、注意が行き届かないところも出てくるのだろう。

「それにしても今更、何をお訊きになりたいんですか。裁判も済んで、警察にすればもう終わった事件でしょう」

藤香はひどく面倒臭げに話す。怨嗟たっぷりに聞こえた塚原文絵のそれとは対照的だった。

文屋はちらりとこちらを一瞥（いちべつ）する。顕真を教誨師として紹介すれば被害者遺族の反感を買うのは必至だが、身分を偽るよりはよほどましだという判断だった。

「ここにいらっしゃるのは教誨師の顕真さんです」

「教誨師」

鸚鵡返しに訊ねるところから、教誨師という仕事は初耳らしい。文屋が手短に説明を加えると、藤香は顕真を胡散臭げな目で睨んだ。

「あの男が殊勝にも信心を起こしたっていうんですか。信仰心に目覚めて、自分の罪を悔いるというんですか」

「自ら教誨を願い出たということですから、きっとそうなんでしょう。生憎わたしは捜査畑の人間なので、信仰心に関わることは顕真さんの口から説明してもらった方がいいと思います」

文屋から引き継ぐかたちで、顕真が言葉を繋げる。

「顕真と申します」

「教誨師という仕事は理解しましたけど、それとわたしと何の関係があるのですか」

「現在、関根は執行を待つ身です。教誨師としては死刑囚に内省の機会を与えなければなりません」

半分は嘘で半分は本当だ。本人が内省するに越したことはないが、教誨師側から強制するものではない。

「内省。つまり、遺族のわたしがどんな辛い目に遭っているかを教えて、関根に反省させようっていうんですか」

「ご遺族の現在も然るることながら、亡くなられた兎丸雅司さんがどんなお人であったかを教えるべきだと考えます」

「どんな人間だったか、ねえ」

藤香は天井を眺め、物思いに耽っている様子だった。憤るでも落涙するでもなく、ただ記憶を手繰り寄せているように見える。

息子との仲は疎遠気味だったのかと勘繰ってみる。疎遠であったのなら雅司周辺の情報も拾えないではないかと危惧したが、やがて藤香が話し始めた。

「まあ、男の子でしたからね。高校に入る頃にはわたしともあまり口を利かなくなってました。男の子というのは、それが普通なんですよ」

聞きながら、内心でそんなものかと思う。そう言えば顕真自身、大学生時分には母親と言葉を交わすのは帰省した時くらいで、しかも当たり障りのない会話に終始していたではないか。男と女の違いによるものなのか、それとも照れ臭さなのかは判然としないが、おそらく両方だったのだろう。

「高校では野球部でした。野球名門校だったんです。体格も運動神経もよくって、部活動でいつも帰りは遅かったですね。だからあの子だけ夕食の時間がずれて面倒でした」

「高校球児でしたか」

「一括りではそう呼ぶんでしょうけど、三年間ずっとベンチを温めていたから、やっていてあまり楽しいようには見えませんでした。わたしと顔を合わせるのは食事の時くらいなんですけど、大抵むっつりしていましたから」

これも顕真には心当たりがある。部活動でしごかれて家に帰ると飯を掻っ食らうばかりで、碌に話もしなかった。今にして思えばずいぶん素っ気ない態度だったと反省もするが、当時は自分のことだけで精一杯だった。

「レギュラーの中には推薦枠とかで大学に進むチームメートもいましたけど、三年間ずっと補欠ではねえ。大学へ進学しようにも三年間野球漬けだったから偏差値なんてひどいもんでした。埼玉の、あまり有名じゃない大学に滑り込んで、四年間は一度も家に戻りませんでしたね」

少し極端な気がした。たとえ会話の乏しい母子関係でも盆暮れくらいは帰省するのが当たり前なのに、雅司はそれすらしなかったという。これは父親が不在だったことに理由があるのかもしれなかった。

顕真の顔色を読み取りでもしたのか、次の藤香の台詞はまさにそこに触れていた。

「結局、煙たかったんだと思いますよ。家に帰ってもわたし一人いるだけですからね。

自分でも陰気な家だと思いますもの」

「そんなことは」

「父親が他の女の家に入り浸って、母親は不在がち。わたしが子供でも、そんな実家に帰りたいとは思わないでしょうねえ」

藤香はまるで他人事のように言う。

「だから就職先に関しても、わたしには何の相談もありませんでした。確かめた訳じゃありませんけど、父親にも連絡はなかったでしょう。あの子の人生だから、別に相談があってもなくても構わないんですけどね」

「まさか、雅司さんのお仕事をご存じなかったのですか」

「いくら何でも、その程度は本人に訊きましたよ。川崎市内にある医薬品の卸会社に就職したって聞きました」

塚原美園は薬局勤務。二人の接点は医薬品だった。

「親にもあれだけ無愛想な人間が、よくそんな会社に就職できたものだと驚きました。親なんていなくても、子供は真っ当に育つんだと感心した覚えがあります」

「雅司さんが塚原美園さんと交際していたことはご存じでしたか」

「自分の就職先すら相談しようとしない息子が、いちいち交際相手を紹介すると思いますか」

　ひねくれた物言いは、息子との疎遠を悔いているようにも諦めているようにも聞こえる。いずれにしても、親に先立った者への思いは遠く断ち切り難い。

「事件に巻き込まれたと連絡を受けて警察に呼ばれて、雅司の死体を前に色々教えてもらいました。そこにいる刑事さんに」

　藤香は文屋を上目遣いに見る。息子についての情報を、本人からではなく警察官から教えられたことへのやり切れなさが聞き取れる。

「雅司のことを訊きに来られたということですが、それならそこの刑事さんから訊かれた方が手っ取り早いと思いますよ。わたしは何も知りませんから」

「息子さんの周囲に黒島という人物はいませんでしたか」

「黒島……さあ」

「リュウという呼び方かもしれません」

「それも聞いた覚えはありません。何度も言ってるじゃありませんか。この家を出てからこっち、あの子のことはわたしよりも他人様の方が詳しいんです」

　苛立った口調は本音らしかった。

　これ以上、藤香から得られる情報はないのなら面会は打ち切ろう——そんな風に考えていると、今度は藤香の方から問い掛けてきた。

「教誨師は、死刑囚の最期（さいご）の瞬間に立ち会うんですか」

「死刑囚本人が拒絶しない限りは」

「わたしが立ち会うことはできませんか」

淡々とした口調が尚更胸に突き刺さる。母親の憎悪に満ちた声に、顕真はひと言も返せない。関根が死にゆく瞬間を見届けようとするのは、被害者遺族としてのせめてもの復讐（ふくしゅう）なのか、それとも亡くした息子に対する罪滅ぼしなのか。

逡巡している顕真が口を開く前に文屋が答えた。

「それは無理です。被害者遺族が立ち会いに参加するのは許されていません」

「どうしてもですか」

「決められたことなので」

藤香は残念そうに肩を落とし、また顕真に向き直る。

「それなら教誨師さんにお願いしましょう。死刑執行される直前で構いません。わたしからの言葉を伝えてほしいんです」

「いったい何を」

「死刑になっても成仏（じょうぶつ）なんかさせてやらないと」

それまでの疲弊していたような顔が、不意に夜叉のように見えた。

「あなたが死んだところで、わたしたち遺族は絶対に許さない。死者の魂がどこに行くかは知らないけれど、わたしたちの呪いで決して安らぎは与えない。未来永劫、苦しみ続ければいいと伝えてください」

「そんなことはできません」

顕真は言下に答えた。母親の妄執を前に身体が竦む思いだが、職業倫理として明言しなければならない。

「教誨師は復讐の代行者ではありません。死にゆく者の魂を救済するのが仕事です」

「理不尽に人の命を奪った極悪人の魂は救済するのに、息子を奪われた母親の魂はそっちのけですか。教誨師というのは大層なお仕事なんですね」

怒りを抑えた言葉が襲い掛かる。顕真は腋の下から冷たいものが流れるのを感じる。

「死刑が確定しても、今もあの男は堅い壁の中に護られている。人を二人も殺したというのに三度三度の食事に恵まれ、働きもせず、与えられた個室で空想に耽る自由もある。望めばあなたのようなお人よしの教誨師さんと時間潰しもできる。それなのに殺された二人と残された家族には何の配慮も手当もない。それが全て法律で定められているのなら、この国は犯罪者に手厚くて犠牲者には冷たい国ということ。それはあなたも同じよ、お坊さん。あなたがどんな徳を積んだ人かは知らないけれど、やっていることは加害者だけを救って、被害者とその家族を地獄に落とすことよ」

身体が金縛りに遭ったように動かない。

一見淡々としていても、母親の怨念が藤香の心の奥底に渦巻いている。関根に対する恨みが、今は顕真に向けられていた。

幕引きを宣言したのは文屋だった。

「長らくお邪魔をしました」

先に腰を上げ、顕真にも退出を促す。

「我々はこれで失礼しますが、もし黒島なる人物について思い出したことがあったらご連絡ください」

「その黒島とかいう人が、雅司とどんな関係があるんですか。その人を探し出したら関根の死刑執行が早まるとでもいうんですか」

「迂闊なことは言えませんが、その人物の証言によって事件の印象が大きく変わる可能性があります」

文屋の説明を理解したのかしていないのか、藤香は少しも表情を変えずに二人を見送る。

玄関に戻る途中、キッチンの扉が開いていた。来る時には見逃したが、テーブルの上にフォトスタンドが立ててあった。塚原宅と同様の家族写真かと思ったが、写っていたのは雅司一人きりだった。

兎丸宅を出ると、一気に心労が肩に伸し掛かってきた。顕真は重い荷を下ろすように上半身を前に傾ける。

「大丈夫ですか」

「いえ……少々、毒気に当てられたようです」

口にしてから失言であるのに気がついた。

「毒気ではありませんね。被害者遺族としては当然の気持ちです。それを今の今まで顧みようとしなかったわたしが未熟でした」

「顕真さんが責められることではないでしょう」

「いいえ。教誨師の仕事を始めた頃から、わたしは死刑囚の方に顔を向けてばかりで、被害者側の心痛に思いを馳せることが少なかったかもしれません。全く以てあさはかで、愚かだと思います」

「教誨師ならば仕方ないんじゃないですか」

「教誨師だからこそ、向き合う相手の罪深さを知っておくべきなのですよ」

今更ながら、職責の重さと己の至らなさに畏縮する。親友の無実を信じたい一方で、関根の行為が文絵や日美子、そして藤香の無念を生んでしまった可能性に戦慄を覚える。顕真が関根のために奔走しているのが、被害者遺族の神経を逆撫でしている事実に罪悪感を覚える。

遺族たちは愛する者の死によって一度悲しみの底に落とされている。今、自分がしていることは彼ら彼女らに石を投げつけるようなものだ。いかに教誨の仕事の一端とはいえ、人として許される行為とは考え難い。

だが、そんなことは教誨師を目指していた頃から自明の理ではなかったのか。死刑囚を救済するという行為自体が、被害者遺族を再度傷つけることと同意であるのはむしろ当然ではないのか。明らかに気づいていたのだ。

己が善として振る舞っている行いが別の誰かには悪行となる。ある程度の人生経験を経た者ならば当たり前に思いつく真実を、自分は見て見ぬふりをしていたのだろう。僧侶という身分に傲慢さもあったに違いない。だから敢えて被害者遺族たちを顧みようとしなかったのだと思う。

そのツケが今、一挙に回ってきたらしい。自らの罪深さに思い至った途端、全身が瘧のように震え始めた。指先が氷を摑んだように冷たくなっている。

友人を想う行動が、いつかあなた自身を滅ぼすかもしれない。

良然の言葉が脳裏に甦る。あの高僧は、やはり今日を見抜いていたのか。

「どうやら大丈夫ではなさそうですね」

「お恥ずかしい限りです」

「今日は、もうやめにしましょうか」

予定では、この後兎丸雅司の勤務先を訪ねる手筈(てはず)になっている。文屋のことだから、きっちり面会の約束も取り付けているに違いない。何より文屋が多忙の身であるのは聞かされずとも知っている。

「いえ、やはり参りましょう。お互いに通常の業務もありますし」

「通常以外の業務で心身を崩しては元も子もないでしょう」

「あなたを巻き込んだのはわたしの我儘(わがまま)です。それなら最後まで我儘に付き合ってください」

兎丸雅司の勤め先だった〈スズタン〉本社はＪＲ武蔵小杉駅から徒歩圏内の場所にあった。

「医薬品というのは製薬会社から病院や薬局に直接送られるものだとばかり思ってい

ました」

顕真が不明を恥じるように言うと、文屋は事もなげに説明を始める。

「法律で定められているのですよ。医薬品の中には麻薬や向精神薬など厳重な管理が必要なもの、温度・湿度・衝撃に対する対策を要するものがあって、そういう流通管理を行う物流システムとして医薬品卸が存在しています」

「本当にお詳しいですね」

「事件の関係者は多岐に亘りますからね。どうしたって物識りになりますよ」

文屋は自嘲気味に笑ってみせる。

「兎丸雅司はMSという仕事に就いていたそうです」

「初めて聞く横文字です」

「マーケティング・スペシャリスト。要は営業職ですが。ただクスリを売るんじゃなく、製薬会社が集めたデータを共有したり、逆に医療現場の意見を製薬会社にフィードバックしたりと、情報機能の一端を担っているという訳です」

「だから薬局勤務の美園さんとも話す機会が多くあった」

「仕事の拘束時間が長いと、商売絡みで成立するカップルは少なくないでしょうね」

一階フロアの受付で来意を告げると、間もなく元の上司がやって来た。

「寺内と申します」

応接室に移動し、上司だった男はそう名乗った。名乗る前から二人の訪問者を興味深く観察しているのは、刑事と僧侶という組み合わせが珍妙だからに相違ない。

「ああ、兎丸くんについてですか。もう、あれから五年も経つんですなあ」

寺内は感慨深げに言ってから深く嘆息する。

「五年なんてあっという間だ。彼の葬儀が、ついこの間のように思えますよ、刑事さん」

「寺内さんも参列されていたんですね」

「直属の上司でしたからね。月並みな言い方になりますが、惜しい部下を失くしました」

「実際、どんな方だったのですか。兎丸さんという人は」

問われた寺内はしばらく視線を宙に彷徨わせていた。

「……前言撤回させてください。惜しい部下というよりも愛すべき男でした」

「撤回される理由は」

「MSとしては十人並み。〈スズタン〉社員としても特に秀でた能力はなく、年間表彰とかにはまるで縁のない普通の社員でした」

語っている内容はいくぶん辛辣ながら、ひどく優しい顔だった。

「ただ、彼は努力を一切惜しまなかった。自分は他人よりも物覚えが悪いからと、いつもわたしや先輩に色々と訊き回っていました。どんな職場でも同じでしょうけど、真面目にこつこつやる人間は見ていて応援したくなる。有能ではないかもしれないけれど、隣にいたら助けてやりたいと思う。殊に安全管理やらノルマがうるさい職場では、そういうヤツが却って人間関係を円滑にするもんです」

「兎丸さんとは、よく話されましたか」

「あまり無駄話をする男じゃなかったですね。いや、もちろん営業職だからメーカーや病院の担当者とは話すでしょうけど、プライベートについては口が固かったですな。いつか両親のことに話が及んだ際、父親は家を出ていると言ったきりだったので、そういう事情も手伝ったんでしょう」

「じゃあ、付き合っていた彼女についても話しませんでしたか」

「いや、それらしきものはありましたよ。彼が事件に巻き込まれる何カ月か前、珍しく浮かれた顔をしていたのでデートの予定でもあるのかって訊いたら、はにかみながら『まあ、そうです』って言うものだから。ちょっと驚いたんですよ。彼に浮いた話があるということに」

「彼女の自慢話とかありませんでしたか」

寺内は手と首を同時に振ってみせる。

「そういう話を嬉々としてする男じゃなかったんです。真面目なヤツだったから何かのかたちになれば、いずれ自分から報告すると思ったので放っておきました。根掘り葉掘り訊いて答えるとも思えませんでしたし」

「塚原美園さんの名前もご存じなかった」

「ええ。警察で事件の経過を説明された時に聞いたのが初でした。もちろんお顔も」

「つかぬことをお聞きしますが黒島、あるいは〈リュウ〉という人物が兎丸さんに接触したという話はありますか」

「黒島、黒島……」

寺内は何度か繰り返し呟くと、やがてゆっくり顔を上げた。

「はっきりとした記憶でなくても構いませんか」

「もちろん」

「兎丸くんが外回りに出ている時、何度か妙な電話が掛かってきました。男の声で彼を出してくれって。外出中だと伝えるとすぐに切れてしまったんですが、一応尋ねると確かそんなような名前じゃないかと思ったんですけど」

「その電話が掛かってきたのは、兎丸さんが彼女の話をする前でしたか、それとも後でしたか」

「後でしたね」

それからの質問はさほど成果もなく、文屋と顕真は数分後に〈スズタン〉を辞去した。

文屋との会話が途切れると、またぞろ例の悪寒が背筋から広がってくる。訊き込みを続ければ続けるほど、塚原美園も兎丸雅司も無辜の者であるのが分かってくる。

自分たちのしている捜査が、まるで二人の墓石を踏みつける行為のように思えてならなかった。

少なからず消沈していると、たった今思いついたというように文屋が話し掛けてきた。

「顕真さん。もう一つ別の切り口があるんですけど、お聞きになりますか」

四　隠れた者の祈り

1

「面会記録、ですか」

顕真から問い掛けられた田所刑務官は怪訝（けげん）な顔で訊（き）き返した。

「はい。東京拘置所で関根と面会した者、または面会しようとした者全員の名前が知りたいのです」

「しかしですね、顕真先生。あなたもご承知の通り、死刑囚になった段階で一般の面会はほぼ不可能になります」

「ええ。ですから刑が確定するまでの間、彼の許（もと）を訪れた人間が分かればいいんです」

「分かればいいって……顕真先生。面会表というのは刑事施設内の文書で、一般に公開する性質のものじゃありません。もちろん顕真先生は教誨師なので拘置所への出入りが割に自由ですが、一般人という立場に変わりないんですよ」

刑事施設は内部資料の公開には消極的だ。東京拘置所には複数の面会室があるため、一日の面会件数がかなりの数に上る。どの囚人が誰と何分間に亘って面会したのかを一覧にしたのが面会表だ。未決囚の場合、被収容者が外部とどのような交流を行ったかが公判の趨勢を左右することもある。そのため面会の記録は検察側の資料に流用され、一般には公開されない。開示請求したとしても、矯正管区長の判断が優先されてしまうのが現実だ。

武蔵小杉からの帰路、文屋から提示された別の切り口というのがこれだった。事件の起きる前、塚原美園と兎丸雅司の周辺を黒島あるいは〈リュウ〉と名乗る男がうろついていた。そういう人間ならば、二人を殺害した関根に興味がないはずがない。収監された関根に一度くらいは接触を試みているのではないかという。ストーカー紛いの行動を厭わない者なら拘置所詣でにも抵抗がないだろうという理屈だ。

ただし確率は高くない、と文屋は注釈をつけるのを忘れなかった。自分に目障りな人間を殺してくれたからという理由で、囚人に面会しようなどという酔狂は少数派だし、思うことと実行することの間にはとんでもない開きがあるからだ。

駄目元で田所に訊ねてみたのは、たとえわずかな可能性であっても縋りたかったからに相違ない。事件関係者に当時の事情を訊き回ってみたが、黒島に関する詳細な情報は何一つ得られなかった。だが仮に黒島が関根との面会を試みていたのなら、住所他の情報が記録されているはずだった。

「教誨師の立場を笠に着るつもりは毛頭ありません。これはただのお願いです」

田所はきまり悪そうに周囲を見回す。顕真が話し掛けたのは作業棟に向かう廊下の途中だった。

人に聞かれてはまずいと判断したらしく、田所は人気のない物陰へと顕真を誘う。

「お願いと言われても……ねえ、顕真先生。これは老婆心から言いますけど、あまり関根一人に引き摺られるというのは感心しません」

田所が感心しないのも道理だ。既に顕真は教誨師の範疇を超えたところで動いている。

「拘置所の収容人員が満杯に近くなり、未決囚・確定囚の取り扱いには各管区長も神経を尖らせています。そういう状況下で、いくら顕真先生が教誨師だからといって面会表を開示しろというのはちょっと……」

「傲慢・軽挙妄動の誹りを受けるのは覚悟しています。しかし、それでもお願いしたいのです」

「しかし、わたしに頼まれてもですね」

田所は刑務官といっても一般職員ではなく、役職は矯正処遇官、肩書きは看守部長だった。ヒラの刑務官よりはずっと頼り甲斐がある上に顕真とは顔見知りだったので、無理を言うには格好の相手と思えた。

「卑怯な方法であるのも承知の上です。わたしが開示請求をするよりも、田所さんが看守長を通して話してくれた方が通り易い」

「顕真先生の言葉とは俄には信じがたいですな」

田所は少なからず面食らっている様子だった。無理もない。普段は囚人たちに向かって偉そうな人倫を説いている坊主が、ほとんど自己都合で無理を通せと言っているのだ。

「関根が顕真先生にとって特別な存在だというのは分かります。しかし、そうした私情を排除したところに教誨師というお仕事があるんじゃないんですか」

顕真は一瞬、返事に窮する。田所の指摘は真っ当過ぎるほど真っ当であり、顕真は首を垂れるより他にない。聖職者としても、拘置所に出入りする人間としても褒められたものではない。

己の逸脱した行為が、回り回って教誨師会ならびに全国教誨師連盟の評判を落とすことにもなりかねない。良然からも釘を刺されたが、教誨師会に苦情が寄せられれば導願寺にも有形無形の迷惑が掛かるだろう。

だが、もはや顕真は自身を制御できなかった。仮に関根が無実だとしたら職責も僧籍も積み重ねてきた徳も、全てを擲って関根を救わなければならない。

それだけが自分に可能な恩返しだった。雪の剱岳で関根が肩を貸してくれなかったら、顕真も亜佐美もおそらく凍死していた。二人が所帯を持ち、ささやかながらも家庭の幸せを味わうこともなかっただろう。

僧侶になってから久しく思い出さなかった恩義だったからこそ、余計に伸し掛かる。関根に救われた命だったにも拘わらず、音信不通を言い訳に債務から逃げていただけだった。元本のみならず利子もついている。それなのに、いずれ関根は死刑台の露と消えてしまう。顕真たちには見えない時計が刻一刻と残り時間を刻んでいる。返済できる機会はこの時を措いて他にないのだ。

だから顕真は頭を下げるしかない。

「田所さんの仰るのはもっともです。わたしには何の抗弁もできません。僧職にあるまじきお願いでしょう。ですから導願寺の坊主や教誨師としてお願いするつもりもありません。高輪顕真個人として伏してお願いする次第です」

頭を深々と下げる。ここ数日で他人に頭を下げるのには、すっかり慣れてしまった。

「やめてくださいっ」

途端に田所は悲鳴のような声を上げた。

「これでも代々、真宗を拝んできた家の生まれなんですよ。その御坊に頭なんて下げられた日には、わたしはどうしたらいいか」

「お望みであれば床に額をこすりつけてもよろしいです」

顕真が膝を屈しかけると、田所はひどく取り乱した様子で押し留める。

「土下座って、顕真先生。そんなところを誰かに見られでもしたら、わたしはどんな風に取り繕えば」

「取り繕う必要はありません。高輪顕真というたわけが、自身の要求を通すために這いつくばっていると言えばいいのです」

「いい加減にしてくださいっ」

田所は無理やり顕真を立たせた。

「……買い被っていました」

「当然でしょうね。元々、わたしは人に教えを説くような人間では」

「違いますよ。わたしは自分自身を買い被っていたんです。長い刑務官暮らしで人を見る目は確かだと思っていましたが、素の顕真先生がこんなに義俠心のある人だとは想像もしていませんでした」

義俠心。黴が生えたような古臭い言葉だ。だが、武骨な田所の口から発せられると不思議に違和感がない。

「講話中の顕真先生を見ていると、煩悩を捨て去って我欲も執着もないお方に見えるのですけどね」

聞いていると顔から火が出そうだった。知った風な顔で講話を垂れている時には露ほども考えなかったが、どれだけ経を読もうがどんな教義を開こうが、大元の自分が変革した訳ではなかった。意気地がなく、その癖己の弱さを認めたくないだけの未熟者が、袈裟を纏ってその気になっていただけなのだ。ここ数カ月、関根の事件を追い、僧職以外の自分と向き合って確信した。

初めて導願寺の門を叩いた時から、自分は全くと言っていいほど成長していない。むしろ己を偽ること、過去を忘れることで劣化しているのではないか。

「坊主も、ただの人間です。きっとわたしはそれ以下でしょう」

「自分のことをそんな風に言える人間は、やっぱり大したものだと思いますがね」

田所は半ば呆(あき)れ、半ば諦(あきら)めるように嘆息した。

「一応、上に掛け合ってみます。ただ、前例のないことにはひどく消極的な組織ですからね。あまり期待はせんでください」

そそくさと立ち去っていく田所の背中を見ていると、自然に頭が下がった。

言われるまでもなく刑事施設は規則に厳正であり、しかも前例に倣(なら)いたがる。いち教誨師ごときが低頭したくらいで慣例を曲げるとは考え難かった。

しかし顕真の見込んだ通り田所というのは上にも顔が利(き)く男だったらしく、十月一日になって顕真に電話で連絡を寄越してきた。

『顕真先生。今日、時間に余裕はありますか』

「拘置所へ伺うのなら、何とでも理由をつけられますが」

『電話では話せませんし、メールで送信できる内容でもありません。直接、お渡ししたいのですが』

皆まで言われなくても、田所の意味するところは即座に理解できた。

「今から参ります」

反射的に応えて電話を切った直後、二時間後に檀家での法事があるのを思い出した。これから拘置所に行き、いったん寺に戻っていたのでは間に合わない。拘置所の用事を済ませてから向かっても間に合うかどうかは微妙なところだ。顕真は詰所を訪れ、夕実に声を掛ける。

「急な用事で拘置所に出掛けてきます。三十分ほど遅れると先方に伝えておいてください」

夕実は、はいと答えながら怪訝そうな顔をする。導願寺では檀家回りは何を措いても優先される業務だ。その優先業務を差し置くのだから夕実が妙に思うのも当然だろう。

導願寺僧職としての威厳をかなぐり捨て、今また最優先の業務さえ蔑ろにするような真似をした。いったい自分はどこに向かっているのかと不安に駆られながら顕真は寺を後にした。

拘置所では田所が今か今かという風情で顕真を待ち構えていた。

「急にお呼び立てをして申し訳ありませんでした」

そう言って田所は一礼したが、頭を下げたいのはこちらだった。

「何せ慣例にないもので……これが顕真先生ご所望の面会表です」

渡されたのはＡ４サイズの紙片だった。

「確認したら記憶するなり書き写すなりしてください。文書は回収しますから」

念を押したのは、やはり表に出してはならない類いの文書だからだろう。

「拝見します」

関根が緊急逮捕された川崎警察署から東京拘置所に身柄を移送されたのは平成二十四年八月二十五日。刑が確定したのが二年後の九月十六日。この間、拘置所に関根を訪ねてきた者は延べ四十五人に上るが、そのうち半分以上は弁護人である服部が占めている。計算すればひと月にほぼ一回の割合だ。

「やはり服部弁護士の面会が大半ですね」

「でも月に一回です。熱心な弁護士ならその二倍三倍は会いに来ます」

田所にしてもあまり熱心ではない弁護士に思うところがあるのだろう。どことなくぞんざいな物言いに聞こえた。

次に目立つのは新聞社・雑誌社・テレビ局といったマスコミ関係者からの面会申し込みだ。

「中年男がキレた事件として多少騒がれましたからね。独占インタビューとかを狙って、面会を申し込んだんでしょう」

「表の右には面会時間が記載されていますよね。報道機関各社との面会時間がゼロというのは」

「面会申し込みをしたにも拘わらず許可が下りなかった。もしくは関根本人が面会を拒絶したのでしょう。ゼロというのは面会が成立しなかったという意味です」

顕真の指が、面会者の名前を次々になぞっていく。そして紙片の二枚目に移った時、その名前に行き当たった。

〈黒島竜司〉

目を凝らして何度も確認してみるが、見間違いではない。公判途中の平成二十五年三月八日に一度だけ関根と面会している。

黒島。

〈リュウ〉。

見つけた。この男だ。

持参したノートに急いで本人申告の情報を書き留める。住所は東京都多摩市、関根との間柄は『知人』と記載がある。

「面会申し込みの際には身分証などの確認書類もチェックされますから、記載された氏名と住所は虚偽ではないはずです」

「面会時間は……五分、ですか」

「それはわたしも妙だと思いました。単なる知人と世間話をしたとしても、普通はもう少し時間が掛かりますからね。五分では挨拶だけで終わってしまう」

あなたは自分が狙っていたカップルを代わりに成敗してくれた──そんな風に切り出したとしても相応な長さの会話になるはずだ。ではこの五分間、関根と黒島はどんな言葉を交わしたというのか。

「面会には刑務官が立ち会うんですよね」

「二人が何を話したかを確認するつもりですか。残念ながら録音はされていませんし、立ち会った刑務官も一日何件もの面会を見聞きするので、そのたった五分間の内容を憶えていると期待するのは間違いです」

「しかし、それは担当の刑務官に確認しなければ分からないじゃありませんか」

「彼は昨年で退官しています」

冷徹な言葉が突き刺さる。ようやく見つけた希望の光が次第に遠のくようだった。

「顕真先生。この場合、立ち会いの刑務官に期待するよりは当事者に問い質した方が手っ取り早いですよ」

言われずとも承知している。だが、問い質したところで関根が容易く経緯を打ち明けるとは思えない。黒島に至ってはやっとフルネームと住所が判明しただけで、まだ素性すらも分からないではないか。

「入手できた情報はわずかですが、わたしにできるのはここまでです」

慣習を破り、わざわざ上席者を説得してくれた男は何故か面目なさそうだった。

「後は顕真先生の力に掛かっています」

「今更ながらですが、何とお礼を申し上げればいいか……」

「おっと。頭をお下げになるのは、もう勘弁してくださいよ」

田所は片手を突き出して首を横に振る。

「こんな頭ならいくら下げても」

「それは顕真先生のファンに失礼です」

場違いと思える単語に、思わず訊き返した。

「ファン、ですって」

「あなたの頼みでなかったら、こんな慣例破りはしませんでしたよ」

そう言い残すと、田所は逃げるようにその場を立ち去っていった。

ここで頭を下げたら、また田所に叱られる。顕真は込み上げる思いを押し留め、急ぎ携帯電話で文屋を呼び出した。

『文屋です』

「顕真です。文屋さんの読みが当たりました。面会者の中に黒島の名前があったんです」

田所からの協力を得られた経緯に続き、黒島竜司の住所を伝える。

『こちらでも書き留めました。前科者のデータベースで検索してみましょう。ヒットしなかったら、記載されている住所に本人を訪ねてみればいい』

「まず前科者の中から調べるんですね」

『ストーカーじみた行動が確認されていますからね。美園と別れたゆえの行動ならば、過去にそういった行いを繰り返している可能性は否定できません』

データベースの検索に関しては文屋の報告を待つだけで、顕真の出る幕はない。

「しかし文屋さん。面会がたったの五分で終了したのは気になりませんか」

『その場合、ふた通りの見方ができると思うんです』

電話の向こう側の文屋は冷静そのもので、聞いていて安心感があった。

『一つは関根と黒島の間に何ら共有する思いが見つけられず、ただの顔合わせに終わった場合です。元より二人は塚原美園と兎丸雅司のカップルに憎悪を抱いているという点以外に共通項はありませんから、対面しても大した話題はない』

「もう一つの場合は」

『全く逆の場合です。二人とも会った瞬間に言葉を交わすまでもなく理解し合ってしまった。だから面会時間も極端に短くなった』

「あまり理解できない状況なのですが」

『二人が以前からの知り合いだったという意味ですよ。関根の後ろには刑務官が立っていた。二人にとって都合の悪い話はできなかったでしょうからね』

呆気ないほど腑に落ちる話だった。

『黒島に会ってみますか。また二人で』

「もちろんです。彼に関根との因縁を聞いてみないことには先に進めません」

『しかし顕真さんの方で先行できることもあるじゃありませんか。もうじき関根の教誨日ですよね』

指摘されるまでもない。十月の面会は五日後に迫っていた。

『五日間、わたしは別案件を追っている関係で時間が取れません。顕真さんの都合はどうですか』

「わたしもです」

『それなら黒島に会いにいく前に、顕真さんが関根に問い質せますよね』

柔らかだが、有無を言わせぬ口調だった。もちろん顕真も折角の機会を逃すつもりはない。

『できますか』

「それが本人に資することなら」

『吉報を待っています』

電話を切ってから顕真は自らに問い掛ける。

関根に資することであれば本人に厭われても構わない。それは本音だ。

だが関根に資するものかどうか、顕真に正しい判断ができるのだろうか。

自分と関根の価値観は長い空白の間に齟齬を来たしているのではないか。

2

十月六日、関根の二回目の個人教誨を控え、顕真はいつになく緊張していた。

着慣れた袈裟、見慣れた教誨室。だが空気が固い。まるで生乾きのコンクリのように纏わりついている。

前回告げた通り、関根の許には二冊の経典を届けさせている。いずれも教義の原点について著したものだが、解説書のような読みやすさを期待してはいけない。何しろ顕真自身が仏門に入る際、手渡されたものだ。読みこなすには相応の知識と努力を要する。仏教用語も頻出し、時代背景を考慮しなければ十全な理解も覚束ない代物だ。大学時分の関根は優秀ではあったものの宗教には疎かった。どちらかといえば理系が得意で文系が苦手だった。そういう男の教誨に際して、『正信偈』や『御文章』をテキストに選んだのは我ながら上出来と思えた。

関根は経典を読み解く条件として、顕真が出家するに至った経緯を教えろと提示した。思い出したくもない事情を詳らかにするのも気が進まないが、黒島の件を知ったからには尚更不利に進めたくない。経典の読み違いを逆手に取り、黒島とのことを問い質すのも一手ではないか。

さあ、あの理屈屋は親鸞聖人の教えをどのように解釈したのか。旧友と信仰談義で対峙する緊張を味わいながら顕真は関根を待つ。

予定の時刻になると、関根が田所に連れられて姿を現した。

「やあ、顕真先生」

先月会ったばかりだというのに、関根はひどく懐かしそうに笑いかけてくる。

「では顕真先生。一時間したら戻ります」

田所は殊更に素っ気なく言ってから、教誨室のドアを閉めた。

「久しぶりですね」

「いや、先月もこの部屋でお会いしているでしょう」

「房にいると一日がえらく長く感じます。ひと月ともなると一年くらいに感じられる」

同じ話はやはり死刑囚だった堀田からも聞いたことがある。ほとんど人と接することなく、変化のない景色、変化のない一日に身を委ねていると時間の感覚が次第に麻痺してくるのだという。

殊に死刑囚であれば執行宣告は何の前触れもなく告げられる。時間の感覚が麻痺している分、宣告を待つ間が果てしなく長く感じられる。それは恐怖を二倍にも三倍にも膨れ上がらせる効果をも生む。

「しかし本を読んでいるうちは、時間があっという間に過ぎていきますね。この本、お返ししますよ」

そう言って関根が差し出したのは『正信偈』だった。

「取りあえず『正信偈』の方は読破しましたが『御文章』は積ん読状態です。なかなか小説や自己啓発本を読むようにはいきませんね」

「『正信偈』を読破しただけでも大したものですよ」

『正信偈』は親鸞聖人の宗教的告白といった性格を持つ経典だ。顕真たち僧侶が朝晩の勤めで読む聖教でもあるが、全文が韻文の詩句からなる偈文で記されているため、読解は容易ではない。関根に渡したものも原文と読みが記載されており、その解釈は読み人に委ねられるかたちになっている。もちろん委ねられているとはいえ、真宗の教義が根底にあるので、自己流の解釈はたちまち粉砕されることになる。

「それではわたしが任意のページを開いて偈文を読み上げますから、あなたの解釈を話してみてください」

「場所を示してくれた上で音読をしてくれるんですか。親切ですね」

「ヒアリングの試験ではありませんからね。偈文を目と耳で捉え、そして意味を知る。経典を読み解くには一番よろしいと思いませんか」

「始めてください」

落ち着き払っている関根を見ていると、本来の目的を忘れて彼の理解度を試してみたくなる。忌むべき思考回路だ。顕真は邪念を振り払うように首を振る。

「帰命無量寿如来　南無不可思議光」

『正信偈』最初の句がこの偈文だ。言わば序文と言うべきものであり、阿弥陀如来に従い阿弥陀如来を敬う自身の信仰を述べている。この序文が理解できなければ、全編を読み解くのも覚束なくなる。

「この無量寿というのは、量のない寿命という意味でいいんですか」

「左様です。量のない寿命、即ち数量とは関係のない寿命ですね」

「古くからの経典とは言え、一応書物の形態をしていることに鑑みれば最初の詩は序文、つまり決意表明のようなものと考えられます」

理屈っぽいが着眼点は間違っていない。この辺りは大学時代の関根を彷彿とさせる。

「如来というのは阿弥陀さまのことですから、阿弥陀さまの寿命は無量であるということです。下の句の不可思議光というのはわたしたちには理解できない光、つまり閃き・知恵という意味なんでしょうね。上の句からの繋がりで、この光は当然阿弥陀さまの知恵でしょうから、この句全体では阿弥陀さまを拠り所にし、その知恵に従うと表明しているのだと思います」

「正解です」

言葉が自然に出た。悔しさと称賛が綯い交ぜになって込み上げてくる。

「いや、正解というよりは一番好ましい解釈です。聖人がいかに阿弥陀さまを敬い、信じているかを最初に理解しておかなければ『正信偈』全編を貫く信仰の強さが見えてきません」

「ありがとうございます」

「それでは次に参りましょう。成等覚証大涅槃　必至滅度願成就」

等覚は無上正等正覚を短縮した言葉だ。これが分からなければ句の意味するところも不明となる。因みに無上正等とは普遍、正覚は完全な悟りを示す。

だが、関根は容易くこの関門を潜り抜けていた。

「等覚は普遍の悟りという解釈でよろしいですか」

「……よろしいと思います。よく分かりましたね」

「こういう略語が頻繁に出てくるので難儀しました。用語辞典とかはないんですか」

「ありますが、そういうアンチョコに頼っていたのでは表層的な理解に留まってしまいます。仏に帰依するには理解するよりも馴染むことが先決です。解釈を続けて」

「普遍的な悟り、ということは自分自身のためではなく、もっと大きなもの。たとえば人類を教え導くための悟りと捉えた方が自然です。涅槃というのは煩悩を全て取り払って迷いから解放された状態。この二つを結びつけると、わたしたちが迷いから抜け出せるのは、阿弥陀さまによる悟りが成就するからだ、という解釈になります」

いささか独断に過ぎるきらいもあるが、教義の上では間違っていない。

「概ね良しとしましょう。では、これはいかがですか。五濁悪時群生海　応信如来如実言」

これもまた事前の知識を必要とする偈文だ。親鸞聖人は自らの生きた時代を五濁、即ち劫濁（疫病や飢饉、戦などで世が汚れる）・見濁（汚れたものの見方が蔓延る）・煩悩濁（煩悩による悪徳が横行する）・衆生濁（人々の在り方が汚れる）・命濁（自他の生命が軽視される汚れ）の悪世と考えていた。もちろん、この五濁は聖人の生きた鎌倉時代に限らず現代にも通じる世情であり、だからこそ、その教義が普遍性を獲得している次第だ。

さすがに五濁の内容までは理解できなかったのか、関根は眉間に皺を寄せる。

「五濁が何なのかは説明できませんが、親鸞の時代は戦乱と飢饉が頻発して世も人も乱れていた時代でしたから、そういった悲劇を指していると思われます。しかしその濁りですら、阿弥陀さまの言葉を信じれば清明になる。そういう意味ではありませんか」

「依修多羅顕真実　光闡横超大誓願」

「光闡というのも見慣れない単語です。横超というのも同様です。これは難しいな」

関根は頭を掻いてみせるが、顕真は騙されない。関根は本当に袋小路に入った時は黙り込んでしまう。こうして喋っているうちはまだまだ余裕の範疇なのだ。

「光という字が入っているので、何かを輝かせて明らかにすることでしょうね。阿弥陀さまの願いというのは本願のことなので、横超の大誓願となれば他力本願を指すんじゃありませんか。修多羅に依るというのは別の経典の教えに依る、ですかね。その教えに沿って他力本願が真実であることを知る。そういう意味だと思います」

この解釈も及第点を与えられる――そう評価しようとした矢先、不意に関根が攻めてきた。

「そう言えば、この句には『顕真』という文言が出てきますね。ひょっとしたら顕真さんの僧名の由来ですか」

間隙を縫って相手の弱点に切り込んでくる。関根の攻め方は大学の頃と変わっていない。

「初めは真実を顕かにするという意味だと思っていましたが、『正信偈』を読んだ後では、この句から取ったように思えます。どうですか」

これは正直に答えなければ卑怯というものだろう。

「仰る通りです。出家をした直後に渡されたのが、まさに『正信偈』でした。この偈文に込められた聖人の御心に感銘を受けて、師僧に付けてもらった次第です」

「そうですか。いや、それはそれであなたらしい」

「腹が立ちます」

顕真は尚も正直に言う。

「いつの間にか攻守が交代している。性懲りもなく、またあなたのペースに巻き込まれてしまっている。これでは昔と一緒だ。本当に進歩がなくて、自分が情けない」

「進歩がない。まさか。今や教誨師と囚人の立場じゃないですか」

その立場が一瞬にして逆転するから業腹で、そして心地いいのだ。

「惑染凡夫信心発　証知生死即涅槃」

「惑いに染まるのだから、これはきっと煩悩のことでしょう。そういう平凡な者でも信心が発すれば生死は即座に涅槃に至る……いや、生死というのはこの場合、生と死を行き交う、つまり苦悩することで、涅槃に至るというのはその苦悩が消滅するという意味だと思います。いや、即という字を安易に考えるその読み方も甘いな」

改めて関根の慧眼に敬服する。この偈文の肝心な部分はまさに『即』の用語にある。その意図を捉え損なうと、とんでもない誤読をしてしまうのだ。

だが、関根は長く迷わなかった。

「即というのは早さではなく、そのままという意ですかね。すると苦悩している状態がそのまま涅槃になるという話になる。矛盾しているようですが……ああ、涅槃を往生という言葉に置き換えれば意味は通じますね。惑い続けている凡夫に信心の気持ちが起これば、それは迷ったまま往生するのだと知らされる、ですか」

　思わず舌を巻いた。関根の看破した部分は『正信偈』の他の句でも出てくる。『不断煩悩得涅槃』という箇所で、煩悩を断ぜずとも涅槃が得られるという主旨だ。関根がこの解釈に至った経緯は、当然この箇所も理解したからに相違なかった。

「驚きました」

　いくら業腹であろうが、これは関根を称賛するべきだろう。初見で『正信偈』をここまで深く読み解いた者は寡聞にして知らない。

「論理的なあなたでは、こういうスピリチュアルな話は読解困難なのではないかと高を括っていました」

「『正信偈』はとても論理的な思考で構築されていると思いますよ」

　意外なことをさらりと言われ、顕真は返事に窮する。

「きっと親鸞という方は宗教家でありながら、別の面では稀有な理論家だったんでしょうね。『正信偈』全編を貫く教義は序文にある、阿弥陀さまへの熱烈な信仰心に根付いたものです。以下の偈文は、世情から派生する諸問題を、その信仰心に立脚して論理的に解決させようという構成になっています」

親鸞の教えを論理的な観点で捉えたことなど一度もなかったので、関根の弁は殊更新鮮に響く。

「興味深い意見です。一度住職の耳にも入れておきましょう。どうやらわたしが予想した以上に読み込んでいるようですね」

「考える時間は死ぬほどありますから」

「それも皮肉ですか。では最後の設問にしましょう。還来生死輪転家　決以疑情為所止」

珍しく関根は考え込む。最後の設問で慎重になっているのか、それとも今までになく難問なのか。

「『正信偈』の中で、この偈文が一番心に刺さりました。この文を読ませたいがために、顕真さんはこの本を渡したのかと勘繰ったくらいです」

「どう解釈されましたか」

「生死に輪転、つまり迷いの状態に陥るのは疑情、疑う心に留まっているからだ。言い換えるなら、仏の教えよりも己の考えを信じているから迷いが生じるのだ、と」

「その解釈は間違っていません」

「確かに、わたしは独善的で自分の考えが何にも増して正しいと思っています。それはあなたと知り合った頃から少しも変わっていない。しかしその独善がわたしを犯罪に駆り立てたと言っても過言ではない。自業自得、今の己の立場は自分しか信用しなかった故の当然の帰結。顕真さんはそう仰りたいのではありませんか」

「誤解です」

顕真は言下に否定した。

「わたしはただの一度だって、あなたを見下したことも独善的だと思ったこともない。逆です。あなたはわたしにとって、いつも仰ぎ見る存在だった。実行力も判断力も遠く及ばなかった」

「ああ、分かりました」

尚も続けようとした言葉を遮られた。

「偏屈なせいでしょうね。面と向かって褒められても素直に喜べない」

「それも相変わらずです」

「試験は合格ですか」

一瞬言葉に詰まったが、関根の読解力を評価しない訳にはいかない。

「……良しとしましょう」

「では交換条件でしたね。顕真先生が仏門に入られた経緯を教えてください」

関根はわずかに口元を綻ばせる。昔から交渉や論争に勝った際は、そういう顔をする男だった。

忌々しいが約束は約束だ。顕真は肚を決める。

「大学を卒業した後、亜佐美と結婚したことまでは人伝に聞いています。よく彼女が仏門入りに賛成したものですね。彼女は抹香臭いのが苦手だと公言していたから」

「亜佐美とは別れたんですよ」

綻んでいた口元が固まった。

「それは、また嫌なことを訊いてしまいましたね」

「別にどちらが悪いとか喧嘩した訳じゃありませんから、お気を遣わずに」

「どちらにも非がないって……じゃあ、どうして」

「結婚して二年目に長男が生まれましてね。正人という名で亜佐美似のきかん坊でした。物心つく頃から父親の言うことなんぞ耳を貸そうともしない。いつも逆らってばかりなのでずっと反抗期だったようなものです」

だが何かにつけ親の意見と衝突するところは、まるで子供時分の己を見ているようだった。顔は母親似だが性格は完全に父親譲りだったのだ。

その正人が高校入学時に早速やってくれた。勧誘されて入部したのが選りに選って山岳部だった。

我が子にかつての自分を見たのだろう。遭難した挙句に右足を切断する羽目になった亜佐美は、血相を変えて猛反対した。

『山に登ったら親子の縁は切るからね』とまで言い切った。顕真も同様だった。山の怖さは人一倍知っている。何より亜佐美の気持ちが分かる手前、どうしても許可するつもりになれなかった。

ところが正人は二人の逆手を取ってきた。

『でも、大学で山岳部に入らなかったらオヤジもオフクロも巡り会うことはなかったんだよな』

虚を衝かれた。正人は正人なりに、両親のなれ初めを好意的に捉えていたらしい。実際はそんなロマンティックな話ではなかったのに。

『頼むよ、オヤジ』

憎まれ口しか利かなかった正人が、久しぶりに頭を下げた。その頭がやけに愛おしく見えた。

正人は幾たびも頭を下げ、顕真も拒み続けた。だが強情の張り方も父親譲りで、結局は若さに軍配が上がった。顕真は亜佐美が反対したにも拘わらず、渋々入部を認めてしまったのだ。

今にして思えば自分はどうかしていた。絶対に認めるべきではなかった。

正人が高校二年の春、事件が起きた。新入部員の歓迎会を兼ねた春の奥穂高岳登山で、正人を含む山岳部員六名が消息を絶ったのだ。

春山は山の空気が爽やかで危険な雰囲気は露ほども見せないが、一方で中腹から上は気温が低く天候も変わり易い。春登山を甘く見た顧問の認識が足りなかった。

『だからあんなに反対したのに』

狼狽して泣き喚く亜佐美を残し、顕真は奥穂高岳の麓に設置された捜索本部に急行した。だが、一日過ぎても山の天候は回復せず、捜索隊も二次被害を警戒して身動きが取れなかった。

ようやく晴れ間が見えて捜索隊が出発。八時間の捜索の結果、雪渓で滑落し怪我と寒さで遭難していた山岳部一行を発見した。負傷者五名、死者一名。

この死者が正人だった。

我が子の亡骸を目の前にした衝撃は今も忘れられない。時折夢に見て跳ね起きる。奥歯が割れるほど噛み締めた。

血の涙が出るかとさえ思えた。

もっと反対すればよかった。

亜佐美と一緒になって親子の縁を切ると言ってやればよかった。

だが、何もかも遅すぎた。

『だからあんなに反対したのに』

亜佐美に返す言葉もなかった。

葬儀の際、亜佐美は泣き通しだった。これからの人生で流す分の涙を全て出し尽くすような泣き方だった。そして四十九日を迎えた時、精根尽き果てたような声でこう告げた。

『別れて』

正人の死が辛すぎたのか、山岳部への入部を認めた顕真が許せなかったのか。おそらく両方だったのだろう。元より、贖罪の意味で結婚したようなよそよそしさが新婚当時からついて回っていた。その虚ろが正人の死によって顕在化した感もある。

顕真も心身ともに疲れ果てていたので抗うつもりもなかった。亜佐美の申し出を受け容れ、離婚届に署名した。

一人きりになった家で天井を見上げていると、何の前触れもなく身体が震え出した。

目頭が熱くもならないうちに涙が出る。気がつけば近所迷惑になるような声を上げている。

記憶喪失になりたいと願った。それが不可能なら、このまま消えてしまいたいと思った。

仕事もまるで手につかず、会社では通常業務さえおざなりになった。息子の死と離婚が重なったとは言え、使い物にならなくなったら会社も持て余す。上司から肩を叩かれるのも時間の問題だった。

「それで導願寺の門を叩いた次第です」

良然以下、数人の僧侶にしか打ち明けなかった事情だ。久しぶりに話すと、己の愚かさと至らなさが改めて胸に迫る。

「辛さから逃げるために出家した。そう取られても仕方ありませんが、当時は他の選択肢が考えられなかったのです」

そうだ。

自分は逃げたのだ。父親として受ける罰から、そして夫として苦悩を亜佐美と分かち合う責任から信仰に逃げたのだ。

話の途中から俯（うつむ）いていた関根は、問い掛けられても尚、顔を上げない。

「どうしましたか」

「……馬鹿なことを」

「馬鹿。言われる通りです。若い頃に犯した過ちを息子に繰り返させてしまった。こんな馬鹿は二人といやしない」

「そういう意味じゃない。亜佐美と別れたことが馬鹿だったと言っている。彼女の手を放すべきじゃなかった。苦しむのなら二人で苦しむべきだった」

口調が学生時代のそれに戻っていた。

しかし、それも一時だった。

「……失礼しました。わたしには、顕真先生のご判断をとやかく言うような資格はありませんでしたね」

関根もこんな事情だったとは想像していなかったのだろう。申し訳なさが言葉の端々から覗いていた。

今かもしれないと思った。

今なら彼から秘められた話を訊き出せる。この機を逃しては彼に心情を吐露させることは困難に思えた。

「黒島竜司というのは何者なのですか」

名前を聞いた途端、関根の顔色が変わった。

「平成二十五年の三月八日、あなたは彼と面会している。服部弁護士やマスコミ関係者からの面会の申し込みがある中で、一般人らしき面会人は彼一人だけ。しかも面会時間はたったの五分間。いったい、あなたはその五分間に彼と何を話したのですか」

「あなたは、そんなことをわざわざ調べていたんですか」

「そんなこと、とは何ですか」

抑えていた感情が頭を擡（もた）げてくる。

「あの雪の剱岳であなたが救ってくれなかったら、わたしはここにいなかった。恩人のためにしていることです。そんなこととは言ってほしくありません」

「遠い昔の話をここまで引っ張る必要はないでしょう」

「しかし平成二十五年なら遠い話ではありません。教えてください。黒島竜司とは何者であなたとどんな関係なんですか」

「それを調べて、どうしようというんですか。わたしはもう刑の確定した身ですよ」

「あなたの冤罪（えんざい）を晴らしたい」

「あのカップルを殺害したのは、確かにわたしです。それを認めたから控訴しなかったんです」

「二人の人間の命を救ったあなたが、軽率に人の命を奪うはずがない」

「買い被りですよ、顕真先生」

関根は苛立たしそうに声を上げる。

「事件当日は会社で嫌なことがあった。気を紛らそうと呑み屋で引っ掛けたら悪酔いした。酔い覚ましに公園をうろついていたらカップルに鼻を嗤われた。かっとなって刃物を抜いて、気がついた時には二人とも地面に倒れていた。魔が差したというのは便利な言葉だが、誰にだって虫の居所が悪い時がある。それだけの理由で人を殺めるような人間なんですよ。あのカップルには不運でしたけどね」

「質問に答えていませんね。黒島竜司は何者ですか」

「放っておいてください」

「あなたの命を救いたい」

顕真は一歩前に踏み出す。ここで関根に距離を開けられたら、もう二度と近づけないような不安があった。

「そうでなければ、わたしはまた後悔に苛まれる」

本音を吐露したつもりだった。だが、関根は意外な言葉を返してきた。

「顕真先生。あなたに救えるのは魂だけだ。命までは救えない。それは息子さんの件で学習したんじゃないんですか」

思わず言い返そうとした時だった。教誨室のドアをノックして、田所が顔を覗かせた。

「顕真先生、時間です」

「申し訳ありませんが、もう少し」

「すみません。教誨が目的であっても、時間的な規則は殊更に厳守してほしいのです」

田所は軽く頭を下げてから、関根を伴って部屋を出ていく。心なしか関根は安堵したような顔で神妙に連行されていった。

後には敗北感に塗れた顕真だけが残された。

3

十月十一日午前七時、顕真は文屋と多摩センター駅南口前で落ち合った。

「本当に、度々申し訳ありません」

顕真が頭を下げると、文屋は珍しく迷惑そうに顔を顰めた。

「そういうのは、もうやめにしませんか」

「しかし、わたしの個人的な事情で文屋さんを巻き込んでしまって」

「わたしも首まで浸かっているんです。ここまできたら自分の意思ですよ。富山からは他の案件を無闇に振られて、身動き取れないようにされてもいるんですけどね。それに黒島竜司という男が浮かんだことで、関根の事件を見直さざるを得ない状況にもなっています」

「でも、今日だって非番の日をわざわざ使って」

「非番なのは顕真さんも同じじゃありませんか。自分の関わった事件が冤罪かもしれないのに、家でぼうっとしていられませんよ」

いつになく横顔が険しかった。

「取調室で自白をさせたはずの犯人が無実だった。それを知った時の刑事の気持ちを想像したことがありますか」

センター前のパルテノン大通りは人の行き来がまばらだ。歩行者デッキの幅が広いので余計にそう見えるのかもしれない。

「正直、顕真さんと行動をともにし始めてから嫌な夢を見るようになりました……ああ、自分のことばかりですね。話してもいいですか」

興味があるなどとあからさまには言えず、顕真は黙って頷いてみせる。

「こいつが犯人に間違いない。被疑者を逮捕して送検する時には、そういう確信を持ってやっています。逆に言えば確証もないままで送検したりはしません。日本の刑事裁判の有罪率は99・9パーセントですが、高い数字の理由は警察・検察双方が有罪間違いなしの案件を上げているからです。だから送検した後は、我々も肩の荷を下ろすことができます。これで事件が終わった、被害者の無念を晴らすことができたと。しかし、もしそれが冤罪だったとしたら」

文屋はいったん口を噤む。まるで今から吐く言葉が禍々しい呪文であるかのような素振りだった。

「無辜の人間に罪を着せて罰することになります。国家権力によって名誉と人権を奪う行為です。それだけじゃない。誤認逮捕によって真犯人が闇の中に消えてしまう。つまり二重の意味で罪深い。その罪に自分が加担しているなんて、想像すらしたくないですよ」

「でも、文屋さんはこうしてわたしに付き合ってくれているじゃないですか」

「冤罪の可能性を知ってしまいましたからね。頰かむりするという手もありますけど、わたしにとっては一番の悪手ですよ」

皮肉ではなく、素朴な疑問が湧いたので訊いてみた。

「何故でしょうか。説教臭い坊主でなく市井の者としての好奇心ですが、鬱陶しいことから逃げるというのは責められるものではありません。首を突っ込むことで自らが裁かれる立場に立たされるのなら尚更です」

「顕真さん、この国の司法システムは過ちを認めないのですよ」

どこか自虐的な口調だった。

「過ちを認めれば、誰も警察の捜査権や裁判の判決を信用しなくなりますからね。警察も検察も、裁判所もなかなか過ちを認めない。それでも抗弁のできない証拠を突きつけられ、二進も三進もいかなくなるとやっと『遺憾です』とだけ表明する。そして無実の罪を着せた者に詫びる訳でも、失われた名誉を償う訳でもない」

「……何らかの補償はないのですか」

「刑事補償法という法律がありましてね。抑留・拘禁の場合は一日当たり千円以上一万二千五百円以下の範囲内で裁判所が定める金額を払います。あるいは拘束の種類・期間や財産上の損失、精神的・身体的苦痛、警察・検察の過失などを総合的に判断した額を支払います。しかし、所詮はカネで全て忘れろという意図です。冤罪が晴らされたところで世間の偏見がなくなる訳ではありませんし、失われた時間は永遠に戻ってきません」

「その償いをあなた一人が背負う必要はないのではありませんか」

「わたしごときにできる償いではないでしょうね。だが、頬かむりをしたのでは、わたしの心が死んでしまうような気がするのですよ。人としても刑事としても、続けていく自信がなくなってしまう。自分の知見や判断が当てにならないのも大きな理由ですが、それ以上に怖ろしいんです」

「何がですか」

「無辜の人間を罪に陥れた人でなしに何の咎めもないとは思えない。もちろん法律の規定がある訳じゃありませんけど、法律以外のもので罰せられる恐怖があります。それこそ顕真さんの守備範囲で、報いとか呼ばれるものですよ」

普段は飄々とした文屋の口から、そんな言葉を聞かされるとは思いもしなかった。

「仏は無慈悲ではありません」

すると文屋はこちらを見て苦笑した。

「顕真さんならそう仰るだろうと思ってました。しかし、わたしの信じる神というのは仏様よりも苛烈でしてね。因果応報どころか一罰百戒をモットーとしているんです」

何となく合点がいった。文屋が信奉しているのは己自身の中にある法律なのだろう。

「だから、わたしは見極めなければならないのですよ。自分が五年前に下した判断が正しかったのか、それとも大間違いだったのかを」

黒島竜司の住まいは多摩センター地区の外れにある〈ニューコーポ　フジ〉。複合商業施設や大型店舗の建ち並ぶさまを目の当たりにすると、彼の住まいもさぞかし瀟洒な建物なのだろうと想像したが、どうやらそうではないらしい。

「行政による多摩ニュータウンの開発は二〇〇六年に終了して、現在は民間の手に委ねられています。民間が開発を請け負うとどうしても利益優先になるので、新築の高層マンションが林立する一方で開発から取り残される区画も生じます。事前に調べてみたら、黒島の住所というのはちょうどそういう区画にあるんです」

文屋についていくと、確かに高層マンションの一群から離れた場所に三階建て程度の中層住宅が点在していた。〈ニューコーポ　フジ〉は築三十年ほど経っていそうな木造アパートで、駅前の華やかさに比べるとずいぶん見劣りがする。

「二階が彼の部屋のはずです」

一階にある集合ポストを確認すると、プレートには「202号　黒島」と書かれている。二階に続く鉄製の階段を上る。かんかんと耳障りな音がするのもうらぶれた印象を色濃くしている。

文屋は202号室の前に立ち、インターフォンを鳴らした。だが二度三度と鳴らしても応答はない。

「この時間帯ならぎりぎり在宅していると思ったんですけどね」

次に文屋は両隣の部屋も訪ねてみた。201号室は留守、203号室からは学生らしき男が顔を覗かせた。

「お隣さんですか。あんまりお付き合いないんでよく分かりませんけど、夜勤じゃないんスか。夕方過ぎに出ていくのを時々見掛けますけど」

夜勤であれば、逆にそろそろ帰宅する時間なのではないか。

「わたしは商売柄待つのは慣れていますが、顕真さん、どうしますか」

「わたしも待ちますよ」

そう答えた瞬間、相手はこちらの返事を予測していたのだと気づく。文屋はさっさと階段を下り、アパートを離れる。どこに行くのかと思えば、アパート群の中心に作られたちっぽけな公園のベンチに腰を下ろした。

「ここからだと〈ニューコーポ　フジ〉が見張れるんですよ」

どうやら黒島のアパートに到着した時から公園に目をつけていたらしい。たとえ刑事の習癖だとしても舌を巻く。

「でも、わたしたちは黒島竜司の顔を知りません」

「集合ポストを確認してから202号室に向かう人間を見張っていればいいんです。こうしてベンチに座っていると、営業回りのくたびれたサラリーマンに見えるでしょう」

「いいんですか。わたしは袈裟(けさ)を着たままなのですが」

「くたびれたサラリーマンがお坊さんに人生相談をしているように見えますよ、きっと」

「まだお昼にもなっていないのに」

「そこはまあ、暇なサラリーマンと職業意識の高いお坊さんが巡り会ったという解釈でいいんじゃないですか」

確かに文屋の風体ではやり手のサラリーマンに見えないし、自分も寺を任されるような高僧には見えないだろう。

それにしても人影がまばらだ。まだ朝の七時台、駅に急ぐサラリーマンやOLもちらほらとしかいない。

「多摩ニュータウン自体が高齢化していますからね」

顕真の疑問に答えるかたちで文屋が話し始める。

「第一次の入居は一九七一年だったといいますから、既に半世紀近く経過したことになります。入居時は若かった夫婦も、今では老老介護の身の上になっているんでしょう。ここで生まれた子供は古い建物を嫌い、外へ外へと出ていく。残るのは老人だけ。当然、働き盛りの人間も少なくなります」

うらぶれた印象がアパートだけでなく辺り一帯に漂っているのは、それが理由だったか。

「それでも黒島は、ここに住んでいるんですよね。彼はまだ若いのでしょう」

「二十三区に比べれば家賃が格安ですからね。特にこの辺りは独居老人が住めるレベルなので、あまり稼ぎの芳しくない若年層も流れてきているようです」

「お詳しいですね。ひょっとしたら以前お住まいだったんですか」

「昨日のうちに、不動産業者にヒアリングかけておいたんです」

行動をともにすればするほど、文屋の印象が少しずつ変わっていく。最初は警察官らしくない男だと思っていたのだが、今では非常に優秀な刑事にしか見えない。

「ずいぶん前から多摩ニュータウンのスラム化は問題になっていました。少子高齢化が進んだ限界集落と同じ理屈で、やはり住民が高齢化したマンモス団地は困窮していきます」

「それは、そうでしょうね」

「そして貧困は度々犯罪の温床になりやすいものです」

「多摩ニュータウンもその一つだと仰るんですか」

「いいえ。ただニュータウンなんて煌びやかな名称の場所でも犯罪や悪意は等しく発生するのですよ。所詮、人間の営みはどこでもいつでも似たような悪禍を生むのだと思うと、何やら空しく思えてくるのですよ」

二人でしばらく座っていると、やがて一人の青年がアパートに近づいてきた。そろそろ涼しくなってきたというのにTシャツ一枚で、猫背気味に歩いている。いかにも夜勤明けらしく歩き方に疲労が見てとれた。

「文屋さん、彼は」

「直接、見ないようにしてください」

青年は集合ポストで202号室のボックスを開き、中から数通の郵便物を取り出して階段に向かう。

「行きましょう」

ごく自然に文屋は立ち上がる。あたふたしている自分とはやはり違う。

「この距離なら少しだけ早歩きで追いつけますから」

　忠告というよりは指示なのだろう。顕真は逸る気持ちを抑えて文屋に続く。

　二人が追いついたのは、青年が２０２号室のドアを開ける寸前だった。

「すみません」

　文屋が声を掛けると、青年は疲れた顔をこちらに向けた。見掛けは二十代半ば。目を細めているのは文屋と顕真が怪しげに見えるからか、それとも単に眠いのか。

「失礼ですが、黒島竜司さんですか」

「そうだけど」

　文屋がすかさず警察手帳を掲げてみせると、黒島は俄に目を見開いた。

　途端に顕真は奇妙な既視感に打たれる。

　どこかでみた顔だ。

　文屋も同じ思いだったのだろう。おや、という風に片方の眉を上げていた。

「警察が何の用ですか」

「お話を伺いたいと思いましてね」

「ちょっと待ってよ。今、俺の名前を呼んだよね。だったらただの訊き込みとかじゃなくて、俺に直接用事があったってことだよな」

急に言葉遣いが変わったのは身の危険を感じたからだろう。顕真の目にも、わずかに身構えたように映った。

「いったい、俺に何の疑いをかけてるんだよ」

「別に何かの容疑で質問する訳じゃありません」

文屋の左足がそっとドアの下端に宛がわれる。これで黒島がドアノブを引いても、すぐにはドアが開かなくなった。

「平成二十五年の三月八日、あなたは東京拘置所を訪ね、関根要一という囚人と面会をしていますね」

質問ではなく、最初から断定口調。それが刑事の流儀なのか文屋の流儀かは知らないが、答える者の逃げ道を断つ質問の仕方だった。

「関根とあなたはどういう間柄なんですか。面会で何を話したんですか」

これもまた直截な質問だったが、退路を塞いだ後なので逃げることは難しい。案の定、黒島は困惑を面に出した。

「面会の申請書には『知人』とありましたが、かなり齢の離れた知人ですね。どういった知り合いですか」

「あんたには関係ないだろう」

「捜査ですよ」

「関根の刑は確定しているはずだ」

黒島は反抗してみせるが、それさえも文屋の思うつぼだった。

「そう、彼は死刑が確定している。だがあなたが面会したのは判決が下される前だった。それにも拘わらず死刑判決の確定を知っているのは、関根要一の裁判の行方を追い掛けていたからだ。ただの『知人』ではなく、それだけの興味を持つ対象だった」

「世間を騒がせた事件の犯人なんだ。どんな判決が下されるのかは、世間に共通する興味だろう」

「まだわたしの質問に答えてもらっていません。あなたと関根はどういう間柄なんですか。相手は殺人容疑で逮捕・収監された男です。肉親でもないただの知人が、好奇心やちょっとした興味で面会を希望するとは考えられない」

「もう関根の事件は終結しているんだよな」

黒島の抵抗は続く。

「終結した事件なら、もう警察は捜査しないんじゃないのか。捜査じゃないなら、答える義務もないよな」

咄嗟に思いついた抗弁にしてはちゃんとした理屈だった。さすがに文屋も抗しきれない様子だった。

「まさか今頃になって、あいつが無罪でも主張したのかよ」

「いえ……」

「だったら警察に話すことなんて何もない。とっとと帰れよ。それに、大体何で刑事に坊さんがくっついているんだよ」

やっと自分の出番だと思った。

「わたしは関根要一の教誨師をしている顕真という者です」

「教誨師って何だよ」

「死刑囚の方たちに仏の道を説く僧です」

「坊さんまで一緒になって、今更何をしようってんだ」

「関根は冤罪をこうむっているかもしれないんです」

「一審で判決が出てから、控訴を諦めたんだぞ。そんなヤツの何が冤罪だよ。本人が有罪を認めたから控訴しなかったんだろうが」

「それはきっと彼にも事情があって」

「それでもあんたに教誨を頼んだのは、死を覚悟しているからじゃないのか」

取りつく島もないとはこのことだ。黒島はドアを押さえていた文屋の足を蹴り、強引に部屋へ入ってしまった。

「まだ話は終わっていません」

閉められてからも文屋はノックを続けるが、内側から施錠されたらしくドアはびくともしない。もちろん問い掛けに対する返事もない。

「少し性急に過ぎたようですね。攻め方を間違えたみたいです。面目ありません」

文屋は仕方ないというように首を振り、ドアから離れる。

「いったん出直しましょう。ここで粘っていても進展はなさそうです」

話しながらこちらに目配せを送るので、調子を合わせることにした。文屋は心なしか音を響かせて階段を下りていく。

「と言うか、我々が退散したと思わせましょう」

「また来るんですね」

「いや。とりあえず相手の警戒心を解くことです」

アパートから出た文屋は周辺を見渡し、目線を上にした。

「ああ、あれがいいですね」

目指して歩き出したのは六階建てのマンションだった。

「この辺りで一番見晴らしが良さそうなマンションです。あそこの最上階まで上りましょう」

「黒島を見張るんですね」

「ええ。人間というのは、なかなか上に目線がいかないものです。逆に上からの視界は監視に好都合でしてね」

ちらとマンションの最上階を見上げてなるほどと思う。確かに特段の理由がなければ、人は日常で見上げることはあまりしない。

マンションはさすがにエレベーターが設置されていた。箱の中に乗ると、文屋が声を潜めて問い掛けてきた。

「顕真さん、気づきましたか」

やはり文屋も同じことを考えていたのだ。

「ええ、気づいていました。と言うより、とても驚きました」

喋りながら黒島の顔を思い出し、よく声を上げなかったものだと思う。

黒島は関根によく似ていたのだ。いや、似ているなどというものではない。二十代の頃の関根に瓜二つだったのだ。

「関根に歳の離れた兄弟はいましたか」

「いえ、聞いていません。あいつは確か一人っ子だったはずです」

「でしょうね。わたしも逮捕当時に関根の親族関係を調べたので憶えています。当時は両親もとうに亡くなり、結婚歴もない彼は天涯孤独のはずでした。齢の離れた兄弟でないとしたら、思いつくのは婚外子です」

「関根の、子供……」

「関根との面会時間がたった五分で終了した理由もこれで説明できませんか。お互いの顔を見ただけで本人たちは自分たちが親子であるのを知った。婚外子で、父親の方もその存在を知らなければ話すべきこともあまりないでしょう」

「そういうものでしょうか」

「いきなり目の前に現れた青年が自分の血を分けた子供だと知らされたら、母親の消息を尋ねることしかできませんよ。それだけなら話は五分で終いです」

「まだ、そうと決まった訳ではありませんよね」

「確認する方法はいくつかあります」

最上階に上ると、文屋は通路の端で立ち止まる。この位置なら黒島の部屋が覗き込めた。

「彼に動きがあれば追い掛けましょう」

しかし文屋の期待を裏切るかのように、三十分経っても一時間経っても黒島の部屋に変化は認められなかった。

「警戒して、しばらくは籠もるつもりかな」

独り言のように呟いてから、文屋はさっと踵を返し、エレベーターのボタンを押す。

「撤収ですか」

「これ以上張り付いていても時間の無駄です。規定の捜査なら交代要員がいますけど、わたしと顕真さんだけならもっと効率のいい動きが必要です」

聞けば、黒島の戸籍を当たり、勤務先にも事情聴取すると言う。

「どうやって黒島の勤務先を探すんですか。東京拘置所の面会表にも、面会者の勤務先は記載されていませんでした」

「賃貸申込書があります。彼の住んでいるアパートですが、集合ポストの横に管理会社の連絡先が掲示されていました。賃貸契約を結ぶ際は賃借人の勤務先はもちろん、保証人の連絡先まで必要です。今は保証会社が代行する場合が多くなりましたけど、ああいう古いタイプのアパートはその限りじゃありません。管理会社に必ずデータが残っているはずです」

集合ポストだけでなく管理会社の連絡先まで確認していたのかと、顕真は再び舌を巻く。

「わたしとは見ているところが違いますね」

「半分は職業病みたいなところがありますけどね。さあ、行きましょうか」

　管理会社の営業所は同じ多摩ニュータウンの中にあった。警察手帳の霊験あらたかと言うべきか、事前の連絡がなくても文屋が身分を告げると、すぐに担当者が飛んできた。

「〈ニューコーポ　フジ〉ですか。ええ、申込書も契約書も保管されているはずです」

「捜査にご協力いただきたいのですが」

　文屋によれば、本来は照会書のやり取りの後に情報開示がされるものらしい。だがこの管理会社は警察に協力的で、すぐに文屋たちを別室に招いてくれた。それでも袈裟を着込んだ同行者が珍しいらしく、ちらちらと顕真を盗み見ている。捜査の時くらいは一般人と同じものを着てくるべきだったと後悔したが、後の祭りだ。

「不動産業者というのは、どこもこんな風に協力的なのですか」

　別室で待機中に問い掛けてみると、文屋は事もなげに答えてくれた。

「いいえ。おそらく戦々恐々としているせいだと思います。先月のことですが、ここの社員が宅建業法違反で書類送検されたんです。一度でも弱味を晒してしまうと、どうしても組織というのは弱腰になるものです」

「まさか、そこまで見越してアポイントなしで飛び込んだんですか」

文屋は唇の端で笑うだけで、答えようとしなかった。

五分と経たずに担当者がファイルを抱えてやってきた。

「202号室に関する書類はこれが全てです」

文屋と一緒に賃貸申込書を覗き込む。氏名・年齢・勤務先・年収・保証人の有無、そして緊急連絡先。二人にとって興味深い項目が並ぶが、肝心の保証人の箇所が空欄だった。

「保証人の欄が空欄のままで賃貸契約を結んだのですか」

文屋は至極穏やかに訊くが、対する担当者は焦燥が顔に出ている。

「そのお客さまは親兄弟がいらっしゃらないようで、保証人になってくれるような人が見当たらないということでした。それで保証会社を紹介したのですが、年間の保証費用を支払う余裕はないと。それで特例なのですが、通常は二年更新である契約を一年更新にしました」

顕真は緊急連絡先の欄に視線を移す。そこには勤務先と同じ名称が記載されている。おそらく緊急連絡先ではあっても、保証人にまではなってくれなかったのだと推察できる。

勤務先の欄には〈カヤバ運送〉とある。

「実はその勤務先も一年更新の理由の一つでした」

恐慌に駆られているのか、担当者は訊かれてもいないことまで打ち明けてくれる。

「〈カヤバ運送〉というのは離職率の高い会社なんです。幸い、202号室のお客さまは現在も就業が続いているようですが」

契約日は六年前の四月になっている。関根が事件を起こす前の日付だ。

「所謂ブラック企業ですか」

「手前どもは管理会社なので、家主さんの利益を護るために可能な限りの情報を収集しています。離職率の高い就業先というのは、それだけでリスクを孕んでいますからね」

必要なだけの情報を手に入れたからだろう。文屋は礼を述べると、長居は無用とばかりにさっさと別室から退出した。

「次は〈カヤバ運送〉に向かいます。黒島の勤めている営業所は同じ多摩市内で、案外近いですよ」

「いつもこんな風に飛び回っているんですか」

「普段はもっと忙しないですよ。刑事一人が抱えている案件は、結構な数なんです」

二人は営業所の前からタクシーで移動する。文屋の言っていた通り、〈カヤバ運送〉までは数分で到着した。

運送会社の営業所というのは、大抵同じなのだろうか。窓口だというのに、フロアの至るところに荷物が山積みされている。ひどく埃っぽく、隅に設置された空気清浄器が盛大な音を立てて稼働していた。

「今度もアポイントなしの飛び込みになりますね」

「先刻の話を信じれば多少ブラックがかった運送会社みたいですから、警察手帳にはそれなりに警戒心を抱くかもしれません。最近は労働基準法違反が刑事事件に発展する事案もありますしね」

ここでも文屋の予想は的中する。受付で来意を告げると、営業所所長の肩書きを名刺に刷り込んだ男が押っ取り刀で駆けつけてきた。

「多摩営業所所長の新垣です。弊社の黒島が何か仕出かしましたか」

最初から自社の従業員を疑ってかかる姿勢に嫌悪を覚えた。だが、別の見方をすれば黒島が札付きの社員という可能性もある。

「それとも彼が労働基準監督署に訴えでもしましたか。そりゃあネットとかでは弊社

話している最中に気がついた。

冤罪を晴らす・再審請求をする。主張は立派だが、事件を担当していた文屋には天に唾するような行為ではないのか。

「わたしはともかく、文屋さんはそれでいいんですか。本格的に再審請求という話になれば、事件を担当したあなたは仲間うちから疎外されませんか」

『今更ですね。先日もお伝えしましたが、この件に首を突っ込んだ時点で、仲間に弓を引いているようなものですよ』

文屋が再捜査を始めてからというもの、上司である富山から陰に陽に嫌がらせを受けているのは本人から聞いていた。この上再審請求になれば、嫌がらせでは済まなくなるのは自明の理だった。

『自分はともかくと仰いましたけど、顕真さんにだって有形無形の軋轢があるじゃないですか。宗教界のことはよく知りませんが、内部の締めつけは警察より厳しいんじゃないですか。もうわたしたちは一蓮托生で……ああ、これは顕真さんの世界の言葉でしたね』

「仏典では、死後、同じ蓮華の上に転生する意味なのですが」

『へえ、それは初耳でした。しかし、いずれにしても行動や運命をともにすることですよね。わたしはわたしで腹を括っていますから、心配しないでください』

穏やかな物言いの中にも揺るぎない決意が窺える。自分が口出しできる段階は、とうに過ぎてしまったのだと悟った。

「十一月初めに三度目の教誨があります。それまでに関根を説得できるよう、手を尽くしてみたいと思います。もちろん、僧侶ができる範囲内で」

『では、わたしは警察官ができる範囲内で……おっと、大事なことを伝え忘れるところだった。実は殺害されたカップルについて新しい情報が出てきたんです。いや、新しくはないか』

どっちつかずの言葉が引っ掛かった。

『カップルの殺害事件は発覚直後に関根が出頭したものですから、被害者二人の背景については突っ込んだ捜査がされなかった憾みがありました。各々の家族や勤務先を訪ねはしましたが、それ以上は調べませんでした。データベースに前科もありませんでしたからね。ところが、あったんですよ。好ましからぬ話が』

「犯罪絡みですか」

『兎丸雅司は決して清廉潔白ではありませんでした』

意外の感に打たれる。母親はもちろんだが勤務先の上司も兎丸には好意的な評価を下していたではないか。

『平成二十二年の十月四日、足立区在住の女性が運転ミスで、通学途中の小学生の列に突っ込んだ事件を憶えていますか』

記憶を手繰ってみたが、指摘される事件は思い浮かばない。

『被害に遭った小学生たちは重軽傷を負いましたが、不幸中の幸いで死者までは出なかった。しかしクルマを運転していた女性、緑川綾乃（みどりかわあやの）は頭を強く打って死亡。司法解剖してみると、体内から高濃度のＴＨＣが検出されました。つまり大麻を吸引して朦朧（もうろう）とした状態のまま、ハンドルを握ったんです』

「その事件と兎丸にどんな関連があるんですか」

『事件を担当したのは千住署だったんですが、彼らは運転していた緑川綾乃がどういうルートで大麻を入手したのかを解明しようと躍起でした。大麻使用者が自滅しても、供給元が存続すれば同様の事件・事故を引き起こすからです。そして浮上したいくつかのルートの一つが兎丸でした』

「兎丸雅司がクスリの売人をしていたというんですか」

『緑川綾乃に接触していた一人でもあったんです。当時から兎丸は〈スズタン〉のＭＳをしていましたから、医療大麻を掠（かす）めたり流出させたりするのも不可能じゃなかった。千住署は彼の業務内容に着目したんです』

「しかし彼が殺された時、そんな情報は公表されなかったんじゃありませんか」

『証拠不十分で立件できなかったからですよ。だから警察のデータベースにも該当がなかった。ただ、事件を担当した千住署の刑事に聞く限り、兎丸に対する心証は真っ黒だったそうです。彼の心証が正しければ、兎丸は決して無辜の人間ではないのですよ』

次の日曜日、予定に入っていた法事を常法に任せ、顕真は再び多摩ニュータウンを訪れた。前回の調査で黒島竜司のシフトは把握している。午前中に張っていれば彼と会える確率が高かった。

午前八時、〈ニューコーポ　フジ〉の前で待っていると、果たして向こうから黒島がやってきた。

黒島は顕真を見た途端、露骨に嫌な顔をした。

「何だ、また坊さんか。今日はあの刑事は一緒じゃないのかよ」

「今日はわたし一人です」

「一人だろうが二人だろうが、話すことなんて何もないからな」

脇（わき）をすり抜けようとした黒島の腕を咄嗟に摑（つか）む。

「おい、離せよ。いくら坊さんだからって容赦しねえぞ」

「失礼ながら、あなたの過去を探りました」

ひと言で黒島は足を止めた。

「少し調べただけで、あなたが大変な境遇に置かれていたのが推し量れる」

「何の権利があって人のこと調べてんだよ。坊さんの仕事じゃねえだろ、そんなもん」

「関根を救えるのなら破戒坊主と罵（ののし）られてもいい」

「だからよ、どうして坊さんが死刑囚一人にそんだけ拘（こだわ）るんだよ。第一、俺は関係ない」

「違う、あなたは若い頃の関根に瓜二つだ」

「若い頃って……まさか坊さん、関根の知り合いなのか」

「大学で同じサークルでした」

「そうか、教誨師と囚人の関係だけじゃなかったって訳か」

黒島は摑まれていた腕を強引に振り解（ほど）いた。

「あいつのダチに坊さんがいたとはね。驚いたよ。類友（るいとも）でロクデナシしかいないと思ってたんだが。いや、ロクデナシの坊さんかもしれないな」

「あなたは関根の息子ですよね」

口にしてからしまったと思った。ここに文屋がいたら顔を顰めるはずだ。どうして
こうも話術が下手なのかと自己嫌悪に陥る。説話訓話の類いは話し慣れているが、所
詮は一方的に喋るだけなので話術が向上する訳ではない。

慎れた通り、黒島は警戒心を露わにした。

「ふざけるなよっ」

「ふざけてなんかいません。あなたは関根の子供だ。ただ戸籍に名前がないだけです」

「それが大きいんだよ」

一瞬、黒島の口調が湿る。

「戸籍の父欄に名前がないのがどれだけ生き辛かったか、あんたは知らないだろ」

こちらを睨んだ目がひどく幼く見えた。

「関根は責任感の強い男です。美和子さんが身籠っているのを知って放置するような
真似はしない。きっと何か事情があって」

「事情なんてどうだっていい。重要なのはな、あいつが俺とオフクロを捨てたまま、
二十年以上も放ったらかしだったたって事実だ。それを今頃になって父親だと。馬鹿に

するのもいい加減にしろ」

いつの間にか、言葉まで幼くなっていた。じっくり話をさせるには今を措いて他にない。

「どこか落ち着ける場所で話しませんか」

「いい。あんたを部屋に上げたくないし、他人に聞かれて困る話でもない。そこらのベンチで充分だ」

黒島は宣言した通り、公園のベンチに向かって歩き出す。奇しくも顕真と文屋が語らったのと同じベンチだったが、黒島は知る由もないだろう。

「あんまりしつこいから話してやるけど、これっきりだ。話が済んだら二度と顔見せんな」

「結構です。二度と来ません」

「生き辛かったのは俺じゃなくオフクロだったんだ」

腰を下ろすと、黒島は徐に口を開いた。

「物心ついた頃から父親なんていなかったから俺は平気だった。却ってオフクロが色々と気を回した。学校で何かある度に、父親がいないせいだと嘆いた。そんなもん、クラスの連中に言われたところで痛くも痒くもなかったのにな」

嘘(うそ)ではないようだった。父親がいなくても平気だと嘯(うそぶ)いた言葉には誇らしげな響きさえある。

「そりゃあ片親だと囃(はや)し立てるヤツはどのクラスにもいた。自分より弱い立場の人間を作らなきゃ不安でしょうがないヤツらだ。悪戯(いたずら)もされたし殴られもした」

「先生は止めに入らなかったんですか」

「先生は見て見ぬふりさ。イジメが表面化したら責任問題だもんな。でもそんなことより、働き手がオフクロだけしかいなかったのがキツかった。オフクロが早いうちに死んだのは、戸籍を見て確認しただろ」

「あなたが六歳の時でしたね」

「過労だよ。碌(ろく)に資格も持っていない女が昼のパート仕事だけで食っていけるはずもなかった。俺も育ち盛りだったしな」

「じゃあ、昼も夜も働きづめだったんですか」

「俺が小学校に上がる前からずっとそうさ。ただ水商売の方は前からやっていて慣れてたみたいだな。だからオフクロと一緒にいられるのは一日のうちでもわずかだった」

孤独な少年時代、と同情するのも憚(はばか)られた。本人の話しぶりに爽快感(そうかいかん)が漂っていたからだ。

「元々親戚筋とは疎遠でよ。オフクロが水商売やってたのも気に食わなかったんだろうけど、伯父たちからは何の援助もなかった。オフクロが倒れた時も見舞い一つなかった。そんなのと仲良くやってられっか」

親戚の間をたらい回しにされたのは、養育する側だけの問題ではなかったらしい。

「葬式も寂しいもんさ。近所の連中と申し訳程度の親戚だけでよ。もちろん父親なんて弔電すら寄越しゃしない。もっとも来てくれなくてよかった。参列していたら棺桶の数が増えてたかもしれない」

「しかし、折角伯父さんたちに引き取られたんだから……」

「我慢しろって言いたいのか。あのな、あのクソ伯父たちは両方とも自営業でよ。上は引っ越し屋、下は印刷屋だった。働かないヤツに飯は食わせねえって学校行ってる時間以外はずっとこき使われた。要はタダの労働力って訳だ。あんまり仕事がキツいんで、授業中は寝てた。そんなんで進学できるはずもないから、学校は中途でバックレた。クソ伯父の家を出られたのはよかったけどな。ほい、身の上話はこれで終いだ」

黒島は腰を上げる。

「今まで一人で生きてきた。父親とやらを恋しいと思ったことは一度だってなかった。むしろオフクロを苦しめた仇だ。そんなヤツを助けたいなんて、どうして俺が思うんだよ」

「関根はあなたを庇っているんです」

「それって、俺が真犯人だっていう前提だよな。それこそふ・ざ・け・る・な・だ。何か証拠でもあるのかよ」

「関根が罪を被ってまで助けようとする相手はあなたしかいない」

「理屈に合わないこと言うよな。そんなに大事だったら、どうして今まで放ったらかしにしてたんだよ」

「それは……」

「第一な、関根が無実だとしても自分で望んで罪を被りたがっているんだろ。だったら本人の好きにさせるのがホトケ心ってもんじゃないのか」

顕真は返事に窮する。確かに本人が望むままにするのが慈悲なのかもしれない。

だが僧侶顕真とは別に、未熟者の高輪顕良という人間がここにいる。

「用が済んだらさっさと帰ってくれ。夜勤明けで疲れてるんだからよ」

「また、参ります」

立ち去りかけた黒島が、意外そうな顔をこちらに向ける。

「おい、さっきはこれきりで二度と来ないと言ったよな」

「坊主の世界には便利な言葉がありましてね。〈嘘も方便〉というものです。これは『法華経譬喩品』中、三車火宅に由来し」

「勝手にしろ」

もう黒島は振り向きもせずに立ち去ってしまった。

ああ、勝手にするとも――顕真は胸の裡で応える。

関根が望んでいるとしても、彼をみすみす刑場に送り出すような真似はできない。教誨師としての良識を問われてもいい。僧侶としての逸脱行為を責められるのも覚悟の上だ。教誨師会の怒りも良然門主の叱責も怖くない。

今はただ、何の咎もないまま死にゆく者を見送るのが怖いだけだった。

多摩ニュータウンから戻っても、やるべきことは山ほどあった。再審請求をするために、腕のいい弁護士を探し出さなければならない。文屋が関根の冤罪を証明する物的証拠を挙げてくるのが前提だが、先に弁護人の候補者を決めておくのも悪いことではない。

弁護士の知り合いと言えば服部だけだが、彼に再び依頼する気は毛頭なかった。寺の仕事の合間に、顕真は東京弁護士会を訪ねることにした。何事も電話より直接足を運んだ方がいい結果を得られる。

東京弁護士会は千代田区霞が関の弁護士会館六階にあった。

受付の女性事務員に弁護士を紹介して欲しい旨を告げると、まず相談内容を明らかにしてほしいと言われた。

「労働問題でしょうか、消費者問題でしょうか。それとも遺産相続ですか」

「わざわざ分類があるのですか」

「弁護士によって得意分野があります。やはり慣れた弁護士に依頼されるのが一番かと思います」

内容が再審請求であることを告げると、女性事務員は訝しげに顋真を見た。

「再審なら、従前の弁護士がいるはずですよね」

「別の方をお願いしたくて」

「ご存じないかもしれませんが、再審というのは簡単に認められるものではありません。公判では出てこなかった新証拠がない限り、再審は認められないんですよ」

「新証拠があるという前提でお願いするんです。いい先生を紹介してください」

「弁護士を紹介するのは弁護士会の役目ですが、まだ新証拠がない時点で弁護士を選定するというのは……」

「では正式にお願いする前に、どこの先生が有能なのか教えてください」

「当弁護士会に所属している先生は全員優秀ですよ」

「さっきは、それぞれに得意分野があると仰ったじゃありませんか」

女性事務員は気分を害した様子で目の前に立て掛けてあったファイルを引き出した。ちらと盗み見ると所属弁護士の一覧表らしかった。

「失礼ですが……弁護士の能力で着手金や報酬が違うのでしょうか」

「平成十六年から弁護士報酬は自由化されましたので、事務所や先生によって多少の上下があるのは確かです。ただしあくまでも多少であって、倍や三倍なんてことはありません。それこそ相場の範囲内ですね。中には法廷戦術に長けていなくても法外な報酬を要求する、あまり評判のよろしくない先生もいらっしゃいますけど」

とりあえず、刑事事件に強いとされる弁護士を五人ほど紹介してもらった。後はこの五人を訪ね歩き、これはと思う人物に相談するだけだ。

だが、その前に文屋からの吉報がほしいものだと思う。彼からの連絡がなければ、顕真もこれ以上動くことができない。

弁護士会館を出たところで五条袈裟の中から着信音が聞こえてきた。さては文屋からかと期待したが、スマートフォンの表示部には〈田所刑務官〉とある。

「はい、顕真です」

『田所です。今、電話よろしいでしょうか』

「構いません」

『本来はお伝えすることではないのですが、顕真先生があんまりご執心なので……これはあくまでもまだ噂の域を出ませんが、近日中に、法務大臣が死刑執行命令書にサインするらしいです』

仕事柄、現在の法務大臣が死刑存置論者の急先鋒であるのは聞き知っている。だから嫌な予感がした。

『私が懇意にしている法曹記者クラブの人間によれば一気に六人の執行にゴーサインを出す予定らしいのですが、その中に関根の名前があるそうです』

瞬間、耳が遠くなった。

「何ですって」

『ご承知でしょうが、執行命令書にサインされれば五日以内に刑が執行されます。顕真先生には相応の準備をしていただければと……それでは失礼します』

まるで顕真の返事を怖れるように、電話は一方的に切れた。

顕真は通りの真ん中で立ち尽くしていた。

五　裁かれる者の祈り

1

短命に終わった前政権時代、当時の法務大臣は信仰上の理由で執行命令書への署名を拒否していた。その背景は世界的な死刑廃止論の広がりと無関係ではなかったが、多くの国民・識者からは職務放棄と詰られた。現法務大臣が死刑存置論者であるのももちろんだが、それ以外にも署名を拒否した前任者との差別化を図りたい意向があるのは以前から洩れ聞こえていた。

今回、六人の死刑執行が一斉に決まった理由は詳らかにされていない。いち僧侶に過ぎない顕真が裏の事情を知る由もないが、単に政治的な思惑で関根の執行が早まるというのはどうにも納得がいかなかった。

居ても立ってもいられなくなり、すぐ文屋に連絡を入れた。向こうも通常業務で忙しいのは重々承知しているが、彼以外に相談できる者がいない。

『急な話ですね』

文屋も初耳だったらしく、電話の向こう側から驚いた口調が返ってくる。

『顕真さん、執行日までは聞いていないんですね』

「はい。田所さんもそこまではご存じないようでした」

『再審請求があっても、死刑執行を停止させる要件にはなりません。しかしよほどの重大事件でない限り、法務大臣を思い留まらせる材料にはなるかもしれません』

心許ない言い方だが、妙な期待を抱かせない配慮は文屋らしかった。

「再審請求を急がなければなりません。文屋さんは誰か信頼の置ける弁護士さんをご存じありませんか」

服部とは別の弁護士に担当してほしかった。やる気のなさがあからさまなあの男では、新証拠が出たとしても再審請求に動いてくれるかは甚だ疑問だ。関根の生死を賭すのであれば、もっと親身になってくれる弁護士に委ねたい。ところが伝手がないせいで、顕真が探してもなかなか見つからなかったのだ。

しかし尋ねてから後悔した。文屋たち警察官にとって、犯人の罪状を軽くしようと奮闘する弁護士は不倶戴天の敵ではないか。

『正直、返答に困ります』

　案の定、文屋の口も湿りがちだった。

『こと弁護士については、我々の見方と一般の見方では真逆ですからね。だから我々が油断ならない相手として認知している弁護士ならうってつけと言えるでしょうね』

　やや皮肉めいた言い方だが心当たりがありそうな口ぶりだった。

「その、油断ならない相手を知っているんですね」

『有名人ですよ。有罪率99・9パーセントの現状において残り0・1パーセントの無罪は彼一人が叩き出している感がありますね』

「是非、その弁護士さんを紹介してください」

『一応、連絡先は知っていますが、とんでもない額の報酬を請求されますよ。着手金と成功報酬を合わせれば優に一千万円を超えるでしょうね。その金額、関根や顕真さんは払えますか』

　金額におよそ現実味がなかった。良然のような住職ならともかく、一介の僧侶には年収二年分以上に値する。頭を過ったのは募金と借金だが、いずれにしても今すぐに工面できる金額ではない。

『ひょっとして借金とかお考えになっているのなら、やめてくださいよ』

内心を見透かされたように言われ、顕真は言葉を失う。

『再審請求の決め手になるのは弁護士の良し悪しよりは再審に足るだけの新証拠が発見できるかどうかです。そして犯罪捜査なら弁護士よりも我々の方に一日の長がある』

「まだ、文屋さんは捜査を続行してくれるんですか」

『黒島竜司という男が現れた以上、頬被りしている訳にもいきません。ただし同時進行で弁護士探しもしなければなりませんが、そっちの方はわたしに任せてもらえませんか。死刑廃止論者で実直な弁護士を一人知っています。件の守銭奴弁護士のように阿漕な請求はしない人物ですから、顕真さんが資金面で頭を悩ます必要もありません』

「それでは、わたしは何をすればいいんですか。聞いていると文屋さんだけが奔走していて、わたしは太平楽を決め込んでいるように思えてなりません」

『顕真さんには重要な任務を果たしてもらわなくてはいけません。それも二つ。一つは関根から再審請求を起こさせること。そしてこれが一番困難ですが、黒島から何とかして自供を引き出すこと』

なるほど後者は難題だ。坊主(ぼうず)の仕事というよりは刑事の任務ではないのか。

「わたしに自供を引き出すなんて芸当は到底無理ですよ」

『わたしは、そうは思いません』

まるで目の前で諭されているような気分だった。

『我々警察官は容疑者を追い込み、問い詰める方法でしか話を引き出せません。現場ではその方法が一番手っ取り早くて効果的だからです。ですが教誨師(きょうかいし)が囚人に教え諭す際、追い込んだり問い詰めたりはせんでしょう』

「当然です。教義というものは無理に押しつけるものではありませんから」

『黒島を説得するには、そういう方法が有効のような気がするのですよ。犯罪の発覚に怯(おび)える恐怖心を突くよりは、罪悪感と倫理観に訴える方が。わたしにはできない説法です』

仮に煽(おだ)てであったとしても、容疑者から供述を引き出す専門家が言うのだから相応の目算はあるはずだった。

死刑執行まで秒読み段階となった今、己の不明を優先させる訳にはいかない。文屋が求めるのなら従うべきだろう。

「承知しました。坊主にどれだけのことができるかは心許ないですが、やってみましよう」

次の教誨にはまだ間がある。それまでに執行命令書に署名されれば終わりだ。しかも死刑囚と面会するには手続きが必要だ。

文屋と協議した結果、関根との面会手続きを進める一方、黒島からの聴取を先行させることにした。

多摩センター駅で文屋と合流したのは翌日のことだった。

「今年分の有休が残り少なくなりましたよ」

冗談めかした口調だったが、顕真の勝手で文屋の休暇を潰してしまったのは紛れもない事実なので頭が自然に垂れる。すると文屋は気にするなとでも言うように片手を振る。

「ほんの軽口です。顕真さんこそご自身の時間をずいぶん削っているんじゃないですか」

既に教誨師の仕事の範疇を超え、今は個人の思いで行動しているので、返す言葉がない。

「この時間なら黒島は仕事を終え、夜勤に備えていったん自宅に戻ってくるはずです」

黒島の勤め先を訪問した際、シフトの詳細まで調べ上げたという。従って〈カヤバ運送〉側に予定の変更がない限り、狙いを定めて黒島に会うことができる。

「黒島と話す前に知らせておきたいことがあります。彼の母親、黒島美和子の件です」

「確か黒島が六歳の頃、過労で死んだのでしたね」

「大嘘だったんですよ」

だが、決して黒島を詰るような話しぶりではなかった。

午前十一時二十分、部屋の前で待機していると黒島が姿を現した。黒島は二人に気づくなり、露骨に顔を顰めてみせた。

「坊さんの癖に嘘吐きだな。会うのはこれっきりと言ったはずだぞ」

「わたしは、嘘も方便と言ったはずです」

「頼むからいい加減にしてくれ。あんたたちと違って、こっちは時間を切り売りしているしがない薄給取りなんだ」

二人の脇をすり抜けようとする黒島の腕を文屋が捕まえる。

「薄給云々(うんぬん)は同情します。わたしも似たようなものですから。だが顕真さんは仕事抜きであなたと話をしようとしている」

「仕事抜きだって。関根のためにやってるんじゃないのか」

「本来、教誨師というのは死刑囚に心の平安を与えるのが仕事です。顕真さんみたいに冤罪(えんざい)を晴らそうなんて僧侶は他に知りません」

「懲(こ)りないな、あんたたち」

「人の命が懸かっているんです。坊主だからといって、死者のためだけに働く訳じゃありません」

「いったいどこの宗派なんだよ。あんた、新興宗教の勧誘よりタチが悪いぞ」

「彼らはドアの前で説法を始めるんですか。あなたが希望するならそう致しましょう」

我ながら強引だと思ったが、とうに体面や遠慮の衣は脱ぎ捨てている。黒島から真実を訊(き)き出すまではこの場を離れる気持ちは毛頭ない。

「こんなところで長々と説教されて堪(たま)るかよ、クソ」

黒島は歯を剝(む)き出してドアノブに手を掛けた。

「一分で帰れ」

「一分では事情説明もできません。三十分はいただかないと」

「十分」

「二十分」

「じゃあ十五分だ。それ以上話そうとしたら力ずくで押し出してやる」

日頃配送で鍛えている身体だ。顕真や文屋なら容易に叩き出せると思っているに違いない。

「感謝します」

そう言って、黒島が開けたドアの隙間から文屋とともに部屋へ入る。

「部屋には上がるなよな」

上がり框を越えようとしたところで釘を刺された。仕方なく文屋とともに土間に立ち尽くす。黒島は部屋の中央に座り込んで、こちらを睨みつけている。

「で、今度は何だよ」

「わたしは関根の無実を信じています」

「まだ言ってんのかよ、そんな夢みたいな話。カップル殺しの犯人は関根だ。死刑は妥当な判決だし、本人もそれを認めているんだ」

「あなたが関根を憎む気持ちは分かります」

「ああ、前にも言ったよな。父親がいないせいで俺たち母子がどれだけ辛い目に遭ったか」

「ええ。しかし、あなたは一つだけ嘘を吐いた。あなたにとっては方便ですが、今にも絞首台に向かおうとする者には残酷な背信です」

「大袈裟なことを」

「あなたのお母さん、黒島美和子さんは過労で死んだのではありません」

瞬間、黒島の表情が固まる。

「病気で死んだという点では同じでしょう。ただし亡くなったのは病院のベッドではなく、栃木刑務所の中です。死因も過労などではなく肺炎でした」

「……うるさい」

「身体の不調を訴え、就寝中に重篤となり翌朝死亡が確認された。そうでしたね」

「うるさいっ、うるさいっ」

黒島はこちらの言葉を拒絶するように頭を振る。無理もないと思った。黒島の立場になれば母親の死んだ状況は悪夢でしかない。

黒島美和子は窃盗の常習犯だった。昼夜を分かたず働いても生活が厳しかったのか、それともストレスの蓄積が窃盗行為に駆り立てたのかは定かではない。だが警察のデータベースに残された記録では食材や生活雑貨といった商品の窃盗を繰り返した挙句、何度目かの逮捕で懲役を食らっていた。それが黒島竜司五歳の頃であり、美和子は翌年に獄死したのだ。

「あなたが関根を恨んでいるのは長らく母子家庭を強いられたからだけではありません。選りに選って母親を獄中で死なせてしまった。それもこれも関根のせいだと思ったからではないのですか」

話の途中から黒島は俯いて顔を見せようとしない。だが沈黙は肯定の徴だった。

しばらく沈黙が流れた後、ぼそりと呟くような声が洩れた。

「あんたらには絶対に分かんねえだろうな」

まるで拗ねた子供のような声だった。

「父親がいないってだけで充分イジメの標的にされるんだ。その上、母親が刑務所の中で死んでみろ。親戚やクラスメートだけじゃない。俺の噂を聞きつけたヤツはみんな道端のクソを見るような目をしやがる」

ゆっくりと持ち上がった目は荒んだ色をしている。

やはり拗ねた子供の目だった。図体は大きくとも、この男の精神は迫害された少年時代からあまり成長していないように思える。

「刺されたカップルと、オフクロと、俺の一生を台無しにしやがった。あんな男、死刑になって当然だろ」

「死んで当然なんて人間は存在しません」

「面会した時、あいつは命乞い一つしなかった。自分で罪を認めて死にたがっている」

「彼が死を受け容れようとしているのは自らの罪を認めたからではありません。獄に繋がれ、絞首台へ歩くことが自分への罰だと考えているからです」

「同じ意味じゃないか」

「いいえ。自分が無実であっても、他人の罪を被ろうとしているんです。何故なら、彼は黒島美和子を獄中で死なせているからです」

黒島はぎょっとしたように顕真を見た。

「オフクロを死なせたから自分も拘置所の中で死のうとしてるって。馬鹿なこと言うなよ」

「ええ、わたしも馬鹿な話だと思います。しかし関根というのは、そういう男です。他人のためなら、罪を償うためなら躊躇なく我が身を放り出す男です」

「嘘だ」

「嘘じゃありません。わたしも昔、彼に命を救われた。彼の自己犠牲がなければ、高輪顕真という僧侶はこの世に存在していませんでした」

顕真は大学時代、雪の剱岳で関根に救助された過去を話す。黒島は顔をこちらに向けているものの、ちゃんと話を聞いているかどうかは心許ない。

話がひと通り済むと黒島はふんと鼻を鳴らした。どうやら耳を傾けてはいたようだ。

「とても同じ人間とは思えないな。ひょっとして、坊さんの知っている関根と俺が知っている関根は別人じゃないのか」

「美和子さんは関根のことを、どんな風に言っていたんですか」

「よそにはいる父親がウチにはいなかったからよく訊いたものさ。あまり詳しくは教えてくれなかったな。でも態度で何となく分かる。双方納得ずくじゃない。オフクロは捨てられたに決まってる」

「母親の口からはっきり聞いた訳でもないのに、決めつけてはいけません」

「決めつけるさ。それくらいの権利は俺にもある」

黒島はそう嘯いたが、それも顕真の耳には強がりのように聞こえる。

顕真は次の言葉に迷う。説教・説得の類いは相手が聞く耳を持ってこそ力を発揮する。最初から耳を塞いでいるような黒島に対し、何をどう諭せばいいのか。

逡巡（しゅんじゅん）していると、今まで沈黙していた文屋が口を開いた。

「関根が真犯人ではない可能性は当初からあったんです」

初耳だった。

黒島も意外だったのだろう。反射的に文屋を見た。

「凶器となったナイフからは関根以外に、もう一つ別の指紋が検出されていたからです。ところがその指紋が誰のものかを解析する前に関根が全面自供したものだから、特定されないまま現在に至っている。ただしデータは保存されているから今すぐにでも照合は可能です。黒島竜司さん、たとえばあなたの指紋でも」

「あの男は、ナイフは自分の物だと自供したらしいじゃないか」

「凶器に使用された登山ナイフは趣味性の高い物です。それほど量産されていないし、用途を考えれば販路も限定される。メーカーから取扱店、取扱店からエンドユーザーまで辿（たど）るのは面倒だが、難しい作業じゃない。ついでに言えば五年前の八月二十三日、あなたは非番だった」

淡々とした口調の中にも威圧感があった。黒島がわずかに後ずさるように見えた。

「五年前のカップル殺害事件を扱ったのは我々川崎署です。関根が冤罪であった場合、川崎署の威信も地に墜（お）ちる。十年も二十年も昔の事件じゃないから目撃証言も風化していない。誤認逮捕の汚名を雪（そそ）ぐために、わたしを含めて一課の連中はそれこそ猟犬のように真犯人を追い詰め、徹底的に吐かせるでしょう。苛烈（かれつ）極まりない取り調べも、今度ばかりは大目に見てもらう」

婉曲（えんきょく）な恫喝（どうかつ）に他ならなかった。黒島は怯えを虚勢で誤魔化しているようだ。思わず顕真は文屋に抗議の目を向ける。事前の打ち合わせでは本人を追い込んだり問い詰めたりはせず、黒島の罪悪感と倫理観に訴える計画だったではないか。

文屋も思い出したのだろう。しまったという顔をしてから目で謝罪してきた。

「帰れよ」

尖（とが）った言葉が二人に向けて放たれる。

「約束の十五分を軽くオーバーした。出ていけ。二度と来るな」

立ち上がりもせず黒島は顕真たちを威嚇（いかく）するが、座った姿がやけに小さく見える。相手は完全に心を閉ざしている。どんな箴言（しんげん）や金言も彼の胸には届かないだろう。

「確かに約束は十五分でした。仕方がありません。わたしたちは引き上げるとしましょう」

文屋は心残りがある様子だったが、元より計画を変更せざるを得なくしたのは彼なので、ここは従ってもらうよりない。

ところが黒島に背を向けた時、後悔の波が押し寄せてきた。これでは、まるで子供の使いだ。文屋はともかく、顕真ときたら己に課した役目を全く果たせずにおめおめ敗走しようとしている。

黒島の扉を開く言葉は何だろうか。わずか一投足の間に思いついたのは、我ながら呆れるほど月並みな叫びだった。

さすがに告げていいものかどうか逡巡する。だが告げずにいれば、己も黒島も生涯悔やみ続けるかもしれないと思った。

意を決して黒島に向き直る。

「これは内々に流れている情報ですが、近々法務大臣が関根の死刑執行命令書に署名するそうです」

「何だと」

呆けたような反応だったが、顕真は構わず続ける。

「執行命令書に署名されれば五日以内に死刑が執行されます。もちろん関根が死んだ後でも再審請求は可能ですが、それは本人の名誉を回復するだけの話であって、決して彼を救うことではありません」

黒島に向けた顔がどんな風なのか自分では分からない。それでもなるべく感情を抑えている自覚はある。

「関根は他人の罪を背負って死に向かおうとしています。あなたが関根を恨む気持ちは分かります。だが世の中に己の死を以てしてまで償わなければならない罪があるのか、わたしにはとても疑問に思えます。そして、もし関根の死に正当な理由がないのなら、彼を黙って絞首台に送らせた者はどんな債務を負うのでしょう」

取り留めのない内容だと思う。それでも口にせずにはいられなかった。

アパートを出ると、早速文屋を問い質した。

「指紋の話は初耳でした。そんな重要な手掛かりをどうして今まで教えてくれなかったんですか」

「顕真さん、声が大きいです」

窘められて声を低くしたが怒りは収まらない。

「凶器に複数の指紋がありながら碌に捜査もせず、関根を送検したんですか。何という杜撰な」

「凶器に付着していた指紋は関根のものだけでした」

啞然とし、すぐ文屋の意図を理解した。

「嘘だったんですか」

「向こうも嘘を吐いていましたからね。おあいこです。まあ、関根以外の指紋が付着していたと知らされて、彼がどんな反応を示すのか確認したかったというのが目的だったのですが」

「少なからず動揺していたようでした」

「少なからずではなく、大いにですよ」

「さすがです。文屋さんが事前の取り決めから逸脱した時はどうなることかと思いました」

「最後の言葉。あれは顕真さんの本心ですか」

「え」

「世の中に己の死を以てしてまで償わなければならない罪があるとは思えない。本当にそう思っているのですか。それは死刑制度廃止論ですよ。まさか教誨を続けるうちに、死刑囚に同情の念が湧(わ)きましたか」

「違います」

文屋と言い争うのは本意ではないが、誤解されたままでは尻(しり)の据わりが悪い。

「確かに今から死刑台の露と消えようとしている囚人と話している時、心が穏やかでないのは否定しません。しかしそれは同情ではなく、人の命の儚(はかな)さを痛感するからです」

「僧職になられて久しい顕真さんでも迷いがありますか」

「わたしなど袈裟を着ているだけの未熟者ですよ。黒島一人説得できませんでした」

死刑制度の存置か、それとも廃止か。一介の坊主に過ぎない顕真に主張と呼べるような大層なものはない。教誨師という立場上、軽率な発言をするのも憚られる。

ただ関根の事件に関しては死刑制度の存置が疎ましい。死刑執行は時限爆弾と同じだ。法務大臣以外には発令の時間が分からない。ただ時を刻む音が聞こえるだけだ。その音が顕真と文屋を焦らせる。秒読みに急かされ、後ろから嚙みつかれるような切迫感に襲われる。

今この瞬間にも法務大臣は執行命令書に署名しているかもしれない。そうなれば関根の命は風前の灯だ。

死刑をなくせとまでは言わない。

ただ時間が欲しい。関根の冤罪を晴らせる証拠を見つけ出すための猶予が欲しい。

「文屋さん、これからどうしますか」

「我々が動く前に、向こうの方からやってきましたよ」

耳打ちに応えて振り返ると、黒島が二人の後を追い掛けてきた。

「待てよ」

　こちらに否やはない。顕真と文屋は示し合せたように足を止める。

「話し足りないことがありそうですね」

　文屋が水を向けると、黒島はこちらを睨んできた。

「立ち話も何だからどこかに座りましょうか」

　ちょうど近くの公園にベンチがあったので、黒島を挟むようにして座る。腰を下ろしてからも、しばらく黒島は口を開こうとしなかった。

　そろそろ顕真が痺れを切らし始めた頃、ようやく黒島が話し出す。

「さっき、猟犬のように追い詰めると脅したよな」

「脅しじゃない。本気ですよ」

「面子を潰された警察は苛烈な取り調べをするとも言ったな」

「逃げれば追いかけるし、黙秘すれば無理にでも引き出す。当然の対処だ」

「自供したら扱いが変わるのか」

「任意で出頭してきたというかたちを採れば、そりゃあ心証はよくなる」

　黒島はいったん空を見上げてから文屋に向き直る。

「どうせ調べられたら分かることだから言う。凶器に使われた登山ナイフは俺の物だ」

　途端に顕真の心拍数が上がる。

　やはり黒島が真犯人だったのか——。

　ところが次の言葉は不可解だった。

「だけど俺はあの二人を殺しちゃいない」

「言っている意味がよく分からないな」

「五年前の八月二十三日、俺は美園の後を尾行ていた。もう一度話し合ってよりを戻すつもりだった。だけど美園は途中から兎丸と合流してよろしくやり始めた。こっちはストーカー行為で訴えられても上等くらいに気張ってきたのに、あいつらときたら人の気も知らないでよ」

「よりを戻すつもりなら、どうしてナイフなんか持ち歩いていたんですか」

「いよいよという時には脅してでも話を聞いてもらうつもりだったんだよ。二人は焼き鳥屋で飲み食いした後、菅谷公園に移動した。夜の、ひと気のない公園でいちゃつき始めた。後ろから見ていてはらわたが煮え繰り返りそうだった」

「それで二人を刺したのか」

「ただいちゃついているだけだったら、きっと俺も馬鹿らしくなって帰ったと思う。

だけどな、あいつら途中から俺のことを話し始めたんだ。勘違い野郎だとか犯罪者予備軍だとかひどいことを言い出した。それでかっとなって二人の前に回ったんだ」

弁解に熱が帯びてきた。計画性はなかったと言わんばかりの口ぶりだった。

「最初に襲いかかってきたのは兎丸の方だった。美園の前でいい格好したかったんだろうな。それで揉み合いになって、気づいた時には持っていたナイフであいつの胸を刺していた。ああいうのをテンパるっていうんだろうな。人を刺すなんて初めてだったからムチャクチャ慌てて、傍にいた美園が叫ぼうとしたから脅して黙らせるつもりだったけど、これも弾みで刺しちまった。二人とも地べたでのたうち回って、それを見た途端に怖くなって逃げた。それで全部だよ」

「ナイフはどうした」

「二人が倒れていた近くに落とした、と思う」

「署に連行するが、今と同じ供述をしてもらえるかな」

「いいけど、俺は殺しちゃいないぜ」

「どういう意味だ」

「俺は兎丸も美園も一度しか刺さなかった。第一、二人ともまだ生きてたんだ」

ようやく顕真にも事情が呑み込めてきた。

「後で分かったけど、二人は何度も刺されている。俺が現場から逃げ出した後、関根がやってきてもう一度二人を刺した。とどめを刺したんだよ。確かに俺は傷害罪かもしれない。だけど殺したのは、やっぱりあいつなんだ」

いったん開いたと思った扉がまた閉じられた。

「それじゃあ、どうして収監中の関根に面会しようとしたんですか」

「ニュースでカップル殺しの犯人が出頭したと聞いた時には驚いた。俺が殺したとばかり思い込んでいたのに、見たことも聞いたこともないヤツが罪を被っているんだからな。そりゃあ会ってみたいと思うさ」

「事件の全貌（ぜんぼう）を知ったのは、その時でしたか」

「ああ。まずヤツは自分が二人を発見した時には息があったと言った。どうしてわざわざとどめを刺したんだと尋ねると、自分は父親だと吐（ぬ）かしやがる。あの野郎、それでオフクロを棄てたことをチャラにしようとしたんだ」

「それであなたは納得したんですか」

「カップルにとどめを刺したのは、あくまであいつの意思だ。俺が頼んだ訳じゃない。勝手にしろと言って、席を立ってやったよ」

顔を見合わせると、文屋は渋い顔をしている。おそらく顕真も似たような顔をしているに違いない。

「黒島竜司さん。川崎署までご同行願います」

2

黒島が川崎署に出頭して供述した内容は、顕真たちに告げたものと同じだった。資料として残っていた登山ナイフの画像を見て自分の持ち物だと証言し、購入先の刃物店まで告げたのだ。

萱谷公園のカップル殺害事件は既に結審しており、黒島の新証言は衝撃ではあったものの関根の死刑判決を覆(くつがえ)すには材料不足なのだろうか。それでも黒島の証言が裁判官の関根に対する心証を大きく変える可能性はある。

黒島が出頭した同時刻、顕真は文屋から紹介された弁護士事務所を訪れていた。

虎ノ門二丁目の雑居ビルの四階、ドアに掲げられたプレートには〈江神(えがみ)法律事務所〉とある。予約を入れていたので、すぐに相手と面談できた。

「高輪顕真さんですね。お待ちしていました」

江神幸四郎(こうしろう)という弁護士は知的な風貌に負けん気の強さを漂わせる男だった。

「長く弁護士稼業をしていますが、僧職の方からのご相談は初めてです」

「どうしてでしょうか」

「さあ。おそらく宗教というのは六法全書以外の法律だからじゃないでしょうか」

応接用の椅子に誘われ、顕真は関根に下された判決と本人の人となり、自分が関根の教誨師になった経緯と黒島竜司の新証言を得た旨を順序立てて説明する。聞き終わった江神は感心したように鼻を鳴らした。

「それで彼の教誨師である顕真さんが再審請求に向けて奔走されている訳ですね。しかし教誨師という仕事は、そこまで死刑囚に入れ込まなくてはいけないのですか」

「関根は大学時代の友人でもあります」

「ただの教誨師と死刑囚の間柄だけではないということですね。なるほど」

江神がそれ以上に突っ込まなかったので安堵した。剱岳の一件は顕真と関根の個人的な記憶だ。誰彼構わず開陳するものではない。

「教誨師の皆さんが顕真さんのような方ばかりなら、死刑囚も幸せでしょうね」

果たしてそうだろうかと顕真は自問する。殺される運命の者の心を平安にする。大義は立派だが、生命の尊さや罪悪感を目覚めさせた上で殺すというのは、別の意味で残酷ではないのか。どうせ殺すのなら倫理も道徳も未熟なまま殺してやる方が慈悲なのではないか。

教誨を始めた頃には思いもしなかった考えが、回数を経るにつれ頭を擡げてきた。教誨の始めと終わりで心境を変化させる死刑囚を見ると、その考えは尚更募った。疑問をひた隠しにして教誨師の仕事を続けているのは、続けることで解答が得られるかもしれないという期待があるからだ。

「幸せかどうかは本人が決めることですから」

「弁護士も似たようなものです。我々の最大の目的は依頼人の利益を護ることですが、何が依頼人の利益になるのかは本人でなければ、時には本人ですら分からない場合があります。迷っていても仕方ないから、粛々と続けていますがね」

どんな世界でも達観した者はひと握りに過ぎず、その他大多数は惑いながら日々を生きている。江神もそうした一人だと思うと、親近感が湧いた。

「さて、概要は理解できました。課題は二つ。一つは、果たして黒島の新証言で関根死刑囚の再審請求が認められるかどうか、ですね」

「江神先生の心証ではどうでしょうか」

「お話を伺う限り共犯、中でも共同正犯という解釈が可能でしょう。この場合、黒島と関根の間にお互いの意思の疎通と共同実行の事実が存在するか否かが問われますが、いずれにしても両者から詳細な供述を引き出すことが必要になります。ただし二人の間に共同正犯が認められたとしても、それで関根死刑囚の減刑を勝ち取れるかどうかは別問題です。関根死刑囚が被害者二人の命を奪った事実には変わりありませんからね」

「そうですか」

落胆した。

依頼人の利益を護ることが最大の目的と明言する江神が言うのだから嘘ではないだろう。減刑が望めないのなら再審請求する甲斐がないではないか。

「わたしは別問題と断りを入れただけです。関根死刑囚と黒島竜司は親子関係なんですよね」

「ええ、おそらく。ＤＮＡ鑑定で証明された訳ではありませんが」

「証明がなくても本人同士に共通の認識があれば構いません。それなら関根死刑囚が息子の罪を被ったという観点で事実認定が変わるかもしれません。また、黒島が証言したことによって関根死刑囚の意思に変化が現れる可能性もあります。悲観的な材料ばかりではありませんよ」

「もう一つの課題とは何ですか」

「そもそも関根死刑囚本人が再審請求を望んでいるかどうかです」

顕真は返事に窮する。現時点では関根が再審請求を希望していると断言できない。今までの態度を見ている限り、進んで絞首台に赴くように思えて仕方がないのだ。

「本人以外なら検察官や法定代理人であれば再審請求が可能です。しかしわたしは受刑者本人が請求するのが一番妥当だと考えます」

「死刑囚なので、本人と交信する機会は限られています」

「つまり、まだ本人はその気ではないということですね。顕真さんの目から見て、関根死刑囚には自殺願望でもあるんですか」

「自殺願望というよりは自己犠牲の精神が顕著です。目の前にクルマに轢かれそうな子供がいれば、我が身を顧みずに飛び出すような男ですよ」

すると江神は訝しげな目でこちらを見た。

「何か気を悪くするようなことを言いましたか」

「先ほど関根死刑囚は大学時代の友人と言われましたね。蒸し返すようですが、ただの友人というだけではなさそうだ。本人のキャラクターに関することなら是非お聞きしたい。ひょっとすると保身と前例主義に凝り固まっている裁判官を動揺させるくらいの材料になるかもしれません」

返事を迫られ、顕真は束の間逡巡する。しかしわずかでも再審に有利に働くのであれば、包み隠している場合ではない。やがて二人が山岳サークルで知り合い、雪の劔岳で関根に命を救われた顛末を打ち明けた。

話を聞き終えた江神は目を輝かせていた。

「何故、その話を最初にしてくれなかったんですか」

声までが一段高くなっている。

「そういう話を聞くと、弁護士としては俄然腕捲りせざるを得ない。依頼人の人格で仕事を選んではいませんが、知られざる英雄を救えるのならこれほど弁護士冥利に尽きることはない」

「ありがとうございます。それで、お支払いの件なのですが」

つい先頃、成功報酬一千万円などという話を聞いたばかりだ。恐る恐る確認してみると、江神の提示額は呆れるほどのものだった。

「着手金は十万円、報酬は再審請求が認められた場合に改めて相談、後は交通費等の実費です。ああ、あくまで報酬は関根死刑囚と依頼人である顕真さんが支払い可能な範囲で構いません。通常は年収の四分の一といったところです」

それなら借金するまでもない。関根にしても逮捕された時点で幾許かの貯えがあったはずだ。

「この提示額では支障がありますか」

「いえ、逆にずいぶん敷居が低くて助かります」

「皆さんが弁護士に依頼する際に尻込みをしてしまうのには、費用が高額という先入観があるのは否めません。もっと弁護士会が広報活動に勤しんでくれればいいのですが、生憎そういう才に長けた人材は多くないようです」

「坊主も同じですよ。多くの同業者を知っていますが、宣伝の才に恵まれた者はあまりいません」

江神は柔和に笑ってみせた。

「弁護士や宗教家は聖職者と言われることが少なくない。名誉というか有難迷惑というか、知らない間に職業的な虚像を作られてしまう。とかくこの世はままなりませんね」

「全くです。未だに坊主というのは肉食妻帯がご法度と思い込んでいる方が多くて」

「人の先入観というのはそういうものです。死刑囚に対する視線も同じことが言えるでしょう」

不意に江神の目に哀しみの色が浮かぶ。

「刑事事件で無罪判決を勝ち取ったことがあります。被告人からも支援者からも感謝されます。しかし、それで被告人が完全に悪夢から解放される訳ではありません。有罪率99・9パーセントのこの国ではいったん刑事被告人になってしまうと、人の見る目は固定化してしまいます。折角再審して無罪判決を得ても、後ろ指をさす者は後を絶ちません。わたしの依頼人の一人は出所できても尚、先入観と偏見に阻（はば）まれて満足な社会生活を送れていません」

そういうことはあるのだろうと思う。教誨に携わっていても、いや、携わっているからこそ人の偏見や悪意が如実（にょじつ）に浮かび上がる時がある。

「そういうことなら心配する必要はありません」

依頼した身とすれば、これは断言しておかなくてはいけない。

「関根は先入観にも偏見にも折れる男ではありません。先生は再審請求の可否にだけ集中していただければ結構です」

「では契約成立です。一緒に闘いましょう」

差し出された手を、顕真は両手で握り締めた。

翌十八日、顕真は東京拘置所に赴いた。出迎えた田所は迷惑そうな顔を隠そうともしなかった。

「困りますよ、顕真さん。教誨は月イチと決まって」

「まことに申し訳ありません」

田所が文句を言い終わらぬうちに、顕真は深々と頭を下げる。坊主の頭は存外に価値があるものらしく、相手が抗議する前に下げてしまえば大抵の相手は出鼻を挫かれる。ついでに言えば田所の侠気も織り込み済みだ。関根の事件に関わるようになってから身に着いた世知でおよそ聖職者には相応しくないが、人一人の命を救うためなら威厳や見栄など何ほどのことがあるものか。

「……失礼ですが、顕真さんはすっかり性悪になられましたね」

「重ね重ね申し訳ありません」

「教誨師の都合で次回面会日を前倒しにしたという体裁にしておきました。わたしだってあまり裁量権を持たされている訳じゃありません。お願いですから無茶な注文はこれっきりにしてください」

「ご厚意痛み入ります」

教誨室で待っていると、ほどなくして関根が現れた。

「どうしました、顕真先生。六日にお会いしたばかりじゃありませんか」

「日にちまでよく憶えていますね」

「死刑囚には一日一日が貴重なんですよ」

「本日の教誨は魂を救うものではありません。あなたの命そのものを救うものです」

勢い込んでみたが、当の関根は興味薄といった体だ。だが次のひと言でわずかに反応を見せた。

「あなたの再審請求を計画しています」

「論理性に乏しいのは学生時代から変わりませんね。物的証拠もあり、本人が犯行を認めている事件で、何が再審ですか」

「あなたは衝動的に人を救うことがあっても、断じて人を殺す人間ではない」

「前回もそんなやり取りでしたね。いい加減にしてください。実のない無駄話でわたしの貴重な時間を浪費させないでほしい」

「昨日、黒島竜司に会いました。そして彼の知っていること全てを訊き出しました」

関根の表情が固くなった。黒島と酷似した仕草だった。

「黒島竜司はあなたの息子だ。事件当日、菅谷公園で兎丸雅司と塚原美園の二人を刺したのは彼です。あなたはその後に現場に現れてナイフに指紋を残した。もちろん黒島の犯行を己のそれに偽装するためです」

「何の証拠があって」

「凶器となった登山ナイフの形状を憶えていますか」

「自分の持ち物だから当然ですが」

「では、どこの店で購入したかも言えますよね」

返事に詰まる。畳み掛けるのなら今だ。

「あのナイフはあなたの趣味じゃない。最初に捜査資料の写真を見た時から妙だと思っていた」

「捜査資料。あなたはそんなものまで漁ったのか」

「当たり前でしょう。命の恩人を助けるためならゴミだろうが何だろうが漁ります」

「徳の高い人の台詞とは思えません」

「徳の話が出たから言わせてもらいます。何故あなたは黒島美和子を捨てたのですか。もし彼女を捨てずにいればあなたの人生も、そして黒島竜司の人生も今とは違ったものになったはずだ。あなたたち父子がカップル殺しに関わることもなかったはずだ」

およそ教誨師が語りかける言葉でないのは承知している。しかしこの期に及んで教義を振りかざしても、関根の芯を撃ち抜くことができないのも分かっている。

果たして乱暴に責めた甲斐があった。

「i f（イフ）の話は無意味だと学生の時分に散々言ったはずだ」

関根の言葉遣いが変わるのは自制心が崩れた時だ。殻の一部が破れた今が説得する絶好の機会だった。

「根拠のない仮定じゃない。彼の仕事先での評判も聞いた。運送会社のベテラン社員で勤務態度は真面目（まじめ）、後輩のいい手本になっている。本人に会った印象もよかった。斜に構えたような物言いは、ただの照れ隠しだ。血は争えないな。学生時分のお前とそっくりだった」

「本当に、自分が刺したと告白したのか」

「当時事件を担当した川崎署の刑事を目の前に、全部打ち明けてくれた。昨日から正式な取り調べをしている」

言葉より先に片手が肩に伸びてきた。

「余計なことをしてくれたな」

「実力行使か。騒ぎを聞きつけて刑務官がやって来るぞ」

「馬鹿げた話を止（や）めにできるのなら、いくらでも騒いでやる」

「どうして黒島竜司が全てを打ち明けたのか、考えてみたか」

「どうせ川崎署の刑事が恫喝紛（まが）いの尋問でもしたんだろ」

「違う」

お前の死刑が近々執行されると話した――喉(のど)まで出かかった言葉をすんでのところで呑み込んだ。返事に窮しても本人に告げることではない。

「これでも僧侶の端くれだ。彼の正義感と罪悪感に訴えたまでだ」

ふん、と鼻を鳴らして関根は手を放した。やはり本気で殴るつもりはなかったらしい。

「自分が罪に問われるのも顧みず、父親のために出頭した。そんなところも父親譲りだと思った」

「父親父親とうるさい。俺にはあいつの父親と名乗る資格なんてない」

「だから最後の最後に息子を庇(かば)おうとしたのか。それとも母親と同じ境遇に身を置いて殉じようとしたのか」

関根は拗ねたように顔を背ける。こんな仕草も黒島とそっくりに見えた。

「お前が棄てなければ黒島美和子も獄中で死ぬことはなかった。そうは思わないか」

「責め立てれば吐くとでも考えたか」

「無理に訊き出そうとは思わない。だが胸に詰まったものを吐き出すと楽になる。教誨師の仕事の半分は教え諭すことだが、あとの半分は相手の胸から澱(おり)を取り除くことだ」

「クソみたいな話でもか」

「クソみたいな話だから澱になるんだ」

普段は使わない物言いだった。ここまでくれば袈裟を脱ぎ捨て、一人の友人として対峙（たいじ）するべきだった。

「少しでもお前を楽にしてやりたいんだ。頼む」

すっかり下げ慣れた頭をまた下げる。今まで色んな相手に平身低頭したが、関根にするのは初めてだったのに気がついた。

暫（しば）しの沈黙の後、チクショウと声が洩れた。

「最後は頭を下げれば済むと思っていやがる。そういう軽率さが嫌いだと何遍も言ったのに」

「相変わらずはお互い様だ」

「父親の資格がないっていうのはそのままの意味だ。美和子を棄てたというのも本当だ」

「何か特別な事情があったんだろう」

「ありきたりの事情しかなかった」

関根は過去を語り始めた。

〈ツクバ〉に勤めていた関根は中堅社員になった頃、接待用に市内のスナックを使い始めた。愛想のいいホステスと明朗会計で上司に評判のいい店だった。

その店に黒島美和子がいた。若く、屈託のない笑い方をする美和子と関根が男女の関係になるには時間を要しなかった。

「ある日、美和子から打ち明けられた。妊娠したって。そこで手を放すべきじゃなかった」

それは前回、顕真に向けて放たれた言葉のはずだった。だが本当は、関根が己自身を責める言葉だったのかもしれない。

「ちょうど役員の娘との縁談が進行中だった」

「まさか」

「クソみたいな話だと言ったはずだ。打ち明けられた瞬間、出世と美和子を天秤にかけて出世を選んだ。口から出たのはな、『誰の子供か分かりゃしない』だった。あいつは顔を真っ青にして店を飛び出していった。それきり店にも俺の前にも戻らなかった」

「それで放ったらかしにしたのか」

「その夜のうちに後悔したさ。魔が差したとしか思えなかった。電話を掛けても出てくれない。素早いものさ。アパートは引き払った後、店に問い合わせてもプライバシーは教えられないの一点張り。自分でも思いつく限りの場所を手当たり次第探してみたけど、空振りばかりだった。そうこうするうちに浜松の本社から転勤させられて、ますます縁遠くなった」

「役員の娘はどうしたんだ」

「おめおめと嫁にもらう気にはなれなかった。丁重に断ったさ。いつかは美和子と会えると信じていたからな」

「その口ぶりでは会えなかったんだな」

「転勤する直前、一度だけ便りがあった。封筒にな、写真が一枚だけ入っていた。美和子が五歳くらいの男の子と手を繋いでいる写真だった。すぐに俺の子供だと分かった」

「子供に会ってくれというメッセージじゃなかったのか」

「差出人の住所は書いてなかった。消印は栃木。それ以外のことは何もかも不明。会ってくれというのなら、住所くらいは書くさ。一度だけ、一度だけ子供の顔を見せたかっただけだと思う。あれはそういう女だった。美和子の消息を知ったのは、新聞の囲み記事で栃木の女子刑務所で病死した受刑者の名前を見た時だ。やっと手掛かりを摑んだと思ったら死亡記事だぞ。どこまで間が悪いんだか」

「だが黒島竜司の居所は分かった」

「すぐじゃない。刑務所に問い合わせても第三者には遺族の連絡先は教えられないときた。興信所を頼っても何度も居所を変えるからイタチごっこだ。多摩の住所を知ったのは例の事件の一週間前だったから、これも間が悪かったな」

「それで彼を尾行したのか。そんな真似をしなくても正々堂々と会えばよかったじゃないか」

「母親を棄てて何年も音沙汰がなかった男だぞ。今更どの面下げて会えっていうんだ。それにあいつが女性を尾行しているのが分かったから、余計に声を掛けられなかった。

そこから先はお前の想像した通りだ」

「お前が見つけた時、二人はまだ生きていたのか」

関根は口を噤む。この沈黙は肯定ではなかった。

「もう死んでいたんだな」

「知らん」

俄に目の前が開かれた思いだった。

関根は確かに二人を刺したが、それは死体損壊に過ぎない。死体損壊では死刑にはならない。

「まだ司法解剖や現場検証の資料は残っている。再捜査する価値はある。再審請求しよう」

「断る」

「まだそんなことを言ってるのか」

「お前の言うことは時々正鵠を射る。美和子を棄てさえしなければ美和子も竜司も、それからあの気の毒なカップルも人生を奪われることがなかった。全部俺の責任だ。今更どうしようもない。死刑判決に従うくらいしか償いようがない」

「馬鹿な」

「賢く選択しようとして最悪のカードを引いた。せめて最後は馬鹿な選択をさせろ」

それだけ言うと短く嘆息した。

「厚意には感謝する。じゃあな、顕真先生」

「待て」

関根は勝手に教誨室のドアを開けた。

「二四一二号、教誨を終わりました」

部屋の前で待機していた田所に連れられ、関根はその場を立ち去っていく。

頑(かたく)なな背中に掛ける言葉が見つからなかった。

かくなる上は、もう一度面会の機会を作るしかない。それも江神同席の上でだ。

刑務官棟で待っていると、やがて田所が姿を現した。顕真を認めた目がやけに弱々しかった。

「田所さん。図々しいとお思いでしょうが、お願いが」

「顕真先生のお願いは察しがついています。しかし、それは無駄ですよ」

言葉も疲れていた。

「どういう意味ですか」

「教誨の途中に通達がありました。本日午前九時、法務大臣は関根要一など六名の執行命令書にサインしました。関根の刑の執行は二十三日までに行われます」

ふっと視界が狭くなったような気がした。

3

一瞬、眩暈(めまい)を覚えてふらついたが何とか倒れずに済んだ。

「大丈夫ですか、顕真先生」

駆け寄った田所を片手で制し、顕真は姿勢を立て直す。事前に予告はあったものの、いざタイムリミットを告げられるとこれほどの衝撃を受ける。つくづく自分の精神は脆弱なのだと思い知らされる。

「確かな情報ですか」

「そのテの通達は拘置所内でも限られた人間にしか知らされません。もちろん教誨師の先生にもです。ただ、死刑執行直後に房内の片付けがある関係で、刑務官の異動が行われるんです。それで凡そのことは分かります」

田所はひときわ声を低くした。

「でも、どうしてわたしに教えてくれるのですか」

「関根を諦めてもらうためです」

「何を言い出すのですか」

「死刑囚と教誨師の関係だけならともかく、あなたたちは友人同士。はっきり言えば顕真先生は関根に肩入れし過ぎだ」

肩入れしていないと言えば嘘になる。だが、関根に肩入れをせず、誰に肩入れするというのだろう。

「あなたが関根の無実を信じて東奔西走しているのは知っています。休日も潰して既に結審した事件を掘り返そうとしている。しかし顕真先生、もう関根には執行命令が下されました。もう無理なんですよ」

田所は顕真の肩に手を置く。どこか遠慮がちな感触は顕真への気兼ねが残っているからか。

「これ以上は、頑張れば頑張るほど関根が執行された際の落胆が深くなる。わたしはあなたが辛い顔をするのを見たくありません。だから敢えて教えたんです」

そういう理由か。

田所なりに気遣ってくれていたのだと思うと、自分の不明が恥ずかしい。田所に詫びたいとも思う。

だが、今は執行命令の件で頭がいっぱいだった。

「ご厚意は感謝します」

「ご承知でしょうけど、この件は口外無用です。特に関根本人には」

「もちろんです。ああ、トイレをお借りしますよ」

まだ何か言いたげな田所を残し、顕真はその場を立ち去る。本当に手洗いが近いのではなく、ひと気のないところで文屋に連絡するためだった。

刑務官の目の届かないコーナーに身を潜め、スマートフォンで文屋を呼び出す。コールを二回待つまでもなかった。電話に出た文屋は関根の死刑執行命令を聞くと声を上擦らせた。

『二十三日まで、ですか。覚悟はしていたつもりですが、いざ到来するとなると心穏やかではいられませんね』

「どうしたらいいんでしょうか」

我ながら情けない声が出た。仏門に入ってから縋るのは仏だけだと思ってきたが、自分はこの期に及んで様々な人間に縋っている。人を導かなければならない職にある者が、逆に導かれている。

「もう指を咥えて見ていることしかできないのでしょうか。わたしは、わたしは」

『落ち着いてください、顕真さん。ここであなたが焦ってしまったら、本当に何もできなくなってしまう』

文屋の励ましが辛うじて自制心を支えてくれた。次第に恐慌が収まり、顕真は呼吸を整える。

『落ち着きましたか』

「何とか」

『では聞いてください。顕真さんにお願いしたいことがあります。関根と話せますか』

「先ほど教誨を終えたばかりです。次に話せるのは執行直前しかありません」

『今すぐ回れ右してください。今、どうしても関根に確認したいことがあるんです』

「でも、既に関根は房に戻っていますよ」

『今しか聞けないのです』

文屋はこちらの都合など歯牙にもかけない調子で質問内容を告げる。強引だと思ったが、顕真はその中身を脳裏に叩き込む。

『必ず聴取してください』

「しかし、どうしてこの質問なんですか」

『顕真さんが再審請求を考え始めた頃、わたしだって事件を一から見直そうと考えました。不思議なものです。当時は当たり前のように見過ごしてしまった点に、今になって違和感を持つようになる』

電話を切ってから、顕真は刑務官室へと取って返す。運よく、その途中で田所を捕まえることができた。

「どうしたんですか、そんなに息せき切って」

教誨師が慌てふためく様が珍しいのか、田所は警戒心を解いているようだった。

「申し訳ありません。もう一度関根に会わせてください」

「え。それはいけませんよ。今回の教誨はさっきで終了して」

「関根に経典を渡しているのですが、今日中に寺に戻さなければならないものでした」

真っ赤な嘘だったが、一番もっともらしい理由を捻り出したつもりだ。

「しかし」

「ご想像がつくと思いますが、経典は寺の財産です」

寺の財産とまで言われれば刑務官も無下にはできないだろうという計算があった。

果たして田所は不承不承の体で頷いた。

「了解しましたので、すぐ済ませてください。それから執行の件は絶対口にしないように。全く、あなたほど規則破りのお坊さんはいらっしゃいませんよ」

小言を加えたのはせめてもの嫌みなのだろうが、小言程度で済ませてくれるのが田所らしい。場合が場合なので、顕真はその優しさにつけ込むしかない。

田所に付き添われ、関根の独居房へ向かう。独居房を訪れるのは久しぶりだが、三畳そこその空間の中に正座する関根を思い浮かべると自然に足が早くなった。

「二四一二号。顕真先生が忘れ物をされた。開けるぞ」

ドアを開けると、案の定関根は不思議そうな顔をしていた。

「ドアは閉めてください」

顕真の言葉に、田所は早速難色を示す。

「経典を返してもらうだけじゃないんですか」

「お察しください」

よほど切羽詰まった顔をしているのだろう。田所は顕真の拝む様を見ると、これも不承不承の体で黙認してくれた。死刑執行の件さえ口外しなければ、後は大目に見るという素振りだった。

「手短に」

ドアが閉まると、関根は怪訝（けげん）そうな顔を向けてきた。

「忘れ物というのは何のことですか」

「訊くべきことがあったのに失念していました」

「もう教義についての解釈は多くを話したと思っているのですが」

「教誨に関することではありません。事件についてです。あなたは塚原美園と兎丸雅司を本当は何度刺したのですか」

「いきなり何を言い出すかと思えば」

関根はひどく戸惑っているようだった。今なら壁を突き崩せるかもしれない。

「黒島竜司が二人を刺した後で、あなたが更に傷を増やした。それは黒島の供述で明らかです。じゃあ、あなたは正確にどれだけの刺傷を増やしたのか、刺した数と位置を教えてください」

「それがあなたに関係あるんですか」

関根は困惑顔を崩そうとしない。

「教誨師なら相手の罪の深さを知るのが当然でしょう。本人が抱えている罪業はもちろん、実際に犯した所業も含めての懺悔なのですから」

「今更、同じことを何度も」

「これが最後です」

こちらの焦燥が伝わったのか、態度を豹変させた顕真に関根はひどく戸惑っている。優位に立った今こそ関根の心に攻め入る時だった。

丁寧さをかなぐり捨て、逃げられないように関根の両肩を鷲摑みにする。顕真が普段は見せない荒々しさにぎょっとしているようだ。

「あなたがつけた刺傷なら正確に答えられるはずだ。さあ、答えてください。早く」

有無を言わせぬ口調に気圧されたのか、関根は思わずといった体で口を開く。

「……男の方を二回」

「場所を指して」

関根の指が戸惑うように胸の辺りを行き来する。自信なげに指したのは心臓の中心辺りだった。

「生憎ですが、そんな場所に傷痕はありませんでしたよ」

指摘されて関根の唇が歪む。

「ひょっとしたら、兎丸はもうこと切れていたのではありませんか」

「息はしていなかった。しかしわたしの手でとどめを刺す必要がありました」

「塚原美園の方は。早く答えて。彼女のどこを刺したんですか」

矢継ぎ早の質問に関根は即座に反応できない。指を宙に彷徨わせたまま、どこを示そうかと迷っている。

「やっぱり彼女も刺してはいないんですね。あなたが見つけた時、もう息をしていなかったんですね」

黙した関根に更に追い打ちをかける。

「嘘は許しません」

顕真が睨んでいると、やがて絞り出すような声が返ってきた。

「二人とも若かった。何も悪いことはしていない。それ以上、余分な傷をつけても不憫なだけだ」

二人を傷つけなかったと暗黙のうちに認めた瞬間だった。

これで分かった。

関根が発見した時、二人は既に死んでいた。敢えて関根がとどめを刺す必要はなかったのだ。

「ナイフにあなたの指紋しか残っていなかったのは、現場で拾った後で柄を拭いたからですね」

「わたし以外の指紋がついているはずがない」

「失礼しました」

顕真は相手の肩から手を放す。

「つい逸ってしまいました。僧職にはあるまじき立ち居振る舞いでした」

「僧職にあるまじき立ち居振る舞いに、どんな意義があったんですか」

それには答えず、顕真は関根を正面から見据える。

「今まであなたの意思を尊重し過ぎていたのかもしれません。死刑囚として運命が定まっているのだからと、どこかで遠慮をしていた。しかし、もう遠慮しません」

「教誨師の言葉とは思えませんね」

「無辜(むこ)の人間一人救えない者が、教誨師を名乗るなどおこがましい」

「わたしは無辜の人間ではありませんよ。確実に二人の人間を不幸に追いやっている」

「それは牢獄(ろうごく)で償う罪ではありません」

関根が口を開きかけた時、ドアの向こう側から田所が声を掛けてきた。

「顕真先生。もうそろそろ」

これ以上は看過できないという口調だった。顕真は関根に軽く一礼してから独居房を出る。

「はて。経典をお持ちではありませんね」

「大変、失礼しました。彼に渡していたというのはわたしの勘違いでした」

そうですか、と田所はとぼけた声で応える。独居房に入った顕真に他意があったのを、すっかり見越しているのだ。

「今後はご注意ください」

今後という言葉が空(うつ)ろに響く。長くともあと五日に迫った期限内でしか、関根に

「今後」は有り得ないからだ。

田所から離れた顕真は、関根の返事を伝えるべく再びひと気のない場所で、文屋の携帯電話を呼び出す。

『お疲れさまでした』

報告を聞いた文屋はわずかに声を弾ませていた。

『お蔭で光明が見えてきました』

ここしばらく文屋と行動をともにしてきた顕真には、光明の意味がうっすらと分かる。顕真とて間抜けではない。関根に問い質した内容の真意には、とっくに気づいていた。

『刺した回数が重要なのはお分かりですよね』

「薄々とは」

『黒島竜司は塚原美園も兎丸雅司もそれぞれ一度ずつ刺したと自供しています。そして質問への返答を考慮する限り、二人を発見した関根はそれ以上刺傷を増やすことなく凶器に使用されたナイフを持ち帰るに留めた。しかし実際には塚原美園は二度、兎丸雅司に至っては三度も刺されている。言い方を変えれば、黒島竜司と関根以外の何者かが犯行に関与していた可能性があります』

文屋の示した仮定は顕真を興奮させるに充分だった。

黒島竜司が面会に訪れた際、関根は刺してもいないとどめを刺したと告げた。関根は黒島が二人を一度ずつしか刺していないことを知らず、黒島本人の罪悪感を払拭するために嘘を吐いたのだ。そして黒島は関根の言葉を信じ、自分には償う必要がないのだと思い込む。つまりは関根の思い込みが錯誤を生んだかたちになった。これが立証できれば、殺人事件にはもう一人の犯人が存在し、逆に関根は殺人どころか死体損壊すらしていないことになる。

しかし興奮の直後に焦燥が蘇った。今更、仮に関根が証言を翻したところで執行怖さに虚偽を申し立てていると思われるのがオチだ。到底、再審請求が認められるはずがない。認めさせるには真犯人の特定なり自供が最低条件であることくらいは顕真にも分かる。残された期限は五日以下。その間に真犯人を探すなど、およそ不可能ではないのか。

『残された時間は確かに短いですが、顕真さんは時間的な理由で諦めるおつもりですか』

とんでもない、と顕真は言下に答える。

「他に、わたしができることなら何でも」

『捜査はわたしがします。顕真さんには引き続き再審請求の準備をお願いしたいですね。関根から聞いた話を江神先生に伝えてもらえませんか。弁護方針を一八〇度変える必要があるでしょうから』

自分も捜査に参加させてほしい――喉元まで出かかった言葉を呑み込む。これまで文屋が自分に付き合ってくれたのは時間的な余裕があったからだ。残り何日と期限が設けられたからには、自分のような素人が関わっていいことなど一つもない。

「承知しました。今から江神先生の事務所にいってきます」

一瞬、導願寺の日常業務が頭を過ったものの、すぐ関根の顔に掻き消された。

拘置所から虎ノ門二丁目の江神法律事務所へとクルマを走らせる。幸い江神が事務所にいたので、アポイントなしに話を聞いてもらえた。

「何と。そんな経緯がありましたか」

関根との問答を聞いた江神も静かに興奮している様子だった。

「関根死刑囚の証言が真実なら、彼は完全に無罪ですよ。いったい彼が拘置所で過ごした五年間に、どんな意味があったのか」

江神は遣る瀬無いように首を横に振る。

「しかし、それにしても時間がなさ過ぎる。執行命令にサインされてから五日以内。その間に関根死刑囚が無罪である証拠を集め、再審請求の準備をする。綱渡りもいいところですよ」

「ご迷惑でしょうが」

　言いかけた顕真は片手で制された。

「まだ受任もしていないうちから迷惑も何もありません」

　そう言いながら、江神は背後のキャビネットから紙片を取り出した。

「お話を聞く限りでは、もう関根死刑囚に面会する機会はなさそうですね」

「残念ながら」

「しかし、まだ通信手段は有効なはずです」

　目の前に差し出された紙片はそれぞれ〈委任契約書〉、〈弁護人選任届〉の表題がついている。

「とりあえずこの二枚さえあれば、わたしは闘えます。郵送では間に合いません。趣意書も書き添えておきますので、関根死刑囚に署名させてください」

「承知しました」

　何故もっと早く関根に再審請求をさせなかったのかと責められている気がした。関根と黒島がそれぞれに思い違いをしていたことや関根の贖罪意識の強さが阻んでいたことが一応の理由だが、それでも顕真には後悔がある。とにかく何をするにしても時間がない。事態は切迫し、息をする暇さえ惜しい。

「その、文屋という刑事さんですが、一両日中に証拠を持ってきてくれそうですか」

「信頼の置ける刑事さんです」

「信頼が置けるとか置けないとかの段階でないのは、お分かりですよね。この際、期限は五日などと考えない方がいい。執行は明日にも迫っています。全てが分刻みです」

穏やかだった江神の目が不意に険しくなった。

「贖罪のために自らを死刑台に向かわせようとする人間がいる。顕真さんのような宗教家はどう受け止めるか知りませんが、法曹の世界に身を置くわたしには到底看過できるものではない。犠牲的精神などクソ食らえです。冤罪を容認し、社会正義を蔑ろにする愚かな行為です」

「愚か、なのでしょうか」

「崇高だと思っているのは本人だけなんですよ。自己犠牲を徒に美化し、死ぬことを賛美するなど愚の骨頂です。ええ、わたしは全く好きになれません。死んで償えるものより生きて償えるものの方が大きいはずです」

言葉が胸に突き刺さった。

「わたしは特に死刑廃止論者ではありませんが、こういう事例を見聞きする度に死刑制度の存置について思いを新たにします。簡単には結論の出ない問題なのですがね」

「それは坊主も同じですよ」

事務所を出た顕真は拘置所に取って返し、田所に委任契約書と弁護人選任届を手渡した。

「顕真先生には申し訳ありませんが、遅きに失した感は否めませんな」

田所は書面の入った封筒を受け取ると、目を伏せて言った。せめて憎まれ口を叩く時くらい本人の顔を見ればいいのに、それすらできないのが田所らしかった。

「返す言葉もありません。本当はもっと迅速な対応をしなければいけなかったのですが」

「教誨師の仕事じゃありませんよ。それにわたしが報告せずとも、顕真先生が関根の再審請求に動いているのは上にも伝わっています」

「田所さんにも色々とご迷惑を」

「わたしのことなんて、どうでもいい」

田所はむっとした。

「あなたの立場が心配なんです。拘置所からクレームなんか入った日にゃ、顕真さんにも何らかのお咎めがあるでしょうに」

「破戒坊主にお咎めがあるのは当然です」

文屋とともに素人探偵の真似事を始めた頃から、自分が破戒しているのは自覚している。それこそ今更の感があった。

そろそろ夕闇が迫る頃寺に戻ると、早速お咎めが待っていた。出迎えに出た夕実によれば、戻り次第住職の執務室に来るよう言付かっているという。

本堂に向かい、執務室の前に立つ。流れから厳重注意を受けるのはほぼ確定的なので、覚悟を決めて引手に手を掛ける。

「顕真、只今戻りました」

「どうぞ」

障子を開けると、いつぞやのように良然の大きな背中がこちらを向いていた。

読経を中断して向き直った顔は、穏やかな中にも説諭の色が差している。

「今日のお勤めはどうしましたか。九条さんの法事もすっぽかしてしまったようですが」

「申し訳ございません」

「急遽、常信さんに代理をお願いして事なきを得ましたが、法事以上に大事な用件があったのですか」

「それは、その」

「例の関根某という死刑囚の件で飛び回っているのは知っています。先に、厚情なのは結構だが宗教家には冷徹さが必要だと申し上げたはずですよ」

「忘れてはおりません。唯々わたしが粗忽なだけです」

「本日、教誨師会を介して東京拘置所から苦情がきました。あなたが教誨師本来の仕事から大きく逸脱しており、所内の秩序を乱している、と」

意外さはなく、むしろようやく来たかという感が強かった。それでも良然に対する罪悪感はいささかも減じることがない。顕真は良然にずっと平身低頭を続ける。

「重ね重ね申し訳ございません」

「頭を下げる相手を間違えていますよ。あなたが詫びねばならないのは、わたしにではなく教誨師という務めに対してでしょう」

指摘される内容がいちいち刺さる。寺の体面や良然の面目について責められない分、尚更刺さる。

「滅多にあることではないので教誨師会も対応に戸惑っているように見受けられます。おそらく近いうちに説明を求めてくるでしょう」

良然は命令形でものを言うことが少ない。大意は「首を洗って待っていろ」だろうか。

「肝に銘じておきます」

「申し上げることは以上です」

顕真は低頭したまま執務室を出る。気がつけば腋の下から嫌な汗が流れている。いっそのこと怒鳴り散らしてくれた方がまだ気楽と思えた。

まだ夜の勤めが残っている。せめて今日最後の読経だけはきっちり済ませておきたい。そう念じて本堂を抜けた時、廊下の向こう側から夕実が走ってきた。

「顕真さんにお電話です。東京拘置所の田所っていう方から」

委任契約書を関根に渡した報告だろうか。だがその程度の内容なら顕真の携帯電話に掛けてくるはずだ。わざわざ寺の電話に掛けてくる理由がない。不吉な予感を抱えたまま、顕真は寺務所に向かう。

『田所です。夜分にすみません』

いつもの口調なので、顕真はひとまず安心する。

「いえ、就寝にはまだ間がありますので。委任契約書の件ですか」

『一応、本人に渡しましたが、署名はしていないようです』

半ば予想していたことなので落胆もさほどではなかった。

『それより顕真先生。明日の午前中は時間ありますか』

「はい。特に予定は入っていません」

答えてからしまったと思った。明日はできる限り、常信の仕事を手伝おうと考えていたのだ。

『関根要一の執行が決まりました。明日午前九時です』

一瞬、頭の中が真っ白になった。

執行命令書に法務大臣が署名してから五日以内ではなかったのか。署名の翌日に執行するのもおかしくはないが、いくら何でも急だ。

『いつも通り、少し早めに来ていただければ有難いです』

「あの」

『顕真さんがされた努力、関根も感謝していると思います。それじゃあ』

話を長引かせないような畳み方だった。

ツーツーと音がする受話器を握り締めていた顕真は、ゆっくりと我に返った。

関根が、明日、殺される。

関根の身体が穴の中に吸い込まれ、ロープが嫌な音とともにぴんと張る光景が浮かんだ。

受話器を戻す時、微かに手が震えた。せめて取り乱すまいと自制したが、沸騰した感情に邪魔されて何も考えられない。咄嗟に思いついたのは文屋に知らせることだった。だが彼の携帯電話に掛けても空しく呼び出し音が続くばかりで、文屋は一向に出てくれない。

心は千々に乱れるが、不思議に身体は他人のもののように動いている。自室に戻り、座して経本を開く。奇しくも開いたのは重誓偈の一節だった。

経を読むのは坊主にとって日常に過ぎない。日常に逃げ込むことで崩壊しそうな自己を護ろうとしているのが自分で分かる。

だが重誓偈は絞首台の露と消えた堀田が縊られた際に読んだ経文だ。縁起が悪いとも思ったが、相手が死にゆく際と前とでは祈りの内容も違ってくる。これから読む重誓偈は関根の無事を願う祈りとして機能するはずだった。

鐘を二つ。経文は自動的に口から洩れてきた。

「我建超世願　必至無上道　斯願不満足　誓不成正覚　我於無量劫　不為大施主　普済諸貧苦　誓不成正覚　我至成仏道　名声超十方　究竟靡所聞　誓不成正覚　離欲深正念　浄慧修梵行　志求無上道　為諸天人師　神力演大光　普照無際土　消除三垢冥　広済衆厄難」

顕真は一心不乱に経を読む。そうでもしていなければ、虚空に向かって訳も分からず叫び出しかねなかった。

「開彼智慧眼　滅此昏盲闇　閉塞諸悪道　通達善趣門　功祚成満足　威耀朗十方　日月戢重暉　天光隠不現　為衆開法蔵　広施功徳宝　常於大衆中　説法師子吼　供養一切仏　具足衆徳本　願慧悉成満　得為三界雄　如仏無碍智　通達靡不照　願我功慧力　等此最勝尊　斯願若剋果　大千応感動　虚空諸天人　当雨珍妙華……」

4

結局昨夜は一睡もできず、顕真は十月十九日の朝を迎えた。だが寝不足にも拘わらず、神経は昂ったままでいる。

導願寺を一歩出た顕真は上空を見て呪いたくなった。このところ曇天続きだった空が、今日に限って雲一つない秋晴れときている。まるで天までが関根の死刑執行を粛々と受容しているようで腹立たしい。

遂に文屋と連絡が取れず終いだったのも心残りだった。文屋とて暇ではない。おそらく他の事件に駆り出されているのだろうが、選りに選ってこの肝心要の時に不在というのは土壇場でひどい裏切りに遭った気分だった。

拘置所まではバスと電車を乗り継いでいくことにした。導願寺のクルマを使うことも考えたが、今の精神状態では運転が心許ない。拘置所に到着する前に事故でも起こしたら目も当てられない。

到着したのは執行の一時間半前だった。手続きを考えると、今頃は関根に本日の執行が告げられ、最後の食事なり一服なりを摂っている頃だろう。執行の時刻は午前九時。遅くともその一時間前には刑務官たちに連れられて教誨室にやってくるはずだ。

顕真は一人で教誨室に向かい、彼らを迎える準備をする手筈だった。

内開きのドアを開ける。約5・0m×約3・8mの狭い室内は長テーブルと長椅子二脚、そして鎮座する仏壇で圧迫感を覚える。仏壇の線香に火を点けると香が部屋中に漂った。

落ち着け、と自分に言い聞かせる。ここで自分が慌てたら元も子もなくなる。

自らの興奮を収めるのと関根たちを迎えるために、顕真は讃仏偈を唱え始める。

「光顔巍巍　威神無極　如是焰明　無与等者　日月摩尼　珠光焰耀　皆悉隠蔽　猶若聚墨　如来容顔　超世無倫　正覚大音　響流十方　戒聞精進　三昧智慧　威徳無侶　殊勝希有　深諦善念　諸仏法海」

現金なもので、経を唱えていると雑念が霞のように掻き消えていく。経文が己の血肉になっているように思え、少しだけ誇らしげな気分になる。

「窮深尽奥　究其涯底　無明欲怒　世尊永無　人雄獅子　神徳無量　功勲広大　智慧深妙　光明威相　震動大千　願我作仏　斉聖法王　過度生死　靡不解脱　布施調意　戒忍精進　如是三昧　智慧為上　吾誓得仏　普行此願　一切恐懼　為作大安」

ようやく平常心を取り戻した時、ドアが開いて関根が姿を現した。

「やあ、顕真先生」

昨日顔を合わせたばかりだというのに、関根はひどく懐かしそうに顕真を見る。雑念を振り払ったような涼しい顔をしているが、それでも眉の辺りが細かく震えているのは緊張している証左だった。

関根を両側から挟んでいるのは田所ともう一人の刑務官だ。この期に及んで田所が現れたのも因縁というべきか。

「最後に顕真先生に見送られるとは。監獄生活の中で、これだけはオツな出来事でしたね」

「何か特別な食事を摂りましたか」

関根は静かに笑いながらゆるゆると首を振る。

「いつもと同じメニューの食事です。最後に食べるものだから、いつもと同じものの方がいい」

いかにも関根らしい考えだと思った。

「最後くらい豪勢なメニューにしてもよろしいのに」

「ずっと粗食でしたからね。いきなりそんなものを食べたら胃がびっくりしてしまう」

「顕真先生。それでは参りますので」

田所に導かれ、関根たちは廊下を渡って執行室前室に移る。抵抗しないと踏んでいるのか、田所たちは無理に引き立てるような真似はしない。廊下を歩いている最中、田所はこっそりと顕真の耳元で囁(ささや)いた。

「一気に六人の執行命令だったので、一人一人の執行が早まったのですよ」

前室に到着すると、既に高階所長が待機していた。

「関根要一だね」

高階所長は形式に従って、一枚の書面を関根の眼前に翳す。

「昨日、死刑執行指揮書が当拘置所に送達された。執行は午前九時。それまでの間、君の希望をある程度は聞いてやれる。遺書を書く時間もあるし、所内ではなかなか口に入らなかった果物や菓子も食べることができる」

関根は深く考える風もなく顕真に向き直る。

「顕真先生に最後の教誨をいただきたいと思います」

「許可する」

高階所長の許可を受けて、四人は再び教誨室に戻ってくる。

「着替えの時間もありますので執行の十分前には終えてください」

田所の口調には申し訳なさが聞き取れる。これまで冤罪晴らしに奔走してきた顕真への、せめてもの気遣いに相違なかった。

「承知しました。では十分前に」

田所ともう一人の刑務官は教誨室から退出する。ここより先の数十分は顕真に委ねられる。

顕真はドアを閉めるとノブのサムターンを回して施錠する。鍵穴は外側についているので鍵を持ってこられたらひとたまりもないが、時間稼ぎくらいにはなる。

次に長テーブルの端を摑み、持ち上げてみる。外見と異なり結構な重さだった。

「ぼけっと見ていないで手伝ってください」

呆気(あっけ)に取られていた関根を叱(しか)り、もう片方の端を摑ませる。

「ドアにぴったりくっつけてください」

「いったい何をするつもりなんですか」

「いいから、手伝って」

二人でようやく持ち上げた長テーブルをドアにつける。都合よくドアが内開きで助かった。これが外開きでは意味がない。

顕真は更に長椅子も移動させる。これも結構な重量があり、テーブルの上に重ねると立派なバリケードになった。

「何だかバリケードのように見えますが」

「のよう、ではなくてそのものですよ」

顕真は即席のバリケードの前に座り込み、自らもその一部になる。

「あなたも横に座ってください」

「こんなことをして何になるんですか。無駄な抵抗ですよ」

「無駄じゃありません。少なくともあなたを説得するくらいの時間稼ぎにはなる」

「悪足掻き(わるあが)だ」

「あなたが罪に問われる」

「何もしないよりはいい」

「少なくとも死刑にはされない」

押し問答を繰り返すうち、関根は諦めた様子で顕真の隣に座り込む。

「袈裟を着るようになっても、学生時分の無思慮はそのままですか」

「何とでも言ってください。あなたは大きな勘違いをしている。それを知らせないまま絞首台に送ったのでは、わたしは一生涯後悔の念に苛(さいな)まれる」

困惑気味の関根を半ば無視するようにして、顕真は黒島の証言内容を詳らかにする。

最初は気乗りしない様子だった関根も、黒島が被害者二人を一度ずつしか刺していない事実を聞くに及んで顔色を変えた。

「つまりあなたが二人の死体を発見する以前、何者かがとどめを刺したんですよ」

顕真から念を押されると、関根は天を仰いで長く息を吐いた。

「じゃあ、彼は二人を殺していなかったんだ。殺人ではなく傷害だったんだ」

「そうです。そして、あなたは全くの無実なんです」

「それは違う。彼と母親の人生を狂わせたわたしは、やっぱり罪びとなんですよ」

「だからといって、このまま絞首台に赴くつもりですか。馬鹿馬鹿しい」

「馬鹿馬鹿しいとは何だ」

さすがに関根は色をなした。

「自分が愛した女を獄中で死なせてしまった。その罪を他のどんな方法で贖(あがな)えるというんだ」

激した自分を恥じてか、関根は咳払(せきばら)い一つしてから顔を背ける。

「美和子の死んだ様子を知らされて俺……わたしがどんな気持ちになったか想像つきますか。本当にクソみたいな気分だった。自分が世界中で一番罪深い人間に思えた。目の前に青酸カリでも置いてあったら迷わず呷(あお)っていた」

「黒島竜司を自分の家に迎える選択はなかったんですか」

「もちろん考えた。だが自分の罪深さをおいそれと言い出すこともできない。彼も真っ当な生活を送っているようには見えなかった。時間の許す限り、彼の行動を見守っていた」

関根の気持ちは理解できた。母親にも子供にも後ろめたい意識があれば、父親の名乗りもできず陰ながら見守ることしかできないだろう。

「あの日もずっと後を追っていた。彼がカップルを尾行しているようだったから、万一のことがあれば止めに入るつもりだった。だが途中で見失い、公園から飛び出す彼を目撃した。まさかと思って公園の中に立ち入ったらカップルの死体が転がっていた。すぐに彼の仕業だと思った」

黒島とカップルを見失った時間。おそらくその間に第二の凶行が進行したのだろう。

「彼が人を殺すような人間に育ってしまった」

「だから安易に身代わりになろうなんて考えたのですか」

「……安易というのは言い過ぎでしょう」

「安易が言い過ぎなら、さっきの無思慮というのをそのまま返します。確かに美和子さんの獄死や、その後の黒島竜司の人生の悲惨さには胸が痛みます。しかし、だからといってあなたが全ての罪を被り死刑になったとして誰が救われ、誰が得をするんですか。確かに黒島竜司は傷害の罪を免れる。しかしそれで彼の精神が安息を得られますか」

関根は黙したまま答えない。だが顕真には答えられない理由も分かっている。弾き出されるのが正答であるのを認めるのが怖いのだ。

「悲惨な人生を送っても、彼の中にはまだ罪悪感も倫理観もしっかり生きている。だからこそ自首してきたんです。そんな人間が仮初めの安穏に長らく耐えられるはずがない。あなたが死刑になってしまえば、彼は取り返しのつかない過ちを一生後悔していくことになる。そっちの方がずっと残酷な仕打ちだと思いませんか。もう一つ、罪を被って絞首台に赴くのが贖罪だと思っているならそれも大間違いです。後に残る問題を放棄して死のうなどと考えるのは決して償いではありません。死ぬのはただの逃避です。生きて償う方が数段難しい」

「ずいぶんと厳しいことを言われる。でもね、顕真さん。死刑執行を受け容れる以外、わたしにどうしろというんですか。死刑以上に相応しい償い方があるんですか」

「一緒に考えればいい」

顕真は静かに言う。声高に叫ぶ必要はない。相手の胸に響けばいい。

「おめおめと醜態を晒し、人を不幸にしてしまった罪悪感を友にして生きていく。険しい道です。だから、一緒に考えましょう。教誨師というのは、そういう仕事です」

振り向いた関根の顔は迷子のように惑っているように見えた。

「顕真先生の気持ちは有難いですが、わたしは数十分後に死刑執行を控えた身ですよ。今更、生きて償う選択なんてできません」

「数十分を数時間、数時間を数日にすればいい」

「ずっと教誨室に立て籠もるつもりですか。何の見通しもないのに」

「無思慮なのは認めます。しかし見通しがなくても、あなたを絞首台に送ることはできない。時間を稼げれば、可能性がゼロでなくなる」

「しかし顕真先生の立場が悪くなる」

「どうせ大した立場にいる訳じゃありません。それより抵抗しないまま後悔したくない」

「……救い難いお人だ」

「だから仏門に入ったのですよ。さあ、もう納得したでしょう。先に渡した委任契約書と弁護人選任届はどうしましたか」

「独居房に置いたままです」

早く署名しろ――そう告げようとした時だった。

『顕真先生』

ドアの外から田所の声がした。

『時間です。内側から鍵が掛かっているようですが、開けてくれませんか』

「申し訳ありませんが、開ける訳にはまいりません」

『何ですって』

「関根は冤罪です。無辜の者を絞首台に送ることは僧侶としても人としてもできません」

『執行時刻になって、何を今更』

「後手に回ってしまったのは、わたしの不徳の致すところです。しかし後手でも出さない訳にはいきません」

どんどんと外からドアが叩かれる。その程度の示威で開けるはずもないのに、無駄な行為だと思った。

『公務執行妨害です。わたしたち刑務官でも顕真先生を逮捕できるんですよ』

「逮捕したければしてください。それが田所さんたちの任務なのでしょう」

『聞き分けのないことを言わんでください』

「まことに相済みません」

途端に物音が止んだ。だが決して突破を断念したはずがない。一人が鍵を取りにいっただけだろう。

『顕真先生。こんなことをしたら教誨師でいられなくなるどころか、あなた自身が刑事訴追されるんですよ』

「刑事訴追ですか。破戒坊主にはぴったりですね」

『……本気なんですね』

「わたしは、ふざけたことなど一度もありません」

外からの声が途切れた。ただしドアの向こう側には相変わらず人の気配がある。

「次は鍵を開けて突入されるでしょう。テーブルと椅子だけでは心許ないので、あなたも内側からドアを押さえてください」

「罪を重ねたところで死刑以上にはならないからわたしはいいんだが、あなたは本当にいいのか。刑事訴追されるような僧侶は破門されるんじゃないんですか」

「僧侶として相応しくない行為と罵られるのは、別に怖くありません」

続く言葉は敢えて口にしなかった。

僧侶に相応しくないと罵られるのは怖くない。人として報いるべきを報いなかったと罵られる方が応えるのだ。

ふう、と短く嘆息してから関根はドアに両手を突く。

「まさか、この段になってまであなたの無謀に付き合わされるとは想像もしていなかった」

「冬の剱岳でわたしと亜佐美を助けた時に覚悟しておくべきでした」

次の瞬間、今度は別の声が外から発せられた。

『顕真先生。所長の高階です』

最高責任者のお出ましか。

『今なら不問に付します。ドアを開けてください』

「従えません」

『教誨師の先生に実力行使などしたくない』

「こんな教誨師で申し訳ありません。しかし高階所長。わたしは教誨師である前に高輪顕良という一人の人間であり、関根要一に救ってもらった者なのです」

不意に向こう側からの問いかけが途切れた。

かちり、と解錠の音がした瞬間だった。

いきなり、どんと重い衝撃が襲ってきた。ドアを押さえていた手にじんと衝撃が伝わってくる。どうやら数人がかりで体当たりをしているらしい。

第二波第三波と攻撃が続く。家具と男二人の重みがあるものの、ドアは衝撃の度に大きく開く。

「堪(こら)えてくださいっ」

「やってる」

死刑囚と共謀しての執行阻止。教誨師会の驚嘆ぶりと破門の二字が同時に浮かぶ。

白けた絶望と熱っぽい爽快感が綯い交ぜになって頭を巡る。

『開けなさいっ』

『教誨師が何てことしやがる』

『裏切り者』

怒号とドアを叩く音が交錯する。

手の平から腕へ、腕から上半身へと暴力が伝播する。坊主と死刑囚。何の権力も持たぬ者に対して襲い掛かる力は容赦ない。

そんなに死刑を執行したいのか。

そんなに一度決めたことを覆したくないのか。

じりじりと家具が押され、ドアの隙間が広がっていく。俄に刑務官たちの荒い息遣いが耳に届き始めた。

「せーのおっ」

「もう一回っ」

「せーのおっ」

やはり二人きりでは力の差は埋められない。長テーブルと椅子が崩れ落ち、バリケードはあっさり破られてしまった。

一斉に十人ほどが雪崩れ込んできた。

「確保しろおっ」

田所の声が轟き関根は四方から捕縛、顕真も背後から羽交い絞めにされる。

「やってくれましたね、顕真先生」

背後に回った田所は恨みがましく、こう洩らした。

「三四一二号を前室へ」

顕真の目前で関根が引き立てられていく。

「関根」

「ここまでだ、顕真先生」

関根は疲れたように笑ってみせた。

「今まで、ありがとう」

四人の刑務官に連行されて、関根は前室へと続く廊下を歩いていく。前室まで辿り着いてしまえば、カーテンの垂れたその先は執行室だ。

「関根ーっ」

身も世もなく叫んでみるが死への行進は止まらない。関根の後ろ姿が次第に小さくなっていくのを、顕真はただ見ているしかない。血が涙と一緒に溢れ出るような思いだった。

手を伸ばしても届かない。もうすぐ声も届かなくなる。

その時、予想し得ないことが起きた。

行進がぴたりと止まり、先頭を歩いていた高階が何者かと問答を繰り返している。

何事が起きたのか思考を纏められないでいると、やがてその人物がこちらに歩いてきた。

「よく持ち堪えてくれましたね、顕真さん」

文屋は人懐こい笑顔を向けると、やんわりと顕真の縛めを解きにかかった。

「あなたの尽力のお蔭で間に合いました。高階所長のご判断で執行は一時中断です」

夢ではないかと思った。

「どうやって……」

「ようやく真犯人を挙げたからですよ。死刑執行の直後に真犯人が検挙されたとなれば、世間からの猛反発は必至です。法務大臣も非難を免れない。前例のないことですが、執行は中断せざるを得ない」

まさか。文屋から指示を受けてまだ一日しか経っていないというのに。

「いったい誰だったんですか」

「わたしの上司ですよ。富山直彦警部補。事件の担当者であり、関根の取調主任を務めた彼こそが兎丸雅司・塚原美園両名を殺害した犯人でした」

肉体と精神に張っていた糸が一気に緩み、顕真は操り手を失った人形のように頽れた。

「最初の取り調べの際、記録係だったわたしが気づくべきだったんです」

執行直前の騒動が一段落すると、顕真は別室に移された。関根を独居房へ戻し高階所長に詳細を説明してからだったので、顕真が事情を聞いたのは一時間もしてからだった。

「犯行に話が及んだ時、関根は両名を刺したとしか供述しませんでした。刺した回数を尋ねると関根は一回ずつと答え、すると富山は兎丸を三回、塚原美園を二回刺した内容へと供述を誘導したんです。犯人自身の記憶が曖昧な時、調書を確実なものにするために富山が時折使っていた手法です。取り調べの可視化が導入される以前のやり方なのですが、それでも少し露骨だと感じた憶えがあります」

「供述内容を修正して自らの犯行を隠した訳ですね」

「黒島竜司が二人を刺した傷は致命傷には成り得ませんでした。これは彼の供述と解剖報告書を照合した結果からも明らかです。黒島が凶器のナイフを放置して公園から逃げ出すと、これも二人を追っていた富山が同じナイフでとどめを刺した。その後に関根が二人の死体を発見したという経緯です」

「いったい、どうして富山警部補が二人を殺さなければならなかったのですか」

「富山が殺害動機を持っていたのは塚原美園ではなく、兎丸雅司の方だったんです。話しましたよね。平成二十二年十月、大麻を吸引した緑川綾乃が小学生の列に突っ込み、自らも頭を強く打って死亡した事件です。前に富山の交際相手が薬物中毒にされて交通事故で死んだというエピソードも話しましたが、その交際相手こそが緑川綾乃でした。彼は警察官になる以前から兎丸に殺意を抱いていたのです」

それで腑に落ちた。兎丸は緑川綾乃にクスリを売った疑いが濃厚だった。富山にしてみれば恋人を殺した張本人のようなものだ。

ただし納得できない部分もある。

「しかし兎丸は証拠不十分で立件ができなかったのでしょう」

「その通りです。緑川綾乃の事件は千住署、対して富山は川崎署ですから、彼が警察官になる以前の他管轄の事件で関係者の身元を検索するのは不可能でした。しかし、ここで幸運が舞い込みます。黒島のストーカー行為により、塚原美園が川崎署に被害届を提出したことです。一人では心許なかったのか、彼女には兎丸が同行していました。被害届を受理する際には当然付添人の身元も聴取します。それで兎丸の情報は富山の知るところとなった訳です」

「じゃあ、とばっちりを受けたのは塚原美園だったんですか」

「尾行していたら二人は黒島の襲撃で虫の息。富山にしてみれば千載一遇のチャンスです。塚原美園に恨みはなくとも目撃者なら口を封じておかなきゃならない。翌日出頭してきた関根に一番驚いたのは、きっと富山だったでしょう。何しろ自分の犯した罪を全部被ってくれるというんですから」

「どうやって自白させたんですか。たった一日で物的証拠を集められたとは考え難いのですが」

「緑川綾乃の遺族が、彼女と富山のツーショット写真を保管していました。それで取り調べ時の誘導を思い出した次第です。勤務記録を調べると事件当夜のアリバイもない。更に鑑識結果では、現場から富山の毛髪と下足痕も採取されている。ただし現場に捜査員の毛髪や下足痕が混入することが時折発生するので看過されたんです。しかし改めて考えると、現場に臨場した捜査員はわたしを含めて十二人。富山一人だけの毛髪と下足痕が採取されるというのも妙な話ではあったんです」

「でも、それだけでは決め手にはならないでしょう」

「ええ、だから別の手を使いました」

本来なら得々と語っていいものを、何故か文屋は哀しそうな口ぶりだった。

「緑川綾乃はそんな結末を望んでいたのか、と訊きました。無実の人間に殺人犯の汚名を着せて絞首台に追いやり、手を下した自分は執行の報道を聞いてほくそ笑む。あなたの愛した緑川綾乃は、そんな解決で喜んでくれるのかと訊きました。時間はかかりましたが、富山はやっと自白してくれたんです」

物的証拠に頼らず、相手の良心に訴えかける。文屋らしい落とし方だと納得した。

「しかし文屋さんもお辛かったのではありませんか」

訊いてからしまったと思った。言わずもがなの質問は文屋を苦しめるだけだ。

文屋は切なそうに首を振る。

「あれだけ罪と罪人を憎んでいた警察官です。自らの犯罪を隠し続けたことに良心の呵責がなかったはずがない。そうとでも思わなければやっていられません。全面自供した時、富山は今まで見せたことのない顔をしていましてね。まるで憑き物が落ちたような顔でした。それを見て、わたしも少しだけ救われたんですよ」

エピローグ

「委任契約書にサインしたそうですね」

独居房で話し掛けると、関根は苦笑した。

「犯人が自供したからには、手続きに入るのが義務だと江神先生から脅されました。あなたの知り合いには強引な人が多い。類は友を呼ぶというヤツですかね」

富山の自供を境に、今まで停滞していた事柄が一気に動き出した感がある。前代未聞だが法務大臣は関根死刑囚に対する死刑執行命令を一時凍結、再捜査の状況と再審請求の行方を見守りながら、いずれは命令撤回に舵を切る予定だという。もっともこれも拘置所内に飛び交う未確認情報であり真偽のほどは定かでないが、いずれにしても関根の死刑が遠のいたのは事実だった。

「江神先生によると、再審請求と竜司の裁判はほぼ同時進行らしいです」

関根が竜司を名前呼びするのを初めて聞いた。

「お願いしたら、竜司の弁護も快く引き受けてくれました」

「よかったですね」

「それはどうでしょう」

死刑を免れたはずの関根は浮かない顔をしていた。

「これから彼と、どう向き合っていくか、ですか」

「顕真先生からはひどく厄介な宿題を押し付けられた」

「すぐに解く必要はありません。ゆっくり、確実に解いていけばいいんです」

「逆の言い方をすれば、解くまでは死ねないってことですね」

顕真は敢えて答えなかった。死に際の一瞬まで惑い、己に問い続ける。そういう人生が決して無意味とは思えない。

「また教誨に来ていただけますか」

「事情の許す限りは」

関根は安心した顔で頷いた。

独居房を出ると、仏頂面の田所が腕組みをして待ち構えていた。ただしじろりとこちらを睨む目には、幾許かの含羞も仄見える。土壇場まで無辜の人間を信じなかったことへの羞恥なのだろうと想像する。

「顕真先生」

どこか湿った声だった。

「結果的に先生は正しいことをされた。しかし、拘置所の関係者には先生を快く思っていない職員がいるのも憶(おぼ)えておいてください。正しい行いは他の誰かにとって脅威になります」

「正しい行いだったとは思いません」

おや、という顔で田所はこちらを見る。

「教義も倫理もなく、わたしは己の命ずるままに動いたのです。宗教家としても一般市民としても到底褒められたものではありません」

田所は苦々しそうに唇を歪(ゆが)めてみせた。

導願寺に戻る途中、関根に言おうとして言えなかったことを反芻(はんすう)してみた。どうして己があんな無謀な行動に出たのか、今になっても上手(うま)く説明できない。直情径行といえば聞こえはいいが、修行を積んだはずの僧侶(そうりょ)の行動とは到底思えない。

一つだけ思い当たるフシがある。自分は命の恩人を救う名目で、己の罪を贖(あがな)おうとしたのではなかったか。手を放してしまった亜佐美と、死なせてしまった息子の正人。

失くしてしまった一つの縁と一つの命。その贖罪として関根を救おうとしたのではなかったか。

しばらく考えてから、どうでもいいと結論づけた。誰のためにせよ何の目的にせよ、関根の冤罪を晴らすことができた。それで充分ではないか。

ただし成果には相応の代償も要求される。今回顕真が問われるのは、教誨師の資格だろう。死刑囚と共謀しての立て籠もりと公務執行妨害は、教誨師の資格剝奪には充分過ぎる事由だ。関根に教誨の継続を望まれた際、事情の許す限りと答えたのもそれが理由だった。

これだけ悪名を轟かせたのだから、良然から破門されても不思議ではない。寺を追放された破戒坊主にどんな再就職口があるのか、皆目見当もつかなかった。

導願寺に到着すると、正門に巨魁が立っていた。顕真はクルマから降りると、小走りで彼の許に駆け寄った。

「ご苦労様でした」

「門主。わざわざどうして」

「先ほど教誨師会から相談を受けました。あなたの身の振り方についてです」

やはりきたか――顕真は覚悟を決める。

「この度の一件で教誨師会はあなたの資格を剝奪すべきかどうかを打診してきました。前例がないためわたしに伺いを立ててきたのでしょう」

「破門されるのは致し方ないと覚悟しております」

口に出してみると、不思議に爽快感があった。

「元より寺にご迷惑をかけているのは承知しています。教誨師の務めに優先して私情に走ったことには弁解の余地もありません。どうかご随意に処分してください」

「あなたは何か勘違いをされているようだ」

「え」

「教誨師として相応しくない行いをしたから辞めさせてくれ。寺に迷惑をかけたから破門してくれ。どうにも都合のいい言い分で呆れてしまう。資格剝奪やら破門やら、わたしがいつそんなことを言いましたか」

良然の目が険しく顗真を責める。

「失敗したらすぐに逃げようとする。あまりに安易な身の処し方をわたしが許すと思いますか。真宗の道を甘く見るにも程がある。そんな未熟な僧を破門になどして堪りますか。もちろん教誨師の仕事から逃げることも許しません。従って教誨師会からの打診にも現状維持と伝えておきました」

言葉を失った顕真に、良然は追い打ちをかける。

「常に精進しなさい。あなたが自身を罰するのは、それからで結構」

そう言い残して良然は本堂の方へ去っていった。後に残されたかたちの顕真は途方に暮れたように立ち尽くす。

ゆっくり、しかし確実に解いてゆく。

関根に放った言葉が、今は自分に突きつけられたような気がした。

解説――いいミステリ、いい小説

村上貴史

■教誨師

二〇〇九年に『さよならドビュッシー』で第八回『このミステリーがすごい！』大賞を受賞して小説家デビューを果たした中山七里。精力的に作品を発表し、〝どんでん返しの帝王〟との異名で知られる彼が、受賞から一〇年目にあたる二〇一九年に発表したのが、本書『死にゆく者の祈り』だ。

平成二十四年八月二十三日。深夜に川崎市内の公園で殺人事件が起きた。被害者は兎丸雅司と塚原美園という若いカップルで、ナイフによる刺殺だった。その翌日、関根要一という男が警察に出頭し、二人の殺害を自供。カップルと面識はないが、鼻の痣を嗤われたため、衝動的に殺したのだという。関根には、第一審で死刑判決が下された……。

本書は、この事件の五年後を描いたミステリである。主人公を務めるのは、高輪顕真という浄土真宗の僧侶だ。彼は東京拘置所において、教誨師として被収容者、つまり囚人たちの宗教的要望に応じている。教誨師の役割は、例えば、囚人たちを集めて行う集合教誨であり、死刑執行への立ち会いであった。そして八月の集合教誨において、顕真は死刑囚としてこの拘置所に収容されている関根と〝再会〟した。そう、顕真と関根は大学時代、同じ山岳サークルの同期だったのだ。卒業して二十五年、久々の、また、予想もしなかったかたちでの再会だった。そして顕真は五年前の事件の詳細を知り、違和感を覚える。関根の犯行とは思えない点がいくつもあったのだ。衝動的な殺人という点もそうだし、鼻の痣を嗤われたから、というのも、鼻の特徴を重宝がっていた関根らしくない。一審判決のあと、控訴しなかったことも不自然だ。顕真は、教誨師として月に一回の面会を関根と行いつつ、事件についても自分なりの調査を始める。既に確定してしまった死刑が執行される際、関根が取り乱すことのないよう、〝自分は仏の力を借りて関根を安寧に導かねばならない〟と考えたのだ。そのためには、詳細を知らねばならない、と。

探偵役の設定がユニークであり、そのユニークさに相応しく、調査に乗り出す動機もユニークである。そのうえで、調査方法は真っ当だ。拘置所の教誨師という立場を活かしつつ、判決文を読み込み、関係者を訪ね歩き、情報を集め、判明している事実と照らし合わせる。私立探偵と同様の行動を取るのだ。そんな顕真に、やがて相棒が出来る。全く別の立場で別の動機から関根の事件を再度洗い直そうと考える者が、顕真の行動をきっかけに現れたのだ。二人が各自の勤務時間外を利用して進める調査によって事件の見直しが進んでいく様子は、派手ではないものの、十二分に刺激的である。

しかも中山七里は、彼らの調査が続くことで物語が単調になってしまうリスクを巧みに回避している。顕真と関根の大学時代のエピソードを挿入しているのだ。顕真が関根の事件の真相究明に熱心になる動機が語られるのだが、これ自体が、また読ませるのである。立山連峰の剱岳(つるぎだけ)を舞台に、顕真と関根を含む三人の若者の壮絶な体験を綴(つづ)った物語として、それこそ事件の調査を忘れさせるほどに、読者を魅了するのだ。全体の三分の一ほどのところに置かれたこの二十頁(ページ)弱の物語は、調査行のアクセントになると同時に、殺人者としての関根への違和感の裏付けとなり、さらに、顕真の熱情を読者にきっちと伝える役割も果たしていて一石三鳥。なんと見事な小説作りであることか。

そしてこの山岳物語を経て調査が進むにつれ、物語が弾(はじ)け始める。読者が、〝どんでん返しの帝王〟こと中山七里に期待するであろう意外な展開が待ち受けているのだ。プロットとして仕込まれたミステリとしての驚きもあれば、登場人物の意外な行動――三百八十四頁の末から始まる衝動に突き動かされての暴走――がもたらす驚きもある。

しかもそれが、死刑執行へのカウントダウンのなかで語られるから、なお刺激的だ。とはいえ、死刑執行は死刑囚には当日の朝伝えられるものであり、教誨師であってもせいぜい前夜。つまり、タイムリミットサスペンスのカウントダウン要素としてはそれほど使いやすいものではないのだ。だが、その点も著者は巧みに処理しており、時間との争いも堪能できる仕上がりとなっている。初読時は、おそらく夢中になって頁をめくってしまい、こうした巧さは意識しないまま読み進んでしまうだろうが（それが素敵な読書というものだ）、再読の際には、こうした点に着目してみるのも愉しい。

もちろん着地も鮮やかだ。意外性たっぷりで、伏線も周到。具体的に個々に記すことは出来ないが、〝なんて巧みに真相を隠していたんだ！〟と驚嘆してしまう。

こうしたミステリとしての魅力に加えて、本書は、葛藤する教誨師の小説としても読ませる。罪と教誨について、あるいは宗教家の役割について、顕真は考えるのだ。ときに一人で、ときに自分の師との問答を通じて、ときに死刑囚を前にして。あるべき姿を考え、己の限界に悩む。関根の事件の調査と表裏一体となってこの顕真の姿が描かれており、読み応えが増す。

また、後半で徐々に明らかになるのだが、親子の物語でもある。人が親になり、親として成長し、親として苦悩する姿が描かれているのだ。ミステリとしての興趣と一体となっているので本稿に詳述することは避けるが、こちらも心に響く。

いいミステリであり、いい小説なのだ。

■死刑判決とその後

『さよならドビュッシー』という音楽を題材としたミステリでデビューした中山七里は、

それをシリーズ化する一方で、サイコサスペンスも放てば、医療や政治などを題材とした作品も世に送り出すなど、様々なタイプの作品を矢継ぎ早に発表してきた。その多様性に富んだ作品群のなかで、本書の読者に着目して戴きたいのが、『テミスの剣』（二〇一四年）と『ネメシスの使者』（一七年）だ。いずれの作品においても、渡瀬という警察官が主人公を務めている。

『テミスの剣』で渡瀬は、浦和署の新人刑事として登場する。彼の指導役を務めるのは、ベテラン刑事の鳴海だ。検挙率は署でも一、二を争う。着眼点も鋭く犯人を追う執念も抜群だったが、手法には問題があった。薄弱な根拠を強引な捜査で補完するのだ。昭和五十九年に起きた浦和での不動産業者強盗殺人事件においても、鳴海はその手法で楠木明大なる若者を〝犯人〟として特定し、自白に追い込んだ。渡瀬は鳴海の相棒として、犯行を否定していた楠木が、恫喝や暴力によって自白に至るまでの流れを目撃――というよりむしろそれに加担――した。逮捕された楠木には、法廷で無罪を主張したものの、死刑という判決が下される。控訴審でもその判決は支持され、上告を最高裁が棄却したことで判決は確定。その後、昭和六十三年に楠木は拘置所で自死した。そして翌年のこと、渡瀬が盗難事件及び強盗殺人事件で逮捕した迫水という男が、さらに一つの事件について自分の罪を認めた。昭和五十九年の不動産業者強盗殺人事件は、自分がやったというのだ。迫水は犯人しか知り得ない情報も語っており、彼が真犯人であることは間違いない。とすると、強引に自白に追い込み、そして自死に至った楠木は冤罪だったということになる。鳴海は既に定年を迎えて退官した。とんでもない情報を握ってしまった渡瀬は、どう振る舞うべきか悩む……。

右手に剣を持ち、左手に秤を携えた法の女神テミスをタイトルとするこの小説で、中山七里は、〝警察が逮捕した人間に死刑判決が下された後で、異なる真実があることが判明する、もしくは疑われる〟という題材を、本書とはまた別のアプローチで語った。事件発生から死刑確定に至る流れも異なれば、探偵役を務める人物の立場も異なるが、死刑という不可逆の刑罰と冤罪との関係、あるいは、制度としての殺人である死刑を判決として下す者や実際にそれを実行する者の心など、両者からは共通に響いてくるものがある。

『ネメシスの使者』では、渡瀬は埼玉県警に異動し、捜査一課でチームを率いている。検挙率では県警トップであり、実績と能力からすれば警視になっていてもおかしくないが、いまだに警部として現場に足を運んでいる。そんな彼が今回担当したのは、通り魔殺人を犯した軽部亮一の母が殺された事件だった。軽部は、平成十五年に浦和駅で一九歳と一二歳の女性を出刃包丁で襲い、命を奪った。大学を中退し、自室に引きこもっていた彼は、ネット社会で英雄視されたいとの想いで大量殺人を決意したという。何人も殺すには自分より弱い者を選ぶべき。そんな理由で、二人を狙ったのだった。死刑求刑に対し、一審の判決は無期懲役。証拠に遺漏もなく憲法違反もなかったことから二審でも結論は覆らず、検察が上告を断念したことから、判決は無期懲役で確定した。そして、軽部亮一は刑務所に収容され、収容中の平成二十五年に軽部の母が殺された。それも、軽部の行った凶行と酷似するかたちでだ。そして現場には〈ネメシス〉の血文字が残されていた。被害者の血と指を用いて、犯人が書いたものらしい……。

こちらは、義憤の女神、もしくは誤って復讐の女神と解釈されることもあるネメシスをタイトルに冠している。軽部の母の死は、死刑判決が下らなかった加害者に対する憤りがもたらしたもののように思われた。その憤りは、司法システムに対する義憤なのか、あるいは、加害者に対する復讐心なのか。渡瀬が関係者を訪ね歩くなかで、現行の法制度に関する様々な根深い問題点が明らかになっていく。〝死刑判決が下らなかったこと〟を題材とする『ネメシスの使者』において、渡瀬は自分について「生憎と宗教家とは一番離れた場所にいるもので」と語っており、本書とは相補関係にある小説と位置付けることも出来よう。

なお、いささか蛇足ではあるが、『テミスの剣』も『ネメシスの使者』も〝どんでん返しの帝王〟らしさが全開であることを補足しておこう。前者の結末で明かされる〝犯行〟は、その設計の周到さと冷たさとともに驚愕をもたらすし、後者における犯人の意外性や、あるいは結末で明かされる意外な〝動機〟が示す怨念と歪みの深さも、〝帝王〟

の名に相応しいものである。両作品は共に渡瀬の成長小説として、あるいは組織人小説として(組織の論理に縛られない所属員の小説として)の魅力も堪能できるし、後者においては、『さよならドビュッシー』シリーズの主人公の父親である岬(みさき)検事も大活躍しており、その観点でも愉しめる。題材は重いが、エンターテインメントとしてもとことん満足できる仕上がりとなっており、さすがはプロの作品である。

中山七里の作品群のなかには、こうした社会問題の掘り下げと〝どんでん返し〟を両立させた作品がまだまだある。紙幅の関係で詳述できないが、未読の作品に片端から手を伸ばすという読み方でも外れを引くことはないので、安心してお試しあれ。

■何度でも

さて、退屈とは無縁、というのが中山七里の小説の特長だが、本書もまさにそうである。骨格としては、カップル殺人事件を教誨師が調べ直すだけなのに、これほどまでにスリリングに頁をめくらせるとは。感服するしかない。しかも、僧侶、警察官、看守、あるいは死刑囚など、様々な人物が死と——救われる命と、奪われる命と——向き合う姿を描き、さらに親子の物語を描き、宗教家を描く奥深い小説でもある。

何度でも読み返したくなる一冊だ。


(二〇二二年一月、書評家)

この作品は令和元年九月新潮社より刊行された。

死(し)にゆく者(もの)の祈(いの)り

新潮文庫　な－98－2

令和四年四月一日発行
令和五年五月二十五日五刷

著者　中山(なかやま)七里(しちり)

発行者　佐藤隆信

発行所　株式会社新潮社

郵便番号　一六二―八七一一
東京都新宿区矢来町七一
電話 編集部(〇三)三二六六―五四四〇
読者係(〇三)三二六六―五一一一
https://www.shinchosha.co.jp

価格はカバーに表示してあります。

乱丁・落丁本は、ご面倒ですが小社読者係宛ご送付ください。送料小社負担にてお取替えいたします。

印刷・株式会社光邦　製本・株式会社大進堂

ISBN978-4-10-120962-3 C0193